KB251552

운명의 업

Karma of Fate

운명의 업 2

김해수 판타지 장편 소설

초판 1쇄 찍은 날 § 2002년 11월 1일
초판 1쇄 펴낸 날 § 2002년 11월 10일

지은이 § 김해수
펴낸이 § 서경석

편집장 § 문혜영
편집책임 § 김희정
편집 § 장상수 · 박영주 · 권민정 · 이종민
마케팅 § 정필 · 강양원 · 김규진

펴낸곳 § 도서출판 청어람
등록번호 § 제1081-1-89호
등록일자 § 1999. 5. 31
어람번호 § 제1-0310호

주소 § 경기도 부천시 원미구 심곡1동 350-1 남성B/D 3F (우) 420-011
전화 § 032-656-4452 팩스 § 032-656-4453
http://www.chungeoram.com
E-mail § eoram99@chollian.net

ⓒ 김해수, 2002

값 7,500원

ISBN 89-5505-516-1 (SET)
ISBN 89-5505-518-8 04810

운명의 업

Karma of Fate

2

목

차

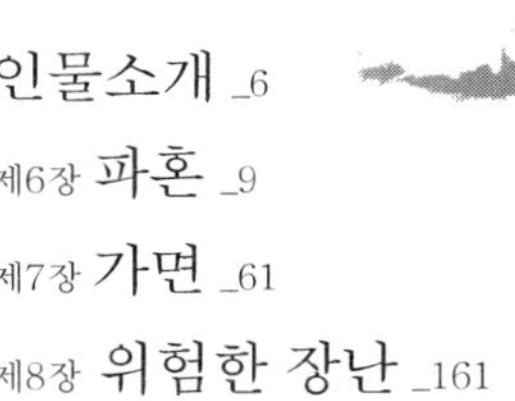

인물 소개

라니오스 : 이 글의 주인공. 엘프. 엘프의 숲에 근거를 두고 있음. 현재 엘프 최고의 전사이며 갑작스러운 신탁으로 인한 임무에 의해 임무 수행을 빙자한 여행 중. 도중에 크로이츠 제국에서 내전에 끼어들다 모종의 사건에 의해 암살을 당한다. 그리고…….

란슬로 : 또 하나의 '엘프답지 않은 엘프'. 엘프로서는 독특하게 클레이모어를 사용하며 검술만으로는 라니오스를 능가하지만 마법을 쓰지 못하는 것이 큰 문제. 현재 여행 중. 크로이츠에서는 레더즈의 세력에 협력을 하게 되어 제라드, 아아크와 싸우게 된다.

레아시아 : 소브런 제국의 제4공주인 하프 엘프. 현 황제의 친딸이 아닌 양녀이다. 현재 프로튼의 국왕 레미엘과의 결혼을 위해 프로튼으로 향하는 중이다.

쟈밀 : 라니오스의 삼촌이라는 것 외에 아무것도 밝혀지지 않은 정체 불명의 인물. 그는 동료들과 함께 어떤 일을 진행시키고 있는 듯하다. 모르는 이들에게는 매우 차갑지만 친한 인물에게는 매우 다정하게 대한다. 라니오스의 문제만 불거지면 지나치게 흥분하는 점이 문제라면 문제.

아아크 : 영웅전쟁의 영웅 중 하나인 에아크 하스의 후손. 주가에 상당한 소질이 있으며 재가 프리스트로서 상당한 신성력도 보유하고 있다. 현재 라니오스의 뒤를 쫓아 여행 중.

레미엘 : 프로튼 왕국의 국왕. 젊은 나이에도 불구하고 상당한 수완을 가지고 있으며 여자를 밝히는 점이 문제인 인물. 현재 라니오스와 무언가 거래를 한 듯하다.

제라드 : 레아시아를 사모하는 소브런 제국 기사. 프로튼 왕국으로 가는 길

에 그녀의 호위를 맡는다. 검술 실력만으로 따지면 라니오스 이상인 인물로 성격도 좋은 편이다.

이드 : 쟈밀과 모종의 계약을 맺고 있는 인물로 이계에서 온 듯하다. 신계와 마계의 우두머리를 이길 정도인 것으로 보아 결코 만만치 않은 실력을 가진 인물로 보인다.

아리나스& 아시아스 : 크로이츠의 황제. 아직 10살을 넘긴 지 얼마 되지 않은 어린 황제이지만 상당히 총명하여 국정에 재능을 보인다. 현재 내전으로 인해 레미엘에게 도움을 요청한 상태이다. 서로 쌍둥이여서 그런지 마음이 잘 맞는다.

레더즈 : 크로이츠의 전 황태자. 자신을 제쳐 두고 아리나스와 아시아스가 황제가 된 것에 불만을 가지고 반란을 일으킨다.

레노 : 이드의 동료였던 듯한 엘프. 이드를 사랑하고 있으나 정작 당사자인 이드는 그런 그녀의 마음을 받아주지 않는다. 이드를 도와 그의 뒤를 따른다.

애거트 : 이드의 부하로 추측되는 인물. 지름이 2미터에 달하는 거대한 챠크람 인피니티를 사용한다. 그 실력은 현재의 란슬로 이상.

세인 : 이계에서 온 듯한 인물. 지금의 세계로 오기 전부터 라니오스를 알고 있었던 듯한 모습을 보인다.

스프린(레인) : 세인의 가디언. 세인과 서로 좋아하는 사이인 듯하며 이드와도 무언가 관계가 있었던 듯하다.

데잘 : 테올과 함께 쟈밀 일행과는 다른 팀을 짜고 있는 듯한 사내. 어딘지 자신의 형인 테올에게 묘한 감정을 가지고 있는 듯하다.

테올: 데잘과 함께 쟈밀 일행과는 다른 팀을 짜고 있는 듯한, 전혀 남자 같지 않은 외모를 지닌 미청년. 어딘지 쟈밀에게 묘한 감정을 가지고 있는 듯하다.

● 제6장
파혼

죄송하지만 이 약혼을 무효로 해주셨으면 합니다.
친애하는 레미엘 넬 아르다스 자토벨라
드라이거 하벨린 프로튼 2세 전하.

—레미엘에게 보내진 파혼 선언서 일부.

신성국이 신탁을 못 받았다?

"어머, 오빠, 벌써 일어난 거예요?"

"어라, 란 형, 빨리 일어나셨네요?"

애들이 뭘 이렇게 놀라나? 내가 그렇게 빨리 일어났나?

"내가 얼마나 누워 있었는데, 이번에는?"

"닷새 하고 반나절이요. 전 한 일주일쯤 더 지나야 깰 줄 알았는데."

"새나라의 어린이는 일찍 자고 일찍 일어나야 하는 거래."

내 썰렁한 농담에 피식 웃고 마는 레아였다. 그러던 중 그녀는 문득 무언가가 생각난 듯 내게 질문했다.

"그런데 오빠, 그 마법은 대체 뭐예요? 전 태어나서 그런 마법은 처음 봐요."

"그건 저도 마찬가지입니다. 도대체 그 마법은 무슨 주문입니까?"

제라드도 궁금하다는 듯 내게 대답을 촉구해 왔다. 나는 그런 그들의 태도에 웃음이 나왔다. 대체 얼마나 신기했길래 마법과 전혀 관련이 없는 이들이 모두 이 정도의 관심을 보이는 것일까?

"뭐, 대단한 건 아냐. 내가 만든 마법인데 그냥 신성력을 방출하는 마법이지. 아직 여러 가지 문제가 있어서 잘 쓰는 마법은 아냐."

별 대수롭지 않게 툭 던지듯 나온 내 대답이었으나 내 설명을 들은 그들의 표정은 전혀 대수롭지 않은 게 아니었다. 그러고 보니 엘프의 숲에서 이 마법을 썼을 때도 모두들 처음엔 이런 반응을 보였지. 쟈밀만이 별 흥미 없다는 듯 신경도 쓰지 않았을 뿐.

그 다음은? 모두들 내게 득달같이 달려들어서 그 마법을 배우려고 했지만 모든 속성을 9클래스까지 익혀야 한다는 점에 대부분이 절망했고 기껏 일부 할배들이 익혀서 써보니까 오히려 문제점이 더 많은 마법이라는 것을 알고 또다시 절망했지. 게다가 그 사건 때문에 나와 그들의 마력 차가 얼마나 큰지가 알려져 버렸고. 명색이 모든 속성을 9클래스까지 마스터한 할아버지, 할머니 엘프들이 쓴 그랜드 크로스가 나에 비하면 턱없이 그 범위와 지속 시간이 작았으니 말이다.

레아는 눈을 반짝반짝 빛내며 내게 달라붙었다.

"그거 알아요? 오빠가 그 마법을 썼을 때 오빠 등 뒤에 날개가 생겼었다고요. 천사 같았어요. 신전에 가면 있는 벽화의 꼬마 천사 있잖아요."

삐직!

잘 나가다가 그녀의 '꼬마 천사'라는 부분에서 내 이마에 작은 힘줄이 하나 솟아버렸다. 아무리 내가 어린아이 체구라는 건 알지만 100살이나 된 엘프한테 '어리다'라는 말을 하는 거 자체가 이상한 거니까. 내가 이렇게 되고 싶어서 된 것도 아니고 말이다.

하지만 난 곧 엄청난 인내력으로 머리 위로 삐져 나온 힘줄을 도로

밀어 넣는 데 성공했다.

"하아, 그래?"

"정말이에요. 얼마나 아름다웠는데요? 게다가 그 일대가 엄청난 빛 기둥에 휩싸이는 바람에 그 마법을 본 병사들마다 '노노신께서 기적을 베푸셔 마족을 쫓아내셨다' 라고 할 때는 얼마나 웃겼는지 알아요? 오빠가 신이라……. 후훗."

하긴 그 마법이 좀 화려하긴 하지. 그런데 내 등에 날개가 생겼었다고? 나는 곧 레아에게 확인차 질문하였다.

"레아, 방금 내 등에 날개가 생겼었다고 했지?"

"네? 네."

"어라? 이상한데? 분명 전에 썼을 때는 그런 거 본 엘프가 없었는데."

"공주님의 말씀이 맞습니다. 저도 란 형의 등에서 빛의 날개가 생기는 것을 보았으니까요."

흐음, 내가 모르는 새에 주문이 발전했을 리는 없을 테고, 지금의 내가 할 수 있는 생각이라면 마력이 상승해서 나타나는 반응이 아닐까 하는 정도?

그리고 나와 레아의 대화가 멈춘 것을 확인한 제라드가 내게 말을 걸었다.

"아, 란 형, 형이 주무시는 동안 소르바스의 재상께서 접견을 허락하셨습니다. 괜찮으시다면 지금 가볼까요?"

그거야 당연히 가봐야지. 내 용건이 뭔데…….

"물론!"

"어서 오세요. 여기 앉으시죠."

"……."

지금 나랑 장난하나? 이게 재상이라고?

"저기… 아버님께서는 어디 계시는지?"

"실례군요. 제가 이 나라의 재상이 맞습니다."

이게 지금 나랑 장난하자는 건가? 아니, 세상의 그 누가 봐서 이게 이 나라의 재상이라는 거야? 아무리 봐도 15살 정도의 어린애로밖에 안 보이는구먼!

그리고 그것은 제라드도 마찬가지인지 그의 얼굴에는 한가득 불신의 빛이 어려 있었다. 다만 나와 다른 점이라면 그저 한마디도 하지 않고 가만히 앉아 있다는 것.

스륵!

"차 가져왔습니……."

그때 문이 열리며 일전의 시종 아아크라고 했었나? 어쨌든 그 시종장이라는 사람이 손에 찻잔이 올려진 쟁반을 들고 들어오려는 순간 자신을 재상이라고 주장하는 꼬맹이를 보고는 인상을 굳혔다. 그의 표정을 보아하니 저 꼬맹이의 이런 장난이 한두 번이 아니었나 보다.

하지만 이윽고 나온 아아크의 말에 나와 제라드는 놀랄 수밖에 없었다.

"휴우, 아버지, 대체 뭐 하자는 겁니까? 또 어린애로 변신해 있는 건……."

"에에에?!"

"네, 제가 이 하스 공작가의 차… 아니, 장남 아아크 하스입니다."

"라니오스입니다."

"제라드 윌데하트입니다."

"하하하, 왜 저는 빼놓으려고 하지요? 전 레저스 하스라고 하지요."

"…아버지……!"

정말 보면 볼수록 멋진 부자 관계다. 아버지가 더 어려 보이다니(물론 단순히 폴리모프로 인해 겉모습만 어려 보이는 거다).

가만, 혹시 나도 자식이 생겼을 때는… 저런 모습이 연출되는 거 아냐? 나는 그때도 여전히 꼬마애 모습인데 아들 또는 딸은 어른의 모습이고…….

으아악! 안 돼!!

차라리 나도 어른 모습으로 폴리모프해 봐? 아냐아냐. 일전에도 한 번 해보려다가 자꾸 엉뚱한 것으로만 변해서 난리도 아니었는데…….

내가 이런 괴로운 생각을 하며 머리를 감싸 쥐고 있는 동안에도 레저스는 뭐가 즐거운지 계속 입을 움직이고 있었다.

"하하하, 제가 저 녀석을 얼마나 아끼는지 아십니까? 저 녀석이 또 보통 영특한 게 아니거든요. 예를 들면……."

이 양반은 대체 뭐 하자는 거야? 우린 지금 수다를 떨거나 아들 자랑을 들으러 온 게 아니란 말야!

다행히 그의 수다를 막아주는 이가 있었으니 바로 아아크였다.

"…아버지, 지금 여기는 수다 떠는 곳이 아니란 말입니다."

그가 여전히 차 쟁반을 든 채 조심스럽게 레저스에게 말하자 그제야 그도 정신을 차렸는지 재빨리 하던 말을 끊었다.

"아하하하, 내 정신 좀 봐. 하여간 나이 들면 다 이런다니까."

…나이 들면 다 저렇게 주책을 부린다는 건가? 주책맞게 어린애 모습으로 변신이나 하고……. 나이 들면 다 저러는 건가? 아니야. 적어도 우리 마을의 장로 할배들이 저런 주책을 부리는 광경은 본 적이 없

으니까. 그렇다면 나이 든 인간의 특징이라는 건가? 으으으, 인간은 참 위험하구나.

그렇게 또 한참을 떠들고 나서야 나는 이곳에 온 목적을 전달할 수 있었다.

"…그런 신탁이 지금 전대륙에 퍼져 있다는 것은 잘 알고 있죠. 하지만 유감스럽게도 저희 나라에는 아무 신탁도 내리지 않았습니다."

"네에?!"

그게 대체 무슨 소리인가? 하지만 적어도 그의 표정에서 거짓이라고는 찾을 수 없었다. 그리고 그것이 거짓이 아니라는 것을 확인까지 시켜주는 아아크의 한마디.

"사실입니다. 못 믿으실지도 모르지만요. 물론 다른 나라의 모든 대신전에서 그러한 신탁이 내려져 있다는 사실이야 저희도 알고 있습니다. 하지만 명색이 신성국가인 저희 소르바스 신성국이 거짓말이나 하고 있을 거라고 생각하시는 건 아니겠죠?"

녀석, 자기 나라에 상당한 자부심이 있나 보군.

그런데 정말인가? 다른 나라에는 다 내려져 있는 마족들에 관한 신탁인데 왜 소르바스만 그 신탁이 내리지 않는 거지?

"그런데……."

"에?"

"너는 왜 따라오는 거지?"

대체 이 화상이 따라오는 이유가 뭐지? 내 질문에 아아크는 그저 헤하고 웃을 뿐이었다.

"왜긴요? 이럴 때 여행이란 걸 해보지 언제 해보겠어요?"

"…집사 일은 어쩌고?"

"에이, 그런 거 신경 안 써도 돼요. 어차피 아르바이트였는데."

"아르바이트?"

"네, 아르바이트."

이 녀석은 지금 내 질문의 요지가 뭔지 제대로 모르는 것 같았다. 그래서 나는 결국 그에게 내가 묻는 것이 무엇인지 확실히 이야기해 줄 수밖에 없었다.

"저기, 아아크."

"네?"

"아르바이트가 뭐야?"

"……."

내 질문에 아아크는 잠시 생각하는 표정을 지어 보이더니 이내 나에게 그 '아르바이트' 가 뭔지에 대해 설명해 주었다.

"그러니까, 으음… 아르바이트라 것이 뭐냐 하면은요…#%&#%·&@&%#&·#(설명 중)·*$%&*%·@·%$#@."

"…아아, 그런 거야?"

"네."

내참, 그럼 이 녀석은 지금까지 가출 자금을 모으고 있었다는 거잖아?

제라드도 호감이 생겼는지 그에게 질문을 하였다.

"그럼 아아크 공작 공자는 저희가 안 왔으면 어떻게 출가하실 계획이었습니까?"

"에엑?! 공작 공자라니요. 게다가 존대는 왜 하세요? 저 이제 겨우 19살이에요. 그런 닭살 돋는 존칭 쓰지 말자고요."

엄청난 거부 반응을 보이는 아아크. 이 녀석은 왠지 전혀 귀족답지 않다는 느낌을 받았다. 뭐, 그래 봐야 내가 본 인간 귀족이 많은 것도 아니지만…….

아아크의 정색에 제라드는 피식 웃으며 대답했다.

"그럼 서로 말 놓도록 하지. 나도 이제 겨우 23살인데 벌써부터 아저씨 취급 받는 건 사양이라고."

"그러죠… 가 아니라 그렇게, 형."

둘은 어느새 친해져서는 서로 잡담을 주고받았다. 대화 상대를 잃은 나는 결국 입을 다물고 애꿎은 말한테 화풀이를 하고 있었다(갈기를 잡아당긴다든가 등……).

"그런데 하스 가문은 대대로 그 혈통이 선천적으로 주가를 쓸 수 있다던데, 정말이야?"

"응, 우리 가문은 축복받은 가문이거든."

"축복을 받다니?"

제라드는 전혀 모르는 이야기를 듣는다는 듯―그것은 나도 마찬가지이지만―어리둥절한 표정을 지었고, 이윽고 나온 아아크의 대답은 꽤나 파격적이었다.

"우리 가문은 신의 축복을 받았지. 사실 우리나라 수도에 있는 도시 단위의 보호 방어진도 다 신의 축복이야. 우리 가문을 위한."

"에에!"

세상에! 신이 한 가문을 편애했단 말인가? 이거 뭔가 불공평하잖아? 그것은 제라드도 마찬가지인 듯 당장에 아아크에게 따지듯이 물어보는 것이었다.

"뭐야, 그럼 신이 너희 가문만 편애하신다는 거야?"

　"정확히 말하면 생명을 관장하는 하급 신 중 하나인 아시아스께서 내려주신 축복이지. 덕분에 우리 가문은 대대로 영광을 누리고 있고. 우리 가문도 언제나 아시아스께 감사하는 마음을 잊지 않고 있어. 뭐, 얻는 게 있으니 그에 따른 대가로 바치는 신앙이라고 해도 할 말은 없지만… 적어도 지금의 우리 가족… 은 순수한 마음으로 그분을 섬긴다고 생각해."

　허어, 이런 일이 다 있나? 그렇다면 아아크의 가문은 대체 무슨 이유로 신의 관심을 받는 걸까? 그것이 궁금해진 나는 곧바로 아아크에게 물어보았다.

　"그런데 대체 무슨 이유로 아시아스 신께서 너희 가문에 그렇게 관심을 가지시는 거야?"

　"몰라요."

　휘청―

　그의 간단한―너무나도 간단해서 어이가 없는―대답에 나와 제라드, 레아는 낙마할 뻔했다. 그것을 본 아아크는 실실 웃으며 뒤통수를 긁었다.

　"헤헤, 사실은 저도 잘 몰라요. 그건 아버지도 마찬가지인 듯하고… 하지만 2600여 년 전의 영웅전쟁과 관련된 일이라는 것 정도는 알고 있어요."

　"영웅전재～앵?"

　"응. 우리 가문의 시조인 에아크 하스에 대한 이야기는 꽤 유명하잖아요. 그분이 일으키신 기적과 관련되지 않을까 싶은데요. 뭐, 이 정도는 누구나 생각하는 것이지만……."

　흐음. 아무래도 하스 가문은 아시아스 신과 꽤 관련이 있는 듯한데… 왠지 질투나네? 우리 엘프 중에서 신의 관심을 받는 가문―엘프들에게 가문이라 할 정도의 집안은 없지만―은 하나도 없는데.

그러다 문득 한 가지에 생각이 미친 나는 바로 아아크를 불렀다.

"이봐, 아아크."

"에?"

"그럼 너도 주가를 쓸 수 있다는 거지?"

"네. 뭐, 그렇죠. 대단한 실력은 아니지만."

대단한 게 아니라고? 그럼 전의 그 피아노 실력이 대단한 게 아니라는 건가?

…그럴 리가 없잖아!

"겸손 떨지 않아도 돼. 그때 네 연주 솜씨는 음악에 별 조예가 없는 내가 들어도 너무나 훌륭했으니까."

"에헤헤, 뭐, 그 정도까지야."

"그래서 부탁이 하나 있어."

"네? 뭐요?"

"레아에게 주가를 가르쳐 줘."

"네?"

"못 들은 건지, 질문의 요지를 제대로 파악 못한 건지, 아니면 믿을 수 없는지 모르겠지만 다시 말해 주지. 레아에게 주가를 가르쳐 줬으면 해."

"하, 하지만……."

그가 조금 곤란하다는 표정을 지으며 주춤하자 나는 그런 그를 향해 인상을 팍 써 보였다.

"뭐야? 너 우리랑 같이 여행하기 싫다는 거야?"

"그건 아니지만……."

"그럼 할 말 다 끝났네. 알았지? 그럼 이야기는 끝난 거다."

"자, 잠깐."

“쓰읍.”

나는 최대한 무섭게 보이려고 인상을 썼으나…….

“푸흡!” ×3

그들은 그저 웃었다.

“뭐, 뭐야! 지금 비웃는 거야?!”

레아마저 나를 비웃다니, 슬프다.

하지만 그것은 약간이나마 내 착각이었다.

“푸훗, 비웃는 게 아니라 오빠가 너무 귀여워요. 오빠는 무섭게 보이려고 한 거 같은데…….”

“우쒸!”

젠장, 이럴 때 마물은 뭐 하는 거야? 이럴 때 처들어와야지!

두두두두두!

“……..”

…그렇다고 진짜로 오냐?

“란 형, 마물입니다!”

“우와~ 저게 마물이라는 거예요?”

“아아크, 좀 얌전히 있어요.”

“에이, 레아도 참. 몇 살 차이나 난다고 존대야? 서로 말 놓자고.”

“…지금 그게 문제가 아니잖아!”

아니, 지금 저게 레아한테 추근대는 거야? 하지만 나도 멍청한 녀석은 아닌 관계로… 일단 결계부터 깔고.

그 다음에 아아크를 좀 만져(…) 주었다. 그냥 아주~ 조금만.

“혀, 형! 어억! 왜, 왜 갑자기… 캐액!”

“…닥쳐.”

퍽퍽퍽—

뚜쉬뚜쉬—

푸바바바박—

왜일까, 한순간 마물들이 황당하다는 듯한 눈으로 우리를 바라본 것
은……?

째앵!

"끄악!"

허공에 검은 파편이 흩어졌다. 란슬로의 검은색 클레이모어였다. 자
신이 아는 한에서 최고의 실력을 가진 드워프 루돌프가 필생의 역작이
라고 자랑했을 정도인 클레이모어였지만 지금 이 순간 그것은 무력하
게 부서져 버렸다. 그리고 더불어 란슬로도 허공에 흩날렸다. 비록 몸
어딘가가 잘려 나가거나 한 것은 아니지만 이미 그의 자존심은 자신의
검 이상으로 조각난 채 흩날리고 있었다.

털썩!

란슬로는 바닥에 쓰러졌다. 그리고 그의 앞에는 검은 단발의 차가운
인상을 한 사내 이드가 있었다. 그의 양손에는 각각 푸른 검과 붉은 검
이 쥐어져 있었다. 모양은 평범한 롱소드와 거의 흡사했다. 하지만 그
가 쥐고 있는 두 자루의 검에서는 결코 예사롭지 않은 기운이 흘러나
오고 있었다.

그리고 이드의 뒤에는 검은 로브를 뒤집어쓴 몇 명의 인물들이 서
있었다. 그들의 얼굴은 후드를 푹 뒤집어써서 누구인지 알아볼 수 없
었지만 그들 역시 보통 인물이 아님은 알 수 있었다.

이드는 바닥에 쓰러진 란슬로를 바라보며 입을 열었다.

"내가 이겼다. 아직도 생각이 바뀌지 않았는가?"

바닥에 쓰러져 있던 란슬로는 비틀거리며 일어섰다. 하지만 그의 얼굴에는 여전히 웃음이 남아 있었다.

"…헤헤, 꽤 세잖아?"

"…다시 묻겠다. 아직 생각이 바뀌지 않았는가?"

여전히 거의 감정이 느껴지지 않는 듯한 이드의 차가운 말투에도 란슬로는 신경 쓰지 않는 듯했다. 그는 이드를 향해 엄지손가락을 치켜세워 보이더니 이내 그것을 아래로 가리켰다.

"미안하지만 사양하겠다. 나는 누구 부하나 하는 성격이 아니라서 말야."

"…그런가?"

그 순간 이드의 뒤에 서 있던 인물 중 한 명이 앞으로 나섰다. 하지만 이드는 손을 들어 그를 제지했다.

"됐다. 굳이 죽일 필요는 없겠지."

이내 그는 자신의 뒤에 서 있던 이들 중 한 명을 향해 명령했다.

"미첸, 부탁한다."

미첸이라 불린 상대는 이내 고개를 한번 끄덕여 보이더니 곧 란슬로를 향해 다가갔다.

란슬로는 다가오는 상대를 보고는 다시금 검을 들어 올렸다. 아니, 들어 올리려 했다.

"……!"

그는 오늘 적잖이 당황하고 있었다. 멀쩡히 길을 가고 있던 자신의 앞에 나타난 일련의 무리들. 그들의 우두머리로 보이는 검은 머리는 자신을 이드라고 소개하더니 다짜고짜 자신의 부하가 되라고 하는 것이었다. 그리고 그는 대답했다. '나를 이긴다면 어디 생각해 보지'라고.

그리고 그는 졌다. 이드의 몸은커녕 머리카락 하나 건드리지 못하고 말이다.

완벽한 자신의 패배. 이런 철저한 패배를 해본 적이 있던가? 적어도 전에는 엘프 중 검술 하나는 가장 뛰어나다고 자부하던 그였다. 그리고 실제로 그랬다. 이미 자신은 소드 그랜져에 거의 근접하지 않았는가? 하지만 경지만 그러할 뿐 이미 자신의 능력은 소드 그랜져 이상이라 자부하는 그였고 실제로도 그러했다.

그런 그가 손도 대지 못한 상대 이드는 계속 처음의 그 냉랭한 시선으로 자신을 바라보고 있었다.

그리고 란슬로를 향해 미첸이라 불린 이가 다가오고 있었다.

'…몸이 움직이지 않아……'

그렇다고 자신이 마법에 걸린 것은 아니었다. 상대의 기백에 눌린 건 더욱 아니었다. 오히려 조금은 달콤하기까지 한 느낌이 자신의 몸을 휘감으며 움직임을 방해하고 있었다.

그리고 어느새 상대는 자신의 코앞까지 다가오고 있었다.

"그럼 잠시 꿈을 꾸세요. 꿈꾼 후에는 모든 게 정리되어 있을 거예요."

"쪽!"

여자인 듯 고음의 목소리와 함께 상대는 란슬로의 입에 자신의 입을 맞추었다. 하지만 연인들의 그런 입맞춤과는 전혀 연관이 없는 입맞춤이었다. 오히려 어딘가 섬뜩하기까지 한 그런 입맞춤이었다.

"……"

이내 란슬로의 몸이 허물어졌다. 그의 눈은 마치 넋 나간 사람처럼 눈동자가 풀려 있었다.

털썩―

란슬로에게 입맞춤을 했던 인물 미첸은 곧바로 관심없었다는 듯 몸을 돌렸다. 그리고 '일'을 마친 것을 확인한 이드는 그녀를 비롯한 다른 이들에게 지시를 했다.

"돌아간다."

우웅―

곧 그들 주위의 공간이 일렁이며 그들은 사라졌다. 마치 원래 없었다는 듯이.

다만 산산이 깨진 묘하게 가는 검푹의 클레이모어 한 자루와 눈동자가 풀린 채 땅바닥에 쓰러진 란슬로만이 남아 있을 뿐이었다.

"…라는군요."

"우오오오! 이것들은 대체 얼마나 나를 괴롭혀야 속이 풀리는 거야!!"

쟈밀은 오늘도 어김없이 절규하고 있었다. 하지만 이번의 원인 제공자는 아쉽게도 레이가 아니었다. 간접 제공자라면 가능할지도 모르겠지만……

"이 비벼 말아 튀겨 볶아 삶아 쪄서 말려 죽여도 시원찮을 것들. 아주 날 고문을 하는구나, 고문을."

"에이, 쟈밀도 참. 엄살이 늘었네요."

"닥쳐!"

그리고 언제나 그의 속을 뒤집어놓는 이 레이는 언제나처럼 싱글거리며 그의 옆에 있었다. 그리고 덤으로 라오와 레디도 있었다.

"호호, 쟈밀 오빠, 이제 어쩔 거예요?"

"뭘 어째?"

"란슬로 말이에요, 란.슬.로."

"우으으으음……!"

쟈밀은 신음을 흘리며 고뇌했다. 젠장, 루나는 어디 갔기에 이 악마 같은 것들을 이리 오게 놔둔 거야?!

"할 수 없지. 내가 직접 하나 만드는 수밖에."

"호오, 진짜요?"

레이는 그새 또 쟈밀에게 시비 걸 빌미를 잡은 듯 이럴 때면 예의 사악한 웃음을 지었다. 물론 쟈밀도 이런 때면 짓는 공포 분위기 조성용 인상을 지었다. 그리고 당연히(…) 아무도 겁먹지 않았다.

"…내가 언제 거짓말하는 거 봤냐?"

역시나 우리의 레이는 당연하다는 듯 크게 고개를 끄덕였다.

"네, 아주 많이요."

"크아아아악!!"

결국 또 한 번 폭발하는 쟈밀. 그리고 그의 비전 필살기 중 하나인 '밥상 뒤집기'에 뒤집혀 날아가는 세 명.

"뭐예요, 쟈밀? 난 아무 말도 안 했는데."

"시끄럽다!"

레디의 항의를 단번에 깔아뭉개는 쟈밀이었다. 그리고 그는 이내 방금 전의 '불의의 피해자'인 레디를 향해 손바닥을 내밀어 보였다.

"이렇게 된 이상 할 수 없지. 가져와."

"네? 뭘요?"

능청을 떠는 레디를 보며 쟈밀은 인상을 찡그려 보였다.

"…놀리냐? 오리할콘 말이다, 오.리.할.콘!"

"예이, 예이. 알겠습니다. 곧 대령하지요."

이내 레디는 쌩 하며 쟈밀의 집무실 문을 열고 나갔다. 그리고 레이는 뭐가 그리 재미있는지 연신 싱글거리며 라오를 향해 말을 걸었다.

"후홋, 오래간만에 보겠군요."

"네? 뭐요? 뭔데요?"

라오가 금방 어린아이처럼 아웅거리며 호기심을 드러내자 레이는 입가에 더욱 진한 미소를 담으며 대답해 주었다.

"네, 바로 쟈밀의 '연장 없이 칼 만들기' 지요."

"네? 아무 연장 없이 칼을 만든다고요?"

"네. 쟈밀에게는 그저 검을 만들 금속만 있으면 됩니다. 풀무나 망치 따위는 전혀 필요가 없죠."

"와아~ 빨리 보고 싶어요~"

"……."

자신을 구경거리로 삼겠다는 사악한 음모를 들으면서도 그저 인상을 팍팍 쓰며 둘을 노려보는 쟈밀이었다. 아직은 참겠다는 뜻이기도 했다.

덜컹!

"자아, 가져왔어요!"

그리고 때맞추어 쟈밀의 집무실 문을 박살 내듯이 열어젖히며 들어오는 레디. 그녀의 양손에는 은보다 더욱 은색의 광택이 나는 금속 한 덩어리가 들려 있었다(그 덩어리가 좀 커서 사람 덩치 이상이었지만 일단은 덩어리라 해두겠다).

레이는 그녀가 들어오자마자 손뼉을 치며 좋아하였다. 그것은 마치 희대의 명 서커스단의 공연을 보는 관중의 모습이었다.

"이제 보실 수 있을 겁니다, 명인 중의 명인 쟈밀이 손수 검을 만드는 장면을."

"와아, 드디어 직접 보는 건가요? 한번쯤 꼭 보고 싶었어요!"

"어머, 언니도 본 적이 없나요?"

"응, 나도 제이한테 말로만 들었지 직접 본 일은 없어. 사실 제이도 말로만 들었대. 직접 본 건 저기 레이 한 명뿐."

"하하하, 저도 딱 한 번밖에 못 봤습니다. 사실 저도 한번쯤 더 보고 싶었는데 잘됐군요."

마치 서커스단 곰을 보는 듯한 셋의 시선에 쟈밀은 안 그래도 구겨진 얼굴을 더욱 구겼다. 마치 자신의 얼굴이 얼마나 구겨지는지 실험이라도 해보겠다는 듯하였다.

그리고 이내 그의 입에서 마치 거대한 폭발음을 연상하게 하는 거성(巨聲)이 터져 나왔다.

"나가!!"

뻥!! ×3

이내 가차없이 자신을 놀리던 셋을 집무실 밖으로 걷어차 쫓아내는 쟈밀이었다.

"아, 참, 레아! 그렇게 하는 게 아니라니까."

"하, 하지만."

"그렇게 하프를 잡는 건 제대로 된 방법이라니까. 정통 고집하면서 따지는 게 아니라고."

"하지만 이렇게 하는 게 더 편한데?"

"아, 참, 정말 말 못 알아듣네. 아, 미안. 내 말이 좀 심했지? 어쨌든 잠깐 그 하프 좀 줘봐."

곧 레아의 하프를 받아 든 아아크는 좀 전까지 레아가 하프를 들고 있던 자세와는 조금 다른 자세로 하프를 들고는 이내 연주를 시작했다.

이내 그의 손이 움직이자 그의 손을 따라 정말 황홀한 멜로디가 흘러나왔다. 언제 들어도 기분 좋을 것 같은 음악. 노래 부르는 사람도 없고 오직 하프 하나로만 연주하는 것이지만 그의 연주는 한 무리의 악사들의 합주에도 전혀 밀리지 않을 정도로 훌륭한 음색이었다.

"와아~"

"흐음, 정말 언제 들어도 좋군요, 아아크의 연주는."

"맞아. 어떻게 하면 저렇게 악기를 잘 연주할 수 있을까?"

"적어도 단순히 신의 축복 때문만은 아니라고 단언할 수 있겠군요. 황실 악사도 저것에 비하면 새 발의 피라고 해도 과분할 정도니까요."

"응, 전에 너희 나라 무도회에서 들은 연주는 비교도 안 될 정도야."

"…그렇게 직설적으로 말씀하실 것까진……."

"응? 하지만 너도 아까 직접 대놓고 말했잖아? 새 발의 피라고 해도 과분할 정도라고."

"…죄송합니다."

나와 제라드가 이런 잡담을 나누는 동안 아아크의 짧은 연주는 끝났고 그런 아아크를 바라보는 레아의 시선은……

초롱초롱.

눈을 빛내며 아아크를 바라보고 있었다. 그야말로 순진무구한 눈빛 공격. 그리고 아직 그녀의 공격(…)을 눈치 채지 못한 아아크는 하프를 갈무리하면서 레아를 향해 씨익 웃어 보였다.

"와아, 정말 대단해."

"봐, 이런 연주 기법을 쓰려면 지금 네가 잡는 방식으로는 힘들다고. 일단 넌 하프 잡는 버릇부터 고쳐야겠다."

"응, 노력할게."

"…헤헤헤."

야, 아아크! 너 왜 얼굴을 빨갛게 하고 난리야! 앙! 네가 감히 레아한
테 수작 부린다 이거야?! 레아는 엄연히 약혼한 상대가 있… 었지…….

쾌나 오랫동안 잊고 있었구나.

"휴우~"

나도 참 욕심 많은 놈이지. 레아를 그렇게 혼자서 독차지하고 싶어
하는 건가. 나도 어지간히 나쁜 놈이었군. 분명 임자 있는 여자인데…
본인도 원하는지는 모르지만.

적어도 싫어하지 않고 있는데…….

"어라? 란 형, 왜 갑자기 한숨은 쉬고 그래요?"

"응? 아냐아냐. 별거 아냐."

"후훗."

허둥지둥하는 내 태도에 제라드는 그저 의미를 알 수 없는 웃음을
한번 지어 보일 뿐이었다.

"뭐야, 제라드. 그 수상쩍은 웃음은……?"

"어어, 수상쩍은 웃음이라뇨? 그런 섭섭한 말씀을."

"뭐야? 날 비웃기라도 하는 거야?!"

"아니라니까요. 우욱! 뭐, 뭐 하는……."

"아니긴 뭐가 아냐! 빨리 제대로 불어!"

"캐액!"

괜히 애꿎은 제라드에게 화풀이하는 나였다.

인간 좀비

"우워~"

쟤는 대체 언제부터 왜 저래? 마치 좀비같이…….

"야, 대체 왜 그래?"

"우워워어어어~"

…정말 꼴이 말이 아니군. 그리고 그런 그의 태도를 결코 좋지 않은 시선으로 보는 것은 나뿐이 아니었다.

"이봐, 아아크. 대체 왜 그러는 거야?"

"그래, 아아크. 뭐 때문에 그래?"

"우워어어어~"

…….

정말 짜증나게 하네. 대체 어제 공사터 지나가다 뒤통수에 통나무로 한 대 맞은 다음부터 왜 저러는 건지…….

빠악!

"우워어어어~"

뽀각!

"꾸어어어~"

빠직!

"으아아아악!!"

털썩!

"으악! 뭐 하는 거예요? 아프잖아요! 히익! 팔 부러진 거 봐!"

그러기에 진작 듣는 시늉이라도 할 것이지……. 게다가 난 팔을 부러뜨린 기억은 없는데… 양팔이 탈골된 채 길바닥에 엎어진 그의 모습은 정말 가관이었다.

"그러기에 누가 계속 좀비 놀이 하래?"

"히잉, 아파요오~"

"알아서 고쳐."

하지만 내 말에도 아아크는 그저 가만히 서 있기만 할 뿐이었다. 그걸 보다 못한 내가 빽 소리를 질렀다.

"뭐 해? 빨리 뼈 안 맞추고."

"…양팔이 다 탈골된 거 안 보여요?"

"아차~"

내 실수를 깨달은 나는 곧 말에서 내려 아아크에게 다가갔다. 그리고 곧바로 그의 양팔을 다시 맞춰주었다.

따닥!

"흐이이……."

"자, 제대로 붙었냐?"

“아우우, 아프네요.”

하지만 지금의 아아크의 얼굴에는 아프다는 것보다는 오히려 재미있었다는 표정이 더 역력했다. 이 녀석… 매저였나?

그리고 결국에 그는 본성(?)을 드러내었다. 눈을 초롱초롱 반짝이면서…….

“와아, 형, 방금 그거 어떻게 한 거예요? 되게 신기해요. 어떻게 하면 그렇게 쉽게 뼈를 뺄 수 있어요?”

“…….”

이런 걸 꼭 가르쳐 줘야 하나? 당연히 나는 이 녀석이 두려워졌다. 뭐가 되었든 호기심으로 변하는 이 녀석의 머리 속에는 대체 뭐가 들어 있는 걸까?

“아아크, 이제 괜찮냐?”

“네? 뭐가요?”

아아크는 마치 하나도 생각이 안 난다는 듯 좀 전까지의 좀비(…)와 자신은 전혀 별개의 인물이었다고 주장하는 것이라고 생각할 정도로 순진무구한 표정을 하곤 내게 질문하였다.

“후우, 너 장난하냐? 어제부터 좀 전까지 좀비마냥 우어어~ 하고 있었잖아.”

오히려 내가 더 흥분해서 그에게 따지듯이 묻자 그는 잠시 무언가를 골똘히 생각하더니 이내 손바닥을 탁 치며 생각났다는 듯 대답했다.

“아, 혹시 제가 유체이탈했던 상태를 말하는 건가요?”

“에에에?!” ×3

어느새 나와 아아크의 대화를 듣고 있던 레아와 제라드도 무슨 소리인지 귀를 기울이다 아닌 밤에 홍두깨마냥 튀어나온 아아크의 어처구니없는 답변에 입과 눈이 동그레졌다.

"무, 무슨 헛소리야? 유체이탈이라니……?"

"아, 그거요? 말 그대로예요. 전 가끔 몸에서 영혼이 빠져나가거든요."

"……."

"뭐예요. 그런 사람 못 믿겠다는 듯한 표정은?"

"…너라면 믿겠냐?" ×3

한결같은 우리의 대답에 아아크는 일순 당황하는 표정을 지었지만 이내 곧 원래의 싱글거리는 표정으로 되돌아왔다.

"아아, 가끔 있는 일이에요. 주로 제가 큰 충격을 받을 때 생기는 일이거든요. 물리적이든 정신적이든요."

'수상해…….'

나는 물론이고 레아와 제라드도 도저히 못 믿겠다는 눈으로 그를 쳐다보았다. 그러자 아아크는 아주 조금 곤란해하는 표정을 지어 보이며 설명을 계속했다.

"아참, 정말 못 믿으시네요. 그럼 증거를 하나 대볼게요. 최근 학계에 새로 발표된 좀비에 대한 논문 읽어보셨나요?"

"웅? 무슨 소리야? 누가 좀비에 대한 논문이라도 썼대? 쓸 게 뭐가 있다고?"

나와 제라드는 무슨 소리인지 전혀 못 알아듣겠다는 표정을 지었으나 레아는 양 손바닥을 탁 치며 알겠다는 듯한 표정을 지었다.

"아아, 혹시 너희 아버지께서 쓰신 그 논문 말하는 거니?"

"웅, 역시 레아는 알고 있구나."

설마 했는데 진짜 그런 논문이 있단 말인가? 하긴 내가 가지고 있는 논문은 대부분이 쟈밀에게 받은 몇백 년 전의 논문이 대부분이니까…….

아아크의 설명을 간단히 추려보면 이렇다.

좀비. 이 '몬스터'에 대해─여기서 말하는 좀비는 마법 등의 초자연적인 방법으로 만든 것이 아닌 약품 등을 통해 인위적으로 제조한 좀비를 말한다─여러 가지 가설이 존재하였으나 이번에 아아크의 아버지인 레저스 하스가 발표한 '좀비의 생태'라는 괴상한 이름의 논문으로 인해 좀비에 대한 관념이 상당히 전환되었다는 것이다.

그의 논문에 의하면 내용은 이렇다. 좀비는 살아 있다고(물론 주술 등으로 만든 마법적 좀비 제외). 그렇다면 왜 그렇게 원초적인가? 그것은 영혼이 없기 때문이라고 한다.

그런데 영혼이 없음에도 왜 움직이는가? 비록 짐승 이하의 움직임이지만 그래도 그들은 최소한에서도 최소한의 사고 능력은 있는지 움직이는데 말이다. 레저스는 그것을 이 방법으로 증명했다.

'사람의 뇌에는 사고하는, 또는 영혼을 담아두는 부분 외에 원초적인 움직임을 육체에 전달하는 부분이 있다.'

어디까지나 가설이다. 하지만 이렇게 하면 좀비의 생태(…)가 어느 정도 설명이 된다는 것이다. 그들이 다른 생명체를 잡아먹는 것은 생존을 위한 최소한의 본능이다. 하지만 그들에게는 행동으로서의 본능만이 있기 때문에 재생 작용 등의 활동이 생기지 않는 육체가 된다. 때문에 그들은 다른 생명체를 잡아먹어도 소화하지 못하고 그들의 피부는 재생 작용을 하지 못하고 썩어 문드러진다는 것이다.

그리고 이게 가장 중요한 이야기인데 그 좀비에 대한 실험을 하기 위해 아아크를 마루타(!)로 썼다는 것이다.

그리고 아아크가 담담하게, 아니, 오히려 재미있었다는 듯한 투로 그 부분을 설명할 때의 우리 표정은 가히 압권이었다.

'부자 맞어?'

순간 내 머리 속을 지나가는 생각이었다. 더불어 이 논문은 언데드가 국민으로 인정을 받는 리네크 공국의 언데드 학자—리치, 뱀파이어 등. 네크로맨서도 포함—들에게 선풍적인 반향을 일으키고 있다고…….

음, 나도 나중에 한번 구해서 읽어봐야겠군.

추가로, 지금 레저스는 스켈레톤에 대한 논문을 쓰기 위해 연구를 하고 있다고……. 이거 신성왕국의 재상에 공작 맞어?!

"그리고 다음부터는 그렇게 과격하게 깨우지 말아주세요. 좀 더 살살 해달라고요."

"어떻게……?"

"그냥 약한 라이트닝으로 가볍게 한번."

"……."

그의 말투는 지금까지 굉장히 많이 당해봤다는 투였다. 이제는 당연히 그런 방법이면 원래대로 정신이 돌아온다는 듯한 말투.

나는 나도 모르는 새에 아아크의 어깨에 손을 얹고 있었다.

턱!

"아아크."

"네?"

"…고생이 많았구나."

내 말에 아아크는 그저 어색하게 웃을 뿐이었다.

지이이잉!

키이이잉!

꽤나 소란스러운 소리가 쟈밀의 집무실을 울렸다. 정확히 말하자면 그의 집무실 비밀 통로 너머에 있는 연구실이지만.

지이이이잉!

키이이이잉!

쟈밀은 지금 검을 만들고 있었다. 정확히는 검신을 만들고 있었다.

하지만 문제는 그가 검을 만드는 방법에 있었다.

망치도, 집게도, 풀무 불도, 모루도, 그 무엇도 없었다. 하지만 지금 쟈밀이 검을 만드는 것은 확실했다.

그는 단지 자신의 몸—오해마시길—하나로 검신을 만들고 있었던 것이다.

그의 빛나는 손이 검신을 훑을 때마다 검날은 더욱 견고해지고 날카로워졌다.

그의 눈에서 나오는 광선이 검날 옆을 한번 지나가면 갖가지 기하학적인 마법적 무늬가 생겨났다.

그가 검신에 입김을 불어넣으면 검신에 새겨진 마법적 무늬가 눈부신 빛을 발하였다.

그렇게 한참 동안 검을 주무르던 쟈밀이 그제야 봐줄 만하다는 표정을 지으며 작업을 멈추었다. 그의 이마에는 땀이 송글송글 맺혀 있었다. 쟈밀은 이마에 맺힌 땀을 손등으로 닦으며 입을 열었다. 그의 손에 들린 검신의 길이는 거의 1. 6미터에 달하였으나 그 검폭은 고작 8센티 정도에 불과했다.

"후우, 이제 좀 봐줄 만한 물건이 된 듯하군."

쟈밀은 자신이 만든 검신의 끝을 잡고 다른 한 손으로 허공에 손짓을 했다. 그러자 그가 손짓을 한 공간에서 어른 몸통만한 투명한 보석 덩어리가 나타났다. 다이아몬드였다.

샤밀은 망설이지 않고 방금 만든 검신을 다이아몬드덩어리에 가져 갔다.

피잉!

작지 않은 공명음과 함께 검신에 보라색 막이 생겨났다. 그리고 그 순간 검신의 날과 다이아몬드 덩어리가 접촉했다.

스윽!

다이아몬드가 잘려 나갔다. 마치 두부나 푸딩 자르듯이 간단하게. 그렇게 다이아몬드를 깨끗하게 두 동강 낸 뒤 샤밀은 다이아몬드를 절단한 검신을 이리저리 돌려보더니 이내 흡족한 표정을 지었다.

"후우, 그럭저럭 쓸 만하게 만들어진 것 같군."

그리고는 그는 곧바로 옆에 놓여 있던 커다란 하얀 천으로 검신을 감쌌다. 그리고 바로 자신의 실험실에서 나왔다.

다시 자신의 집무실로 돌아온 샤밀은 천으로 싼 검신을 테이블 위에 올려둔 채 와인 잔을 집어 들었다.

"후우, 간만에 하니까 꽤 힘든데?"

잔에 와인을 채운 뒤 그것을 입으로 가져갔다. 향긋한 술향기가 입 안에서 목구멍을 거쳐 지나갔다.

"흐음, 그럼 손잡이와 장식은 누구한테 부탁하지? 역시 레이 아니면 루나인가? 흐음……."

사실 조형에 대한 감각은 자신들 중 레이가 가장 뛰어났다. 하지만 레이에 대한 격렬한 거부 반응을 가진 그인만큼 그에게 부탁을 한다는 것이 꺼려지는 것이었다.

그리고 그 사실은 쟈밀의 결단을 더욱 빠르게 해주었다.

"뭐, 란이 쓰는 것도 아닌데 적당히 해도 상관없겠지. 루나한테 부탁해야겠다."

집무실 문을 열고 나서는 그의 발걸음은 가벼웠다. 앞으로 닥쳐 올 그의 험난한 운명을 모른 채…….

내가 만나는 귀족, 왕족은 왜 다 이래?!

"아, 그런데 형들은 지금 어디 가는 거예요?"

난데없이 튀어나온 아아크의 질문. 정말 이 녀석과 얼마간 같이 다니면서 느끼는 거지만… 이 녀석은 정말 특이한 녀석이다. 예측할 수 없다고나 해야 할까?

뭐, 그것도 어느 정도 아아크에 대해 알게 되니까 그래도 어느 정도는 예측할 수 있지만 어디까지나 '어느 정도'였다.

"어라? 몰랐어? 우리 지금 아이어―프로튼 왕국의 수도―에 가는 거야."

"왜요?"

"왜기는, 당연히 그 신탁 때문이지."

내 대답에 아아크는 묘한 표정을 지었다.

"어라? 그런데 이렇게 천천히 가도 되는 거예요?"

그럼 전력을 다해 질주라도 해야 하나? 내가 이런 생각을 하고 있을 때 이어서 나온 아아크의 말은 충격이었다.

"그럼 마법진을 이용하면 되잖아요. 프로튼은 도시마다 이동 마법진이 설치되어 있는데."

"에엥?"

나는 대단히 놀라웠고 그것은 레아와 제라드도 마찬가지였다. 나는 그런 그와 그녀의 표정을 보자 마법진의 존재에 대한 것보다 그들이 이렇게 놀라워하는 이유가 더 궁금했다.

"어라? 레아, 제라드, 모르고 있었어?"

"네에. 사실 이동 마법진이 있는 건 알았지만 그건 수도와 수도 주변의 일부 대도시에만 설치된 거였거든요."

그러자 아아크가 놀랍다는 듯한 표정으로 말했다.

"에에? 아니, 란 형은 그렇다 쳐도 어떻게 레아랑 제라드 형이 그걸 모르는 거지? 프로튼 내 전 주요 도시에 이동 마법진이 설치된 게 벌써 반년 전인데?"

그러자 레아의 반문.

"어라? 그렇게 빨리? 아니, 나도 프로튼이 전 도시에 마법진을 설치한다는 건 알았지만 완료 예정 시기가 내후년 초 아니었나?"

"아아, 원래 그랬는데 리네크 공국에서 도와주었나 봐. 지금 프로튼의 국왕과 리네크의 공왕은 되게 친하다고 하던데? 원체 티네크 공국이 사실상으로 프로튼의 속국이기도 하니까 그렇겠지만."

"호오, 그래?"

그들은 대충 전후 사정이 이해가 간 듯 고개를 끄덕이며 이야기를 주고받았지만 나에게는 그 무엇보다 납득이 안 가는 점이 하나 있었다.

“잠깐잠깐. 설명 좀 해줘. 대체 어떻게 워프 마법진을 설치했다는 거야? 분명히 장거리 워프는…….”

“했다가는 공중분해된다, 맞죠?”

“어… 응.”

하지만 내 예상과는 달리 아아크는 내가 할 말의 요지를 이미 알고 있었다. 그렇다는 것은 지금 그들이 이야기한 ‘이동 마법진’은 워프 마법과는 다르다는 것인가?

“제가 이야기한 이동 마법진은 워프를 쓰지 않아요.”

“그러면?”

“텔리포트를 써요.”

“텔리포트?”

공간이동 마법은 여러 가지가 있지만 가장 많이 쓰는 것은 세 가지이다. 첫째가 블링크. 이 마법은 수 미터에서 수십 미터 정도의 가까운 거리를 이동할 때 쓰이는 마법이다. 물론 그만큼 클래스가 낮기 때문에 쓰기도 쉬운 편에 속하는 마법이다. 그래 봐야 공간이동 계열 마법 자체가 마법을 쓰는 데 필요한 속성이 많은 편이고 난이도도 높은 편이라 어디까지나 ‘비교적’이지만.

그리고 둘째가 이 텔리포트이다. 이것은 수백 미터에서 수 킬로미터, 일단은 시야에 들어올 수 있는 거리 정도를 이동하는 이동 마법이다(물론 태양이나 달 등으로 이동하지는 못한다).

마지막으로 워프. 이것은 시전자의 능력─마법진 등의 증폭 정도─에 따라서 수백 킬로미터 이상까지도 이동이 가능한 마법이다. 물론 워프를 하기 전에 그 지역을 가보았든가, 아니면 목적지의 정확한 좌표를 알고 있어야 하겠지만 그 정도야 기본 중의 기본이니 스킵. 하지만 그만큼 난이도가 높은 마법인데다가 전에도 설명했듯이 700~800여 년 전에 발생한 어떤 사건으로 인해 이 워프 마법은 그 효과가 탁월하면서도 주변에 해를 끼치지 않는 훌륭한 자살 마법으로 그 용도가 변해 버렸다.

"하지만 텔리포트로 그런 거리를 이동시켜 주었다가는 마나 소모가 무지막지할 텐데? 게다가 그 많은 마법사는 어떻게 배치하고 마법진은……."

"형은 도미노 효과를 알아요?"

"도미노? 그 블록을 여러 개 이어지게 세워놓은 뒤 하나를 넘어뜨리면 나머지도 줄줄이 넘어지는 거?"

"네, 그것과 같아요."

하지만 그런 정도로는 아직 그가 하려는 설명의 의도를 알 순 없었다. 때문에 나는 그에게 좀 더 상세한 설명을 요구하였다(정확히는 나보다 독자분들을 위한 것이겠지만).

"좀 더 자세히 설명해 봐."

"물론 마나의 소모량도 크고 마법진도 많이 그려야 하겠죠. 하지만 마법사는 필요없어요."

"하지만 마법사가 없으면 제어는 누가 해?"

"그거는 미리 마법진에 일종의 일괄 처리 명령어를 집어넣어 두는 식으로 해결해요. 예를 들어 A라는 지역에서 B라는 지역으로 이동하려고 한다면 일단 그 이동 수단이 텔리포트이므로 거쳐야 할 마법진의 수는 제법 많겠죠?"

"그렇지."

"그런데 요는 이것이 일종의 도미노처럼 해결된다는 거죠. A에서

B로 이동할 때 그 사이에 1, 2, 3, 4, 5… 이런 식으로 중간에 마법진
들이 있겠죠? 하지만 그 사이의 1이라는 마법진은 무언가가 그 위로
올라오자마자 무조건 그 대상을 2번 마법진으로 보내 버리게 해놓는
거예요. 마찬가지로 2번 마법진은 그 마법진 위에 올려진 것이 무엇
이든 간에 무조건 3번 마법진으로 보내고… 이런 식으로 해서 순식간
에 A에서 B로 이동할 수 있게 되는 것이죠. 아, 물론 먼지같이 너무
가볍고 작은 것에는 반응하지 않게 하는 식으로 오작동에 대해서는
미리 최대한의 준비를 해두었고요."

"흐음……."

"물론 이렇게 해도 수백 년 전의 워프 방식에 비하면 그 비용도 엄청
들고 이동 한번 한 뒤에 다시 마법진에 마나가 충전되기를 기다리는
불편이나 중간중간 설치된 마법진들의 관리 문제 등도 있겠죠. 하지만
지금은 이게 최선책이에요. 뭐니 뭐니 해도 순식간에 그렇게 먼 거리
를 이동할 수 있다는 것은 그 자체로 엄청난 메리트인걸요. 하지만 공
사가 공사인 만큼 이 정도의 대공사는 마법 왕국 프로튼이 아니면 하
기 힘들 정도라는 게 문제이기는 하지만요."

"그렇군."

"자, 여러분! 이것으로 오늘의 '아아크와 함께하는 친절한 마법학
개론 시간'을 마치겠습니다!"

"…누구한테 하는 소리야?"

뒷부분이 조금 이상했지만 어쨌든 친절한 아아크의 설명이 끝났고,
나는 그제야 어떻게 도시 간 이동이 가능해졌는지 이해하곤 고개를 끄
덕였다. 하지만 그 순간 나는 머리 속으로 한 가지 불길한 상상이 지나
갔다. 그 이동 마법진에 대한 것은 아니었다. 아까 분명히 리네크의 왕

이 어쩌고…….

"그런데 어떻게 그걸 모르고 있었던 거야?"

"으응, 나야 별로 그런 데에 자세히 관심을 가지거나 하진 않았으니까."

"으음, 나는 그때 당시 기사 수련 차원에서 기사단 합숙 훈련을 했는데."

아아크가 계속 레아와 제라드와 잡담을 나누어도 지금 내 머리 속에는 한 가지 생각만이 꿈틀대고 있었다.

방금 아아크가 프로튼의 왕은 리네크의 공왕과 친하다고 했다. 그리고 리네크의 공왕은 리치이다. 편견에 선입견에 불과하고 그걸로 끝나기를 바라야 하는 일이지만 왠지 프로튼의 왕은 음침한 인물이라는 생각이 내 머리 속을 지배했다. 리치와 친하게 어울리는 사람의 정신회로가 멀쩡할 거 같지는 않았기 때문이다. 비록 이것이 단순한 선입견이기는 하지만 그래도 그런 생각이 안 들 수가 없었다.

덕분에 나는 머리를 감싸 쥐며 레아를 걱정할 수밖에 없었다.

'으아악! 그럼 레아의 남편이 될 인간이 그런 음침이란 말인가? 안 돼. 그런 일은 일어나서는 안 돼! 내가 사랑하는 레아는 결코 불행해서는 안 돼!'

그리고 나는 그 순간 결심했다. 만에 하나라도 그 프로튼의 왕이라는 작자가 레아를 불행하게 하는 순간 그 작자를 가만두지 않겠다고.

이미 내 머리 속에서의 프로튼의 국왕의 이미지는 초음침 변태 마법사가 되어버리고 있었다. 원래부터 시커먼 색이었는지, 아니면 워낙 세탁을 안 해서 그런 건지 알 수 없는 시커먼, 망토라고도 하기 힘든 거적을 걸친 모습에 사람 얼굴인지 아니면 고블린 사촌 형님인지 알수 없는 얼굴에다가 입가에는 침을 뚝뚝 흘리는 그런 녀석으로……

그리고 시간이 갈수록 내 상상은 날개를 달아 더욱 비약되고 있었다.

'혹시 레아를 실험 재료로 쓰거나 하는 건 아니겠지? 으아아아! 안 돼! 그런 일은 있을 수도 없고 있어서도 안 돼!'

"어라? 란 오빠, 뭐 해요? 머리를 부여잡고는."

"여기가 아이어?"

"네, 여기가 프로튼 왕국의 수도 아이어입니다. 그런데 그만 좀 물어 봐요. 벌써 4번째라고요."

"하지만 인간의 도시가 이렇게 아름다운지 몰랐어."

프로튼 왕국의 수도 아이어. 그곳은 인간 도시의 미를 극대로 이룬 곳이 아닐까? 길 양 옆의 밝게 빛나는 가로등과 그 가로등이 밝혀주는 큰길 사이로 지나다니는 인간—가끔 엘프나 드워프, 호비트 등이 있기도 하지만 극소수였다—들, 상당히 이쁘게 지어진 건물들, 그리고 너무 적막하지 않으면서도 조용한 분위기. 이 모든 것이 이 아이어라는 도시의 아름다움을 만들어내고 있었다. 무엇보다도 이 도시는 마법 왕국의 수도라는 것에 걸맞게 도시 전체가 마법적인 분위기를 띠고 있었던 것이다.

"란 오빠, 란 오빠, 정신 좀 차려요."

내가 한참 동안 넋 놓고 바라보고 있었는지 레아가 나를 흔들었다. 나는 그제야 정신을 차리고 레아를 바라보았다.

"으, 응. 내가 좀 넋이 나갔었나?"

"네, 입을 벌리고 보고 있던데요?"

으음, 내가 그렇게 멍하게 보고 있었다는 건가? 그리고 역시나 레아는 풋 하고 웃으며 한마디를 덧붙였다.

"푸훗, 오빠가 그렇게 하고 있을 때 얼마나 귀여웠는지 알아요? 정말 너무 사랑스러울 정도였다고요."

"우씨!"

"호호."

역시나 나를 어린애 취급하는 말은 빼놓지 않는군. 이래 봬도 100살, 아니, 이제 101살인가? 어쨌든 그렇게 나이가 많은데. 물론 엘프 치고는 아직 젊다 못해 어린 편이지만 어쨌든 여기 있는 일행 중에서는 내가 최연장자인 것은 틀린 게 아니니까.

그때 아아크가 끼어들었다.

"자자, 일단 여관부터 잡죠. 한밤중에 왕궁을 방문한다는 건 좀 모양새가 안 좋으니까."

"그러지."

아아크는 이 도시에 꽤 와봤는지 상당히 이곳 지리를 잘 알고 있는 듯하였다. 그는 잘 알고 있는 단골집인 듯한 여관으로 우리를 데려갔는데……

그 여관 이름이 압권이었다. 평소 같으면 여관 이름 같은 건 외우기는커녕 쳐다보지도 않는데 이 여관의 이름은 꽤나 인상적이었다.

여관, 이름하여 '악의 총본산'.

"……"

"…여관 이름 하나 특이하군요."

"그러게 말야."

그런 우리의 이 여관에 대한 첫인상에 대한 감상을 아는지 모르는지 아아크는 성큼 여관 안으로 발을 옮기며 우리를 향해 외쳤다.

"어이, 뭐 해요? 빨리 안 들어가고."

"후아~ 잘 먹었다."

"저도요."

이 여관은 이름과는 달리 너무나 훌륭한 이름이었다. 그것은 시설 뿐만이 아니라 요리도 그러했고 덕분에 나는 간만에 포만감을 느낄 정도로 많이 먹게 되었다. 그리고 그것은 레아나 제라드도 마찬가지였다.

"어머, 나 이렇게 많이 먹었다가 살찌는 건 아닌지 모르겠네."

…이미 다 먹은 다음에 그런 말 해봤자…….

난 오늘 처음으로 능청을 떠는 레아를 보았다.

그리고 제라드는 입가를 닦은 뒤 궁금하다는 표정으로 아아크에게 질문했다.

"그런데 아아크."

"응? 왜?"

"어떻게 이런 여관을 알고 있었던 거야?"

제라드의 질문은 나도 물어보고 싶었던 거였다. 레아도 궁금한지 그의 대답을 기다렸다.

"응, 그거야 간단하지. 내 친구가 세운 여관이거든."

"에엥?"

가만, 아아크는 올해로 19살이라고 하지 않았나? 그런 녀석의 친구라면 잘 봐주어도 20대 중반인데 그런 인간이 여관을 세웠다고?

“친구? 누군데?”

“헤헤, 그건 내일이면 알 수 있을 거야.”

웃으며 대답하는 아아크. 친구 여관 칭찬을 하니까 자기 기분도 덩달아 좋아진 듯하다.

“그래, 내일이면 알 수 있어.”

“안녕, 아아크. 오랜만이구나.”

“안녕! 형도 오랜만이야!”

덥석!

아아크는 자신의 앞에 있는 상대의 손을 덥석 마주 잡았다. 그리고 서로 상당히 세차게 손을 흔들었다. 상대는 상당히 졸리는지, 아니면 원래 그러는지 반쯤 감긴 눈이 인상적인 준수한 외모의 사내였다. 그는 관료인지 꽤 장식이 많이 달린 문관복을 입고 있었다.

상대는 인상을 쓰며 악수한 손을 풀고는 그 손을 위아래로 흔들었다.

“아야야, 아프잖아. 못 본 사이에 힘만 세졌냐?”

“헤헤헤, 설마. 외모도 상당히 남자다워지지 않았어?”

“그렇군. 상당히 건달다워졌어. 점점 더 공작가 공자답지 않아지는구나.”

“그게 아니잖아!”

“하하하하!”

그 둘은 이제 우리들은 안중에도 없는 듯 떠들고 있었고 보다 못한 내가 그들 사이에 끼어들었다.

“흠흠, 이봐요. 감격의 상봉은 좀 나중에 해도 괜찮지 않을까요?”

그제야 아아크와 떠들고 있던 상대는 우리가 있다는 것을 인식한 듯 우리를 향해 고개를 돌리며 어색한 미소를 지어 보였다.

"아, 죄송합니다. 제가 실례를 범했군요."

"아뇨. 중간에 대화를 끊은 제가 더 실례했죠."

일단은 형식상이라도 맞장구쳐 주는 나였다.

"일단은 제 집무실에서 이야기하도록 하지요. 아, 차는 무엇으로 하시겠습니까?"

무슨 소리야? 왜 이 남자가 우리와 이야기를 하겠다는 거지? 하지만 내 입은 나의 의지와는 상관없이 움직이고 있었다.

"밀크 티."

"아, 나는 오렌지 주스."

"커피, 되겠습니까?"

"음, 저는 레몬 차로 주세요."

"자, 드시지요."

그는 우리에게 차를 마시도록 권하고 있었으나 지금 내 입에 차가 들어갈 리가 만무했다.

나는 그 원인을 제공한 아아크에게 따졌다.

"아아크, 왜 말 안 했어?"

"네? 뭐를요?"

"프로튼의 왕이 부업으로 여관을 경영한다는 거."

"아아, 그거요? 제가 말했잖아요. 오늘이면 알 수 있을 거라고요."

하지만 그 '여관 주인'을 이렇게 만날 줄은 상상도 못했단 말이다 아! 세상에…….

저 졸린 눈이 이 나라의 왕이었을 줄이야.

"아아, 그건 취미 생활입니다. 누가 부탁을 했었거든요."

그는 별로 대수롭지 않다는 듯 넘기려고 했으나 아아크는 예리한 눈으로 그를 바라보았다.

"흐음……."

"어라? 왜 그러니, 아아크?"

돌연 아아크가 그에게 다가가자 이내 그의 머리카락에 코를 가져다 대었다.

"흐음, 형도 참 너무하지."

"어라? 뭐가 말이냐?"

누가 보아도 능청을 떠는 것이라고 느낄 만한 그의 표정에 아아크의 옆 머리에는 커다란 땀방울이 생겨났다.

"하하하… 몰라서 물어? 그새 바꿨지?"

"응? 아아, 조금……."

"뭐가 조금이야! 이제 겨우 2년도 채 안 됐는데 또 바꾼 거야?"

"야야, 누가 들으면 내가 엄청 못된 놈인데다 상습범인지 알겠다. 이제 겨우 6번째야."

"…형은 편히 못 죽을 거야."

"하하하, 설마……. 오히려 더욱 편히 죽겠지. 내가 얼마나 잘해줬는데."

"…이봐요……."

이번에도 둘만의 세계(…)로 여행을 떠나지 않을까 걱정했지만 이번에는 금세 대화를 끝맺는 그들이었다. 이윽고 상대는 손가락을 퉁기며 말했다.

"아차, 그러고 보니 아직 제 이름도 말 안 했군요. 처음 뵙겠습니다. 제 이름은 레미엘 넬 아르다스 자토벨라 드라이거 하벨린 프로튼 2세입니다. 현재 프로튼이라는 나라의 국왕을 하고 있지요. 다음부터는 그냥 레미엘이라고 불러주십시오."

"…소개가 참 빠르네요."

게다가 이름도 참 길다. 소브런의 왕은 이름이 짧더만 여기 왕은 왜 이렇게 이름이 길어? 내 핀잔에도 상대는 그저 담담히 웃을 뿐이었다.

"하하하, 그쪽도 아직까지 소개를 안 하시지 않았습니까? 그냥 봐주시죠."

"하… 하… 하……!"

참 넉살 좋은 왕이군. 내가 만나는 귀족이나 왕은 왜 다 이러지?

"라니오스입니다. 현재 미약하나마 엘프의 첫 번째 검이라는 직책을 맡고 있습니다."

"레아시아 벨자크 소브런입니다. 만나뵈서 영광입니다, 전하."

"제라드 월테하트입니다. 만나뵈서 영광입니다, 전하."

가만, 그러면 이 남자가 레아와 약혼을 한 그 인간이라는 건가?

이런 생각을 하는 도중 튀어나온 아아크의 말은 내게 충격과 걱정을 안겨주었다.

"그런데 형은 대체 언제쯤 그 버릇을 고칠 거야?"

"응? 뭘?"

이번에도 웃음을 지으며 능청을 떠는 레미엘이었고, 그런 그의 반응에 아아크는 한숨을 푹 내쉬었다. 그의 모습으로 보건대 아마 한두 번이 아니었던 것 같다.

"이봐요, 레미엘 전하. 그걸 꼭 내 입으로 말해야겠습니까?"

"이, 이봐……!"

정말로 폭로해 버릴 듯한 아아크의 분위기에 레미엘은 흠칫했으나 그것이 아아크의 입을 막는 데까지는 가지 못하였다.

"2년을 못 넘기고 여자 바꾸는 버릇, 대체 어떻게 결혼하려고 그러는 거야? 게다가 그 버릇이 15살부터 발발했었지? 엄청난 여자 밝힘이로다."

"아.하.하.하… 뭐, 그럴 수도 있지. 영웅은 호색이라고들 하잖아?"

"아, 그러세요? 그 '영웅'이 대체 누구기에?"

"무, 무례하다, 아아크 공작 공자. 아무리 그대가 소르바스의 귀족이라 해도 이건 실례 아닌가?"

"어이구야! 어림도 없네요, 바.람.둥.이. 전하."

"…제발 부탁이다. 이제 그만……."

"그런데 이번에 또 여자를 바꾼 이유는 뭐야?"

"흐음… 사실은… 요새 들어서 내가 리드당하는 느낌이 들어서 차버렸다."

"…형보고 신관을 시켰다가는 형이 죽거나 신전이 망하거나 둘 중 하나겠군."

"내가 왜 신관 따위를 하냐? 그런 건 너나 해."

"안 그래도 난 이미 프리스트이올시다, 재가 프리스트. 젊어서 그런 데에 힘 낭비하면 오래 못 살아."

"오래 살고 싶은 생각 따위는 애초에 없었어."

"뚫갉훑핥 뚫갉훑핥 뚫갉훑핥 뚫갉훑핥 뚫갉훑핥!"

"핥훑 핥훑훑훑훑곽!!"

또다시 그들은 둘만의 실랑이에 들어갔고…….

그들의 대화는 진행될수록 나에게 충격을 주고 있었다.

"……!!"

뭐야!? 음침이가 아닌 걸 확인하고서 '이런 인간이라면 레아의 남편이라도 크게 걱정되지는 않겠군' 이라고 생각했었는데…….

이 녀석이 그 '바람둥이' 라는 족속이라 이건가?

결국 나는 또다시 머리를 싸매고 고뇌해야 했다. 게다가 보아하니 제라드도 상당히 난처한 표정을 짓고 있었다.

'안 돼! 이런 바람둥이가 레아와 결혼하게 할 수는 없어!! 그랬다간 레아는 암흑과 같은 인생을 보낼지도 몰라아!'

"어라? 왜 그러십니까? 어디 아프시기라도 하신 겁니까?"

내 심정을 모르고 질문하는 원인 제공자 레미엘이었다.

그리고 저런 음란 바람둥이를 남편으로 맞이할 운명에 직면한 레아는…….

이상하게 태연했다. 아니, 오히려 입가에 희미한 웃음까지 머금고 있었다.

"자, 그럼 어디 한번 들어볼까요?"

레미엘은 레아시아를 바라보여 싱긋 웃었다. 그리고 레아시아도 어색하게나마 웃었다. 레미엘은 탁자 위에 놓여진 찻잔을 들어 올려 입으로 가져갔다.

향긋한 차 향기가 입 안을 한번 통과한 뒤 레미엘은 찻잔을 다시 내려놓은 뒤 양손으로 깍지를 끼며 이어서 말했다.

"자, 설명해 주실 수 있을까요? 갑자기 일방적으로 약혼을 취소한 이유를.”

“……”

레아시아는 그저 어색한 웃음을 짓고 있을 뿐이었다. 그리고 레미엘은 이미 다 눈치 채고 있다는 듯 계속해서 말을 이었다.

“훗, 하긴 저 같은 바람둥이보다는 아까의 그 엘프 분이 훨씬 좋은 신랑감이겠죠.”

“……!!”

레아시아는 상당히 당황했다. 그는 자신이 라니오스에게 마음이 있다는 것을 단 한 번에 눈치 챈 것이었다.

레미엘은 그런 레아시아를 향해 양손을 흔들며 피식 웃었다.

“하하, 그렇게 놀란 눈으로 바라보지 마세요. 쑥스러우니까요.”

“전하, 어떻게……?”

“그거야 별로 어렵지도 않은 일이죠. 당신이 그 엘프 분을 보는 시선이나 아까 아아크와 제가 말장난을 하고 있을 때의 그분의 표정 등을 보면 쉽게 유추할 수 있죠. 보아하니 그 엘프 분도 공주 전하께 상당한 관심을 가지고 계신 듯합니다만……”

“전하……!”

레아시아는 얼굴이 홍당무처럼 빨개졌다. 그녀는 이미 라니오스를 친구 이상으로 생각하고 있었던 것이다. 처음에는 귀여웠다. 그 다음은 믿음직스러웠다. 그리고 그 다음은 사랑스러웠다. 그리고 그녀도 어렴풋이나마 알고 있었다. 라니오스도 자신에게 관심이 있음을. 그래서 이미르에서는 일부러 그를 잠재워서…….

레미엘은 여전히 각지를 낀 채 담담하게 말했다.

“하긴 저도 아직은 그리 결혼할 생각이 없으니… 잘된 일이라고 할 수도 있겠군요."

"……."

"솔직히 전 이 결혼이 맘에 안 들었습니다. 아무리 그 유명한 레아시아 공주라 해도 본 적도 없는 사람과 결혼이라니요. 아무리 왕족의 결혼이 자유롭지 못하다고 해도 저는 싫습니다. 적어도 한평생을 같이 할 반려를 찾는 일인데 고작 정치적인 이유로 처를 맞아들인다면 얼마나 슬픈 일입니까? 피차간에 말이죠."

"전하……."

"미약하나 프로튼의 국왕의 이름으로 빌어드리겠습니다. 두 분 사이에 축복이 내리기를. 그분이라면 절대 저처럼 바람 따위는 피우지 않을 것 같다는 생각이 들더군요."

레미엘은 진심이었다. 그리고 레아시아는 드물게 정말 멋진 왕이라고 생각하고 있었다. 비록 말투는 왕족답지 않게 상당이 서민적(…)이었지만 말이다.

하지만 그런 그녀의 생각은 이어 뱉어진 레미엘의 말에 의해 여지없이 허물어졌다.

"저는 술버릇과 여자 버릇이 비슷하죠. 낮보다 밤에 더 생각이 난다는 것. 그리고 저는 그 버릇도 특이하답니다. 전 오래 묵힌 술보다 얼마 안 된 풋풋한 맛의 술을 좋아하죠. 게다가 한 가지 술을 계속 마시는 건 금방 질리는 성격이라서요. 그건 여자도 마찬가지이고요."

"전하!"

"아, 이런 말을 공주 전하 앞에서 하는 건 좀 그렇군요. 하지만 어쩌겠습니까? 이미 뱉은 말인걸. 그냥 싸구려 음담패설 한번 들었다고 생각하시고 흘려버리시길."

그저 허탈한 웃음이 나오는 그녀였다. 그리고 그녀는 생각했다. 이 사람은 자기 생각보다 더 서민적인(…) 왕이라고. 더불어 이 남자와 결혼했다가는 정말 위험했을 거라고…….

"크윽."

이드는 그저 담담한 눈으로 상대를 바라보았다. 상대는 온몸 곳곳에 상처를 입은 채 그의 앞에 주저앉아 있었다. 그는 마족인 듯 몸 곳곳에 난 상처마다 검은 연기가 새어 나오고 있었다.

이드는 예의 그 변함없는 표정으로 입을 열었다.

"이제 생각이 바뀌었나?"

"……."

"다시 묻겠다. 이제 생각이 바뀌었나?"

상대는 이를 악물었다. 그의 생애에 이런 굴욕적인 날이 올 줄은 몰랐던 것이다.

하지만 상대는 자신의 말에 책임을 질 줄 아는 자였다. 결국 그는 이드의 앞에 무릎을 꿇었다.

"이 시간을 기해 저희 마족은 이 계약이 파기되는 그 순간까지 이드 님에게 충성을 맹세합니다."

"…고맙군."

"그래, 무슨 일로 저와 이야기를 하고 싶다고 하신 거죠?"

레미엘은 여전히 여유있는 태도를 고수하고 있었다. 하지만 그가 과연 이 이야기를 듣고도 태연할 수 있을지 생각해 보는 나였다.

“영웅전쟁에 대해 잘 아십니까?”

내가 생각해도 난데없는 질문에 그는 고개를 갸웃했다.

“흐음, 영웅전쟁이라. 글쎄요. 사실 기록 자체가 거의 남아 있지 않으니 잘 안다고 할 수는 없지요. 그저 아는 것이라고는 그것이 인간과 드래곤들 사이의 전면전이었다는 것 정도? 뭐, 그 정도군요.”

아무래도 그는 모르고 있는 것 같았다. 그런데 이러면 내가 설명을 해줘야 하나?

“그럼 그 전쟁을 끝맺게 한 존재에 대해서 아시나요?”

“당연히 그 정도야 알고 있죠. 위대한 대마법사 에루리아님께서 초마동포 ‘이노센트’를 발동시키시지 않았습니까? 덕분에 이 대륙의 일부가 날아가 버리고 말이죠.”

흐음, 그래도 ‘이노센트’에 대해서는 알고 있는 듯하군. 그렇다면 이야기가 빠르겠군.

“그럼 그 초마동포의 행방에 대해서는 알고 계십니까? 그리고 그 초마동포의 비밀에 대해서는요?”

“네?”

내 질문에 그는 매우 흥미롭다는 듯한 표정을 지어 보였다. 아무래도 거기까지는 알지 못하는 듯하였다.

결국 귀찮지만 대충이라도 설명해 주어야 했다.

“지금부터 드리는 이야기는 극히 일부만 아는 이야기이고 상당히 위험한 가능성을 내포한 이야기입니다. 부디 당신만 알고 계시길.”

이 이야기는 어느 정도 역사에 관심을 가지는 엘프라면 대부분이 알고 있는 이야기이다. 그리고 다르게 말하면 엘프들만이 알고 있는 이야기이기도 하다.

　나는 레미엘에게 그런 '역사의 비밀' 에 대하여 이야기해 주었다. 그리고 내 목적도. 이것은 우리 엘프들의 의지가 아닌 내 개인적인 의지였고 의견이었다.

● **제7장**

가면

언제나 가면 한 개쯤은 쓰고 있는 것이 인간이라는 생물이다.

물론 인간만 그런 것은 아니지만······.

그리고 그것은 나 역시 마찬가지였다.

위선, 오만, 그리고 갖가지 더러운 가면을 쓴 채

그 위에 미소를 얹었을 뿐이다.

그라고 해야 할까, 아니면 그녀라고 해야 할까?

어쨌든 그 존재에게 새삼 미안해지는 감정을 느낀다.

이제 와서 말이다.

—레미엘의 일기 中에서.

부려먹는다?

레미엘은 자신의 집무실에서 서류들을 바라보고 있었다.

사락! 사락!

조용한 적막 속에 종이 부딪치는 소리만이 들려오고 있었다.

우우웅!

그때 그의 책상 위에 있던 수정 구슬이 울림음을 내자 그것을 본 레미엘의 입가에 미소가 걸렸다.

"후후, 드디어군."

그는 응답하기를 기다리며 울림음을 내고 있는 수정 구슬을 잠시 동안 바라만 보고 있었다.

"…마침 좋은 시기에."

그제야 레미엘은 수정 구슬에 손을 가져갔다. 그가 수정 구슬에 손을 얹고 짧은 주문을 웅얼대자 곧 수정 구슬 안에 사람의 모습이 비쳤다.

　상대는 기사인 듯 갑옷을 입고 있었고 왼쪽 가슴에는 프로튼 왕국의 상징인 골드 드래곤의 문장이 우아하게 그려져 있었다.

　상대는 레미엘을 향해 인사를 하고는 곧바로 본론을 말하기 시작했다.

　"전하, 모든 준비가 완료되었습니다."

　"그래요?"

　레미엘의 대답은 담담했다. 마치 당연하다는 듯이.

　상대의 말은 계속되었다.

　"하지만 괜찮겠습니까? 근위 기사단까지 데려가신다는 것은 성을 비우는 것이나 마찬가지입니다."

　상대의 질문에 레미엘은 미소를 지었다. 하지만 친근함이나 기쁨의 감정과는 거리가 먼 웃음이었다. 그것은 오히려 짜증을 내고 있다는 표시 같았다.

　"저에게 두 번 말하게 하지 마십시오. 아무리 그들의 힘을 얻을 수 있다고 하더라도 근위 기사단은 필요합니다. 적어도 겉치레를 하기 위해서라도 말이죠. 그리고 근위 기사단의 임무는 왕, 즉 저를 보호하는 것이지 이 왕궁을 보호하는 것이 아님을 명심해 주십시오."

　레미엘의 대답에 상대 기사는 움찔했다. 그도 지금 레미엘의 웃음의 뜻을 이해했으리라. 한마디로 '네가 알 바 아니다. 닥치고 시키는 대로 하기나 해라' 였다.

　그는 레미엘을 향해 거수경례를 하며 마지막 말을 맺었다.

　"무례를 용서해 주시길. 분부 받들어 모시겠습니다, 전하."

　그리고 곧 수정 구슬에서 기사의 모습이 사라졌다. 레미엘은 잠시 이제는 투명하기만 한 수정 구슬을 바라보며 생각에 잠겼다. 이내 그는 자리에서 일어나 옆의 술병을 집어 들어 잔에 부었다. 술병에는 '데빌스 키스' 라는 이름표가 붙어 있었다.

그는 잔을 들어 올려 잔을 채우던 와인을 입 안으로 가져갔다. 곧 향긋한 술 향기가 입 안을 적셨다.

"후우, 마침 좋은 때에……."

그는 중얼거렸다. 마치 자기 자신에게 최면을 걸듯이.

"모든 것은 이 나라를 위한 거야, 레미엘. 신경 쓰지 마. 넌 언제나 이래왔잖아? 그리고 지금이 가장 중요한 때인걸."

그의 말에 대답하는 이는 아무도 없었다. 심지어는 자기 자신마저 그 말을 외면하고 있었던 것이다.

"…재미있군."

쟈밀은 자신의 귀를 의심했다. 지금 자신의 눈앞에 있는 사내. 짧은 백발에 가는 턱 선과 가는 눈매, 전체적으로 호리호리한 몸의 사나이가 지금 일어난 사태에 대해 '재미있다' 라고 평가한 것이다. 적어도 자신이 아는 범위에서 그가 '재미있다' 라고 말한 것은 이번이 세 번째였다.

"그래서 지금 나에게 무엇을 요구하겠다는 거지?"

"…너도 잘 알 텐데."

쟈밀의 말에 상대는 냉소를 지었다. 그는 지금 명백하게 쟈밀을 깔보고 있는 것이었다.

"그게 지금 부탁하는 자의 태도가 맞는지 의심스럽군. 부탁하겠다면 좀 더 정중하게 말하라고."

“…….”

쟈밀은 아무 말도 할 수가 없었다. 그의 말대로 지금의 그는 그에게 ‘부탁’ 하고 있는 것이지 ‘명령’ 하는 것이 아니니까.

“…너…….”

“그래, 분명 나는 너의 상관이 아니지. 동급도 아냐.”

쟈밀은 이를 악물었다. 상대의 건방진 태도는 레이의 장난과는 비교할 수 없을 정도로 그에게 분노를 가져다주었다.

“하지만 나는 그렇다고 너의 부하도 아냐.”

“…미안하다.”

간신히 짜내듯 말하는 쟈밀. 그는 지금 속으로 되뇌이고 있었다.

‘이 자식, 다음에 이딴 식으로 개겼다가는 그 순간 바로 소멸시켜 주마!’

하지만 지금은 아니었다. 지금은 ‘부탁’ 하는 입장이니까.

그리고 상대는 그런 쟈밀의 기분을 아는지 모르는지 계속 그를 도발할 뿐이었다. 그의 건들거리는 태도는 도저히 쟈밀의 마음에 들지 않았다.

“흐음. 그래, 네 사랑스럽고 어여쁜 조카의 인과율 때문에 고민이다 이거군.”

“…그래.”

“그리고 그 인과율은 네가 초래한 한 사건 덕에 그야말로 불난 집에 기름 뿌린 격이고.”

“…….”

여전히 건방진 태도로 쟈밀을 약 올리는 상대. 그의 태도에 결국 쟈밀은 폭발하고 말았다.

"…그런데 왜 네가 온 거지? 나는 너를 부른 기억이 없어. 나는 분명 네 형인 테올을 불렀을 텐데!"

"형은 바빠. 고작 이런 일에 올 정도로 한가하지 않다고."

"……."

간단히 그의 말을 받아넘기는 상대였다.

"그리고 나 정도로도 네가 부탁하는 일 정도는 충분히 해줄 수 있는 능력이 있다고. 너무 무시하는 거 아냐?"

"…네가 꼴 보기 싫은 것뿐이다. 너는 네 형과는 전혀 닮지 않았군, 데잘."

흥분을 억지로 가라앉히며 자신을 비꼬는 쟈밀의 태도에 데잘은 그저 코웃음 칠 뿐이었다.

"하긴 우리 형은 꽤나 예쁘지. 성격도 나 같은 것과는 비교도 안 되고 말야. 하지만……."

"하지만?"

"그러니까 더 더욱 너와 형을 만나게 할 수 없어. 형은 내 거야."

"……."

금세 질려 버린 쟈밀. 그런 그의 표정을 보며 데잘은 오히려 더 신나는 표정이 되었다.

"왜 그러지? 내가 형을 좋아하는 게 뭐가 나빠? 너 따위에겐 줄 수 없다고."

"…일부러 내가 한 부탁을 테올에게 전하지 않았군."

"그걸 이제 알았어? 너도 참 둔하군."

"흥! 왜지? 내가 테올을 만나면 무슨 큰일이라도 생긴다는 건가?"

어느새 쟈밀의 표정에는 여유가 생겼다. 자신에게 승기가 잡히기 시작했기 때문이다.

　그리고 반대로 데잘은 조금 전까지의 여유있는 표정이 아닌 다소 흥분한 표정을 지었다. 그의 얼굴은 점점 붉어져 이내 용암과도 같이 되었다.

　"왜지? 왜 너지?! 너에게는 루나님이 있잖아? 왜지? 왜냐고?! 왜 나는 안 되는 거지? 왜……?"

　"…데잘……."

　"젠장! 그래, 왜인지는 나도 알아. 이유라고 할 것까지도 없지만 형은… 형은……."

　"어이, 내 부탁은?"

　어느새 본론과는 상당한 거리가 있게 됨을 안 쟈밀은 다시 본론에 대해 이야기하기를 희망했지만 이미 데잘의 머리 속에서 그 '본론'을 논하기에 그는 너무나 흥분해 있었다.

　한참 후, 겨우 기분을 진정시킨 그는 허리를 꼿꼿이 세우며 대답했다.

　"안 할래."

　"뭐?!"

　"나중에 이야기해. 그때는 형을 불러줄게."

　"데잘……."

　"미안해, 쟈밀. 하지만 나는 역시 너에게 존댓말을 할 수 없어. 너는 형을 슬프게 하는 나쁜 녀석이니까."

　"…언제라도 용서해 줄 테니……."

　"응?"

　"언제라도 내게 와라. 그리고 무릎 꿇고 잘못을 빈다면 그때는 백

번쯤 생각해 본 뒤 용서해 주지."

어느새 서로는 서로를 용서하고 있었다. 비록 모든 것을 용서한 것은 아니었지만.

데잘은 몸을 휙 돌리며 일부러라는 것이 빤히 보일 정도로 말했다.

"흥, 엿이나 먹으라지. 기분 잡쳤어."

"다음에 만날 때는 연극 안 해도 되니 가장 순수하게 와라."

"연극? 놀고 있네. 나는 네가 싫어."

"그래, 맘대로 싫어해라."

우웅!

곧 데잘의 모습이 사라졌다. 쟈밀은 한숨을 쉬며 바닥에 주저앉았다. 조금은 지친 듯도 하지만 그의 입가에는 미소가 어려 있었다.

"후우, 녀석. 지금까지의 행동이 연극이었다는 건가? 하긴 그런 녀석이 그렇게 변할 수는 없었겠지."

그는 자리에서 일어나며 옷을 정리했다. 그도 곧 공간을 열어 그 안으로 들어가며 한마디 중얼거렸다.

"그래도 넌 예전이 가장 좋았어."

그리고 곧 쟈밀의 모습도 사라졌다.

“이봐, 레미엘…….”

“네? 왜 그러시죠?”

“왜 우리가 이런 데에 있어야 하는 거지?”

지금 우리는 어디인지도 모를 이상한 지하실… 로 추측되는 곳에 갇.혀. 있.다.

…….

하지만 레미엘은 그저 헤헤 웃으며 얼렁뚱땅 넘길 뿐이었다.

“에이, 조금만 참으면 돼요. 이제 금방이라고요.”

“그 말, 벌써 이틀째야…….”

이런 어두컴컴한 지하실에 있으니 활력도 떨어지고 기분도 영 좋지 못하고… 인간들은 왜 이런 데에 있는 걸 좋아할까? 이런 상황에 직면해 보니 지하 비밀 회의실 따위를 만들어놓는 인간들이 이해가 가지 않았다. 그냥 적당한 데 만들면 되지 꼭 이런 땅속에 만들어야 하나?

"아이참, 내일까지예요. 내일이면……."

"살상극이 시작되겠군."

"아. 하. 하. 하……!"

내 날카로운 지적에 레미엘은 순간 할 말을 잊은 듯 굳어버렸다.

"나참, 그렇게까지 찌를 건 없잖습니까? 그리고 란 형의 말씀대로 인명 피해는 최대한 줄일 거라고요."

"그래도 누군가가 다치거나 죽는다는 건 변하지 않아."

"이런이런……."

끝까지 따지는 내 말에 레미엘은 그저 난처한 표정을 지을 뿐이었다.

덜컹!

마침 그때 우리가 있던 지하실의 문이 열리는 소리가 났다. 아마도 밖에 나갔던 정찰들이 돌아온 것이리라.

"후우, 생각보다 조금 빨리 왔군요. 오늘 저녁쯤에나 올 줄 알았는데."

방금 들어온 사내는 레미엘에게 거수경례를 한 뒤 자신이 보고 온 것에 대한 이야기를 하였다.

"전하, 정찰 결과를 보고드리겠습니다."

"해보세요."

"지금 마침 제도에선 축제 기간이라서 그런지 검문이 허술합니다. 잠입하기에는 지금이 최적이라고 봅니다."

하지만 그의 말에 레미엘은 손가락을 까딱거렸다.

"훗, 아닙니다. 오히려 이럴 때일수록 검문이 치밀하죠. 크로이츠라는 나라가 괜히 제국이 된 게 아닙니다."

레미엘은 한껏 폼을 잡으며 설명을 계속했다.

"잊으셨습니까, 크로이츠가 어떤 나라인지? 그들에게는 많은 이종 족들이 협력하고 있습니다. 인간들만 주의해서는 안 됩니다."

호오, 하긴 크로이츠 내에는 참 많은 종족들이 있기는 하지. 그런데 그들이 인간들의 나라에 협력도 했단 말야? 난 그저 우리 엘프 중에서도 별난 엘프 몇 명 정도가 가끔 인간들의 귀족이 되어보거나 하는 정도인 줄 알았는데.

"하지만 보고 내용이 맞다면 계획대로 진행되겠군요."

그건 또 무슨 소리야? 방금 겉보기만 허술하지 사실은 평소보다 더욱 치밀한 검문이 있다고 하지 않았나? 그 말대로라면 저 안에 잠입하기가 더 어렵게 되었다고 해야 보통 아닌가?

하지만 레미엘의 다음 설명은 나를 비롯한 모두를 이해하게 해주었다.

"이미 황제와는 모두 이야기가 되어 있습니다. 검문이 예정대로 진행되고 있다는 것은 우리 계획도 예정대로 진행할 수 있다는 것이죠."

할 말을 다 마친 레미엘은 이내 몸을 돌려 지하실의 문을 열었다.

"자, 가죠."

"네, 전하."

모두 그의 뒤를 따라 발걸음을 옮겼다. 발소리조차 남기지 않는 이들의 모습은 흡사 유령과 같기도 했다.

그때 나도 간신히 들을 수 있었다. 그가 중얼거리는 소리를……

"이것은 나를 위한 무대입니다. 모두 열심히 춤춰주십시오."

"……"

대체 그의 진짜 의도는 무엇일까? 하지만 나와 그는 '거래'를 했고 나는 그 거래의 원칙에 따라 그를 도와야 했기에 그저 아무 말 없이 그의 옆에서 계속 걸었다.

"내전?"

"네, 지금 크로이츠에서 내전이 일어났습니다."

하지만 나는 그의 말에서 의아한 점을 찾아내었다. 그리고 지금은 일이 일인만큼 확실하게 그에게 질문해야겠다고 생각했고 바로 실행에 옮겼다.

"그런데 그 내전은 크로이츠에서 일어난 거라면 왜 프로튼의 국왕인 네가 그 내전에 관심을 갖는 거지?"

하지만 내 질문에도 레미엘은 입가에 알 수 없는 미소를 머금을 뿐이었다. 그는 그 미소를 지은 채 나를 바라보았다.

"후훗, 형은 모를 겁니다. 이럴 때야말로 타 국가의 내정에 간섭할 수 있는 절호의 기회라는 것을."

"……."

아무래도 그는 이번 내전에서 크로이츠 내에 자신들 프로튼의 입지를 만들어두고 싶은 모양이다. 하지만 이런 도움 한번으로 과연 얼마나 많은 입지를 확보할 수 있기에 그가 이렇게 타국에 간섭을 할 결심을 한 것일까?

"하지만 그런 짓을 하면 어떤 이득이 있지?"

"많은 이득이 있죠. 아, 저희는 정통성이 있는 황제 측을 도울 겁니다. 만약 저희가 그들을 도와서 성공적으로 내전을 승리로 이끌면 그들은 감사의 명목으로 조공을 해오겠죠. 그리고 외교적으로도 상당한 입지를 확보할 수 있습니다. 그리고 무엇보다도 저는 그 크로이츠에서 원하고 있는 것이 있습니다.”

“원하는 것?”

“크로이츠는 ‘고대의 나라’라고 불릴 정도로 고대의 유적이 많은 나라입니다. 그런 만큼 얻을 것도 많지요.”

“흐음…….”

여하튼 얻을 것이 내가 생각하는 것 이상으로 많다는 것이군. 정말 인간들의 정치라는 것은 왜 이렇게 어려운지…….

“좋아. 하지만 내가 너를 도와주는 대신 내 요구는 확실하게 받아주었으면 좋겠어.”

“물론입니다.”

퍼엉!

“크악!”

마치 천지를 찢어발길 듯한 커다란 폭발음과 함께 한 사내가 나가떨어졌다. 비록 온몸에 상처를 입고 옷 여기저기가 찢겨 나갔지만 그의 고귀함을 가리지는 못한 듯 여전히 그의 외모는 수려함을 잃지 않았다. 그는 신족인 듯 몸 곳곳의 상처에서 광혈(光血)이 흐르고 있었다.

하지만 그런 그의 외모와는 정반대로 그의 머리 속은 지금 수치심과 좌절감, 그리고 믿을 수 없다는 그런 생각들이 가득 메우고 있었다.

그리고 그에게 지금의 상황이 있게 만든 사내 이드는 그와 반대로 몸에 상처는커녕 옷자락 하나 베이지 않았다.

이드는 언제나처럼 무표정한 얼굴로 반쯤 쓰러져 있는 상대를 내려다보며 말했다.

"내가 이겼다. 이제 만족하는가?"

"……."

하지만 상대는 대답하지 않았다. 얼마 전에 마족의 왕이 정체를 알 수 없는 사내에게 처참히 패했다는 이야기를 접했을 때 그는 한편으로는 믿을 수 없었고 한편으로는 그를 비웃었다. '역시 마족 따위는 안 되는 족속이란 말야' 라는 생각을 품으면서.

하지만 지금 그가 그렇게 비웃었던 상황이 자신에게 닥친 것이다. 이렇게 되니 그는 실감할 수 있었다.

절대적 강함.

자신이 알고 있는 '그들' 과 비교했을 때에 어느 쪽이 더 강한지는 알 수 없었다. 왜냐하면 '그들' 이나 지금 자신의 눈앞의 사내나 전력을 다하지 않았기 때문이다.

하지만 '그들' 은 정말 어지간한 일이 아닌 이상 이쪽 세상에 모습을 나타내는 일조차 없다. 즉, 직접 이쪽 세계에 자신의 힘을 통해 이렇게 적극적으로 일을 일으키려는 존재 중 이 정도의 힘을 가진 자는 자신의 눈앞의 사내 이드가 처음이었다. 적어도 자신의 기억에는 말이다.

그가 여러 가지 생각에서 헤어나지 못하고 있을 때 그의 귀에 다시 한 번 이드의 목소리가 박혔다.

"이 세계의 존재들은 한 번에 말을 알아듣는 이가 거의 없나 보군. 다시 묻겠다. 너는 나에게 복종하겠는가?"

거만한 말이었다. 신들을 제외하면 가장 강한 자신을 브고 복종하라니? 하지만 그는 자신보다 더욱 강했다.

그때 돌연 신족의 머리 속에 한 가지 생각이 미쳤다. 그리고 그는 곧바로 이드에게 자신의 궁금증을 질문했다.

"한 가지만 묻겠소. 당신의 능력이라면 우리들 정도의 힘은 필요하지 않을 텐데… 어째서……?"

이드의 대답은 간단했다.

"닭 잡는 데 소 잡는 칼을 쓸 이유는 없지."

"……."

"그리고 이 힘은 아무 때나 함부로 쓸 수 있는 게 아냐."

너무나 불투명한 대답. 신족은 너무나 짧고 불명확한 그의 대답에 어이가 없었지만 이드의 표정에서 '더 이상 묻지 말아라. 잠자코 나에게 복종해라' 라는 의미를 읽을 수 있었다.

그리고 그의 표정에서 그의 뜻을 읽어낸 그는 바로 이드의 앞에 무릎을 꿇었다.

"저 에이사나도스의 이름으로 맹세하건대 이 계약이 끝나는 그 순간까지 저희 신족은 이드님에게 충성을 다하겠습니다."

"와아."

멋진 곳이다. 요즘 들어 인간의 도시에 무슨 대대적인 변화라도 있는지 가는 곳마다 너무나도 멋진 모습들이 내 눈을 현혹했다. 아이어―프로튼의 수도―의 분위기가 점잖고 담백한 느낌이었다면 이곳 라젤트―크로이츠의 제도―의 분위기는 축제라서 그런지 굉장히 활기가 넘쳤다. 뭐니 뭐니 해도 하늘을 수놓는 폭죽들은 보고만 있어도 내 기분을 황홀하게 해주었던 것이다.

"이봐요, 형. 이제 그만 헤~ 하고 있어요. 보기 안 좋아요."

어라? 내가 또 그렇게 멍한 표정으로 있었나?

"하지만 저렇게 멋진걸."

“알았으니까 표정 관리 좀 하면서 구경하세요.”

얼씨구! 아아크, 네가 언제 그렇게 체면 차렸다고? 하지만 레아조차 아아크의 편을 들고 있었다.

“란 오빠, 저희는 지금 관광을 하려고 여기 온 게 아니라구요. 알겠어요?”

“응…….”

순식간에 침몰해 버리는 나. 그리고 여전히 아아크는 축제의 분위기에 들뜬 도시에는 전혀 관심이 없는지 계속 길 안내에만 신경 쓰고 있었다.

“흐음, 여기에서… 아, 오른쪽, 그리고 여기서는 왼쪽, 여기서는 직진…….”

그렇게 그의 뒤를 따라 길 안으로 들어가니 다시 큰길이 나왔고 우리들의 정면에는 익숙한 여관 이름이 붙은 간판이 있었다. 물론 여관 건물도.

그 여관 이름하여 ‘악의 총본산 라젤트 3호점’.

…3호점…….

“…….” ×3

나와 레아, 제라드는 그때처럼 잠시 침묵 상태에 들어갔고 역시 그때처럼 아아크는 대수롭지 않다는 듯 안으로 어슬렁어슬렁 걸어 들어갔다.

“뭐 해요, 빨리 안 들어오고?”

우리가 이 이름 괴상한 여관의 홀에 들어왔을 때엔 이미 많은 기사들—물론 지금은 간단한 여행복 차림이다—과 레미엘이 기다리고 있었다.

“어서 오세요. 조금 늦으셨군요.”

“아, 란 형이 조금 촌뜨기여서.”

“야!”

“캑캑캑!! 이거 놓고 얘기해요!”

“누가 촌뜨기야?!”

“이봐요…….”

“오빠, 대체 뭐 하는 거예요, 어린애같이? 여긴 우리만 있는 것도 아니라구요.”

“헤유…….”

잠시 작은 소란이 지나간 후―이때 일부 주변인들은 ‘엘프라는 게 생각하던 것과 많이 다른데? 라는 말 등을 쑤군대기도―홀 내가 정리된 듯하자 곧 ‘악의 두령’ 인 레미엘이 입을 열었다.

“자, 이제 다 모이신 건가요? 그럼 이제부터 작전에 대해 설명드리겠습니다.”

이후 그의 입에서 나온 ‘작전’ 이란 것은 의외로 간단했다.

쟈밀의 앞에 현재 한 명의 남자가 서 있었다. 매우 가는 선의 외모에 비록 남자지만 오히려 여자에 가까운 외모를 한 그는 허리까지 내려온 백발을 찰랑거리며 생긋 웃었다. 그 웃음은 도저히 그가 남자임을 믿을 수 없게 하였다.

“오랜만이군요, 쟈밀.”

“…….”

쟈밀은 아무 말도 할 수가 없었다. 은근히 그에게 미안한 감정이 남아 있었기 때문이다.

“괜찮아요. 신경 쓰지 않아도 돼요, 쟈밀.”

"…테올, 나는……."

쟈밀은 다음 말을 잇기 전에 테올에게 자리를 권했다. 두 사람이 각각 소파에 앉자 쟈밀은 다시금 말을 이었다.

"신경 쓰지 않는다면서 내 앞에서는 가면을 쓰고 있군, 테올."

"…미안해요."

힘없는 테올의 대답에 쟈밀은 씁쓸한 표정을 지었다. 테올은 다시금 쟈밀을 바라보며 고개를 끄덕였다.

"미안해요, 쟈밀. 아까 거짓말을 해서……."

"아니, 나야말로."

잠시 두 사람 사이에 정적이 돌았다. 그리고 두 사람이 다시 대화를 이어간 것은 탁자에 올려진 차가 다 식은 후였다.

"…테잘에게 대충 이야기는 들었어요. 조카 때문이라고요?"

쟈밀은 고개를 끄덕임으로써 긍정을 표시했다. 그가 고개를 끄덕이자 테올은 힘없이 웃었다.

"다시 한 번 미안해야겠네요, 쟈밀."

"설마……."

"네, 저희로서도 어쩔 수 없어요."

"……!"

쟈밀은 당황했다. 테올이 어쩔 수 없다니? 그렇다면 그것은 곧 이제 더 이상 라니오스에 대해 걷잡을 수 없는 상황이 되었음을 이야기한다. 한 가지 방법이 있긴 하였지만 그것은 한없이 불가능에 가까운 방법이므로.

그 순간 쟈밀의 머리 속에 한 가지 생각이 스쳤다.

'가만, 불가능에 가까운 한 가지 방법……. 설마?!'

탕!

쟈밀은 흥분한 나머지 반쯤 몸을 일으킨 채 테올을 바라보았다. 그는 믿을 수 없다는 듯 천천히 입을 열었다.

"설마……."

그리고 그의 그 '설마' 는 사실이었음을 증명해 주는 테올이었다.

"네, 당신의 생각이 맞아요."

"이런 젠장……."

쟈밀은 상당히 난감해졌다. 이젠 정말로 더 이상 손쓸 방도가 없게 된 것이었다.

"그리고 이건 당신도 모르는 일일 거예요. 이건 전부 운명이었답니다."

"운명?"

"네. '그분' 이 깨어나셨습니다."

"……!"

쟈밀의 잔뜩 굳어진 표정, 그리고 또다시 적막으로 채워지는 방.

"죄송해요, 쟈밀. 전 언제나 쟈밀에게 좋지 않은 소식만 가지고 오는 군요."

눈가에 눈물이 맺히는 테올의 모습은 도저히 그가 남자라고 생각할 수 없게 만들었다. 쟈밀은 손을 들어 그의 눈물을 닦아주었다.

"울지 마라. 네 잘못이 아니니까. 네 말대로 이것은 운명이 아니더냐."

"하지만… 하지만……."

와락!

"……!"

테올은 쟈밀을 껴안았다. 덕분에 쟈밀과 테올은 탁자를 사이에 둔 채 어정쩡한 모습으로 포옹을 한 자세가 되고 말았다.

"테, 테올……."

"미안해요. 미안해요, 쟈밀. 하지만, 하지만… 저는 이런 제 자신이 미워요. 왜 저는……."

"……."

그렇게 둘은 잠시 서로를 껴안고 있었다. 어정쩡한 사제 같은 것은 문제가 되지 않았다. 쟈밀은 그의 아픔을 알고 있으니까. 더불어 그의 마음에 생긴 가장 큰 상처의 원인은 바로 자신이기에 더욱 그에게 미안할 수밖에 없으니까.

"미안하다, 테올. 그래, 울어라. 내 앞에서 네 울분이 풀릴 때까지."

"흐흑, 흑, 쟈밀. 미안해요, 미안해요. 흐윽. 하지만… 저는… 당신을……."

살며시, 하지만 따뜻한 손으로 테올을 감싸 안아주는 쟈밀의 손이었다.

"전원 경롓!"

척척척!

뺨빠라밤~

중년 기사의 지시에 따라 좌우에 서 있던 기사들이 일제히 검을 치켜들었다. 그리고 그와 동시에 기사들 뒤에 있던 군악단이 악기를 연주하여 우리를 환영한다는 뜻을 표시하였다. 그 모습은 너무나 정연해서 나도 모르게 '참 쓸데없는 연습을 많이 하는구나' 라는 생각을 하게 만들었다.

　그리고 그들 사이에 깔린 융단 사이를 지나니 한 남자가 우리를, 정확히 말하자면 레미엘을 반기었다. 그는 아직 앳된 티를 벗지 못한 10대 초반의 소년이었다.

　하지만 그가 입고 있는 옷으로 미루어보아 그가 이 나라의 왕이라고 생각할 수 있었다. 그렇지 않고서야 어찌 머리 위에 왕관을 쓰고 있겠는가?

　소년은 레미엘을 보고는 반색을 하며 그에게 다가갔다.

　"어서 오세요. 안 그래도 기다리고 있었습니다."

　"이런, 무슨 이 정도 환영씩이나."

　그의 환영 인사에 레미엘도 활짝 웃으며 대답하였다. 이윽고 소년은 나를 보고는 호기심에 찬 시선을 보내었으나 장소가 장소라서 체면을 차리려는지—아직 인간들의 예법을 잘 아는 것은 아니지만 이렇게 많은 귀족들이 모인 자리에서는 말도 조심해야 한다고 하는 것 정도는 알고 있다—섣불리 나에게 말을 건네지는 못하였다.

　소년은 예의 그 웃는 얼굴을 유지한 채 레미엘에게 말했다.

　"자, 지금 자리를 준비했으니 천천히 즐겨주십시오."

　"감사합니다, 폐하."

　이윽고 소년이 좌우의 기사들에게 손짓을 하자 기사들이 모두 비켜섰고 그들이 몸으로 가리고 있던 곳에는 많은 음식들이 차려져 있었다.

　"오오!" ×2

　두 명의 탄성이 들렸으니 한 명은 나였고 다른 한 명은 아아크였다. 크로이츠의 황제라는 소년은 멋들어지게 양팔을 들어 올리며 말했다.

　"자아, 마음껏 즐기시지요. 그럼."

　바로 파티가 시작되었다. 모두들 손에 와인 잔을 들고 즐겁게 대화를 하고 있었고 나나 아아크 등은 먹는 데에 열중하였다. 가끔 어린 귀족 소녀들이 아아크에게 말을 걸기도 하고 나의 경우는 가끔 가다 남자들이 내게 수작을 걸어와 난감했었다. 이들이 그 '저질 남색가'라는 부류인가? 왠지 저들이 벌일 작태를 생각하니 온몸에 소름이 끼쳤다.

그렇게 열심히 음식 박멸 작전을 벌이고 있는 나와 아아크에게 다가오는 두 사람이 있었으니, 레미엘과 그 황제 소년이었다.

"이런이런, 이럴 때에 사람들과 사귀시는 게 좋지 않겠습니까, 공자?"

황제 소년의 말에 나와 아아크는 동시에 그들을 쳐다보았다. 레미엘은 싱긋 웃으며 우리들에게 소년 황제를 소개시켜 주었다.

"아, 이쪽은 아리나스 듀브런트 델 스크라뷰트 크로이츠 폐하십니다. 그리고 이쪽은 아아크 하스 공작 공자와 라니오스 경입니다."

"처음 뵙겠습니다, 아아크 공작 공자, 그리고 라니오스 경."

아리나스는 귀엽게 웃으며 우리들에게 인사했다. 물론 아아크도 웃으며 답하였다.

"처음 뵙겠습니다. 아리나스 듀브런트 델 스크라뷰트 크로이츠 폐하."

"처음 뵙겠습니다. 아리나스 듀브런트… 에 또……."

"우후훗."

젠장. 아아크는 한 번에 줄줄 외워서 대답하는데 나는 왜 이런담? 금세 얼굴이 화끈거렸다.

"하하하! 신경 쓰실 거 없습니다, 라니오스 경. 그냥 아리나스라고 불러주세요."

"네에……."

힘없는 나의 대답. 그때 레아와 제라드가 우리를 발견하고는 이쪽으로 다가왔다.

"어머, 무슨 이야기를 그렇게 재미있게 하고 계시는 거죠, 폐하, 전하, 공작 공자?"

웃으며 말하는 레아의 모습은 너무나 아름다워서 그만 나도 모르게 입이 벌어질 정도였다. 그리고 그녀가 아름답다는 것은 모두 공통으로 느끼는 것인지 아리나스 역시 공손한 말투로 대답하였다.

"레아시아 벨자크 소브런 공주 전하신가 보군요. 소문만큼 아름다우십니다. 눈이 부실 정도군요."

"에? 아… 영광입니다, 폐하."

살짝 붉어진 얼굴로 대답하는 그녀의 모습에 아리나스는 피식 웃었다. 그리고 내 표정은 굳어지자 그것을 바라보는 레미엘은 피식 웃었다.

레미엘, 웃을 때가 아니라구! 네 전(前) 약혼자가 다른 녀석한테…….

…과민 반응이겠지.

프로튼에 도착해서 레미엘과 이야기를 하고 다음날 레아는 레미엘과 1:1 면담(?)을 했었다. 그리고 그 후에 그녀가 나에게 전해준 이야기는 '약혼 취소' 였던 것이다.

'역시 관둘래요. 바람둥이 전하의 신부가 되었다가는 슬픈 미래를 보낼 거예요' 라는 한마디와 함께.

그리고 그것은 나에게 한 가닥 희망을 던져 주는 말이기도 했다. 이번에야말로 그 '희망' 이라는 걸 덥석 물어버리고 다시는 놔주지 않을 생각이다.

이런, 또 혼자만의 세계에 빠졌었군.

그리고 그때 저쪽에서 아리나스가 우리에게 다가오고 있었다.

가, 가만! 아리나스라면 여기 있는데? 왜 저기서 또 하나의 아리나스가 다가오는 거지?

게다가 복장도 완전히 판박이라서 옷은 물론 머리에 쓰고 있는 왕관까지 똑같았다. 혹시 도플갱어가 아닐까? 아냐아냐, 도플갱어는 이미 멸종했다고 들었는데?

그런 생각에 머리가 혼란스러운 동안 이미 그 '또 하나의 아리나스'는 우리가 있는 곳으로 다가와 있었다.

"이런, 벌써 시작해 버린 겁니까?"

목소리마저 똑같았다. 이건 완전히 도플갱어잖아? 하지만 먼저 우리 쪽에 있던 아리나스는 피식 웃으면서 대답할 뿐이었다.

"네가 늦은 거야, 아시아스."

아리나스의 말에 아시아스—이거 나중에는 분간하기도 힘들겠군—가 조금은 난처하다는 표정을 지었다.

"이런, 내가 너무 늑장을 부렸나 보군. 아, 실례했습니다. 전 아시아스 듀브런트 델 스크라뷰트 크로이츠라고 합니다. 이 별것 아닌 크로이츠라는 나라의 황제를 하고 있지요."

"네에?"

이건 또 무슨 소리인가? 그의 말에 나는 깜짝 놀라고 말았다. 하지만 나머지는 알고 있었다는 듯 태연했다.

"아, 라니오스 경은 모르셨겠군요. 저희는 쌍둥이이고 그래서 저희 둘 모두 이 나라의 황제입니다."

"아… 네……."

헐, 쌍둥이 황제라……. 게다가 둘 다 황제라…….

특이하군.

"그런데 황제가 두 분이면 서로 의견 차가 나거나 해서 다툴 일이 생기지 않나요?"

궁금해진 내가 질문하였으나 그들은 둘이 동시에 웃으며―의외로 섬 칫했다―친절하게 대답해 주었다.

"그럴지도 모르겠으나 아직은 그런 일이 없군요. 왜냐하면……."

"저희는 몸은 둘이라도 마음은 하나이니까요."

"……."

그들의 대답에 순간 우리 모두는 굳어버렸다.

'수상해…….'

그 둘을 바라보는 우리의 시선이 곱지 못하게 된 것은 그 다음이었으리라.

"어땠어, 아리나스?"

연회가 끝난 뒤 집무실에 돌아온 두 황제는 서로의 의견을 교환하였다. 하지만 그리 많은 말을 필요로 하는 논의는 아니었다.

"네 생각과 같아, 아시아스."

둘은 서로 거의 같은 생각을 하고 있기 때문이었다.

"아무래도 레미엘 국왕을 끌어들인 건 위험할 수도 있겠어."

"그렇지. 자칫하면 우리 제국의 약점을 모두 들추게 하는 계기를 제공할 수도 있으니까."

연회장에서의 어린아이 같은 순진해 보이는 눈빛은 사라지고 지금 그들의 눈에는 강한 기운이 감돌고 있었다.

"건국 만사천년의 역사를 자랑하는 우리 제국이다. 고작 삼천 년도 되지 않은 저런 나라에게 얕보여서는 안 되지."

"제국의 위신을 지키는 것도 우리의 역할, 명색이 제국인 우리나라가 고작 왕국이라는 나라에게 얕보일 수는 없지."

둘의 눈은 강하게 빛나고 있었다. 마치 처음으로 '모험'이라는 단어를 접하는 어린아이들 같았다.

"모든 것은 제국을 위해."

"왕국 따위에게 질 수 없지."

둘은 서로를 바라보며 씨익 웃었다. 그들의 웃음은 역시 아직 앳된 티를 벗지 못한 어린아이들임을 알 수 있게 해주었다.

"그런데 레미엘 국왕과 같이 온 그 라니오스라고 하는 엘프 있잖아……."

"만약에 그 엘프가 네이란 누나가 말한 그 엘프면 어쩌지?"

그들의 화제가 레미엘에서 라니오스로 옮겨지자마자 둘은 곧장 얼굴 한가득 심각함을 담아내었다. 그도 그럴 것이 현재 저국의 수석 마법사인 네이란이 말하는 그 엘프가 라니오스라면 위험할 수도 있으니까.

"레미엘 국왕, 어떻게 그런 강수를 아군으로 데려왔을까?"

"괜찮아. 조심하기만 하면 별 탈 없을 거야."

"그래, 그리고 네이란 누나도 아크메이지잖아? 여차하면 그녀에게 그를 맡기는 수밖에 없겠다."

"그래."

"하지만 역시 미리미리 레미엘에 대해 경계하고 불씨를 막아두는 게 좋겠지."

“내 생각도 그래.”

“그 라니오스라는 엘프의 마법이 네이란 누나가 감당할 정도이기를 바래야겠군.”

“할 수 없지. 여차하면 우리가 나서야지.”

“우리가 할 수 있을까?”

“괜찮아. 우리는 우리만의 특기가 있잖아?”

“그래. 너만 믿을게.”

“이런, 나는 너만 믿는데 네가 그런 소리를 하면 어떻게 해?”

“그럼 둘이 서로를 믿지.”

“그래.”

둘은 조금 불안하기는 하지만 그래도 최선의 선택을 했다고 생각했다.

“아, 아까는 내가 서류 정리를 했으니 이번에는 네 차례인 거 알지?”

“알아. 맡겨달라구.”

아리나스가 곧바로 책상에 가서 앉자 반대로 아시아스는 집무실을 나섰다.

아시아스는 방문을 나서면서도 아리나스에게 한마디 하는 것을 잊지 않았다.

“아리나스.”

“응?”

“나한테는 너뿐이야.”

“아시아스, 그건 나도 마찬가지야.”

서로를 바라보며 한차례 웃는 두 사람이었다.

“그럼 나 먼저 잔다.”

“응.”

그리고 아시아스는 집무실을 나섰다.

아리나스와 아시아스가 이야기를 하고 있는 그 시간, 레미엘도 자신의 뒤에 서 있는 자신의 근위 기사단장과 함께 이야기를 하고 있었다.

레미엘은 얼음이 떠 있는 와인 잔을 흔들며 이야기했다. 그가 잔을 흔들 때마다 얼음이 잔에 부딪쳐 달그락거리는 소리를 내었다.

“어때요? 엘즈 당신이 보기에는?”

“송구스럽습니다만 전하, 아직 제 눈으로는 확실히 모르겠습니다.”

엘즈라고 불린 사내는 상당한 미남자였다. 이십 대 중반 정도의 외모에 적당히 가늘면서도 남자다움을 지닌 얼굴 선, 185의 늘씬한 키, 그리고 기사단장에 걸맞는 검술과 마법 실력을 갖춘 재색 겸비의 사내였다.

레미엘은 딱딱하고 사무적인 엘즈의 말에 피식 웃으며 고개를 좌우로 저었다.

“이런이런, 엘즈는 왜 그렇게 나한테 딱딱하게 구는 건가요? 나는 왕이 되었든 아니든 엘즈와는 친구로서 지내고 싶어요.”

“고작 기사에 불과한 제가 감히 전하께 그럴 수는 없습니다.”

하지만 레미엘은 알고 있었다. 자신이 마음대로 굴리다(…) 차버린 여성 중에 엘즈, 정확히는 엘즈마이어 라디엘 즘 소르드의 여동생 중 하나인 레노아 백작 영애 때문에 그런 것임을……

조금은 후회하고 있는 레미엘이었지만 이미 쏟은 물이요, 시위 떠난 화살이었으니 어쩌리오?

그 일에 대한 생각만 하면 으레 쓴웃음을 짓고 마는 레미엘이었다.

“그 일은 저도 미안하게 생각하고 있어요. 엘즈가 원한다면…….”

“고작 저 같은 자 때문에 원하지 않는 결혼 따위는 하지 않으셔도 됩니다, 전하.”

레미엘이 이야기를 하기도 전에 중간에 치고 들어오는 엘즈마이어였다. 다른 이들 같았으면 ‘무례하다’ 라고 했을지도 모르는 레미엘이었지만 엘즈마이어에게만은 달랐다.

그는 얼굴 가득 곤혹스러운 표정을 짓고 있었다.

“원하지 않는 결혼이라니요? 설마요. 저도 레노아 백작 영애를 보고는 첫눈에… 솔직히 그것까지는 아니었지만 반려로 맞이해도 전혀 손색없는 분이라고 진심으로 말할 수 있어요. 엘즈도 알잖아요? 제가 최초로 ‘교제’ 를 했던 게 레노아 양이었다는 걸요. 전 정말 진심으로 그녀에게 반했다구요.”

“그럼… 왜 제 동생을…….”

엘즈마이어의 말에 레미엘은 실없는 듯한 웃음을 지으며 대답했다. 엘즈마이어는 이미 레미엘의 말에 동요하고 있었던 것이다.

“아, 그거요? 제가 조금 ‘바람’ 을 피우니까 ‘전하 같은 분은 꼴도 보기 싫어요’ 라고 하면서 가버리더군요. 완전히 채인 거죠.”

“…….”

실실 쪼개며 대답하는 레미엘의 말에 엘즈마이어는 할 말을 잃었다. ‘그래서 레미엘과 잘 사귀던 여동생이 ‘그날’ 이후로 매일 방에만 틀어박혀 나올 생각을 안 했던 것이구나’ 라는 생각이 드는 그였다.

“엘즈, 기왕 말 나온 김에 부탁하는데 레노아 좀 어떻게 구슬려 줄 수 없을까요? ‘전 진심으로 레노아 영애를 사랑합니다’ 라고 전해주세요.”

"전하……."

엘즈마이어는 적잖이, 정확히는 엄청 당황하고 있었다. 그저 실없는 바람둥이로 보이던 레미엘은 진심으로 자기 동생을 사랑하고 있었다고 하고 있으니 말이다. 게다가 그의 눈빛은 진심이었다.

"아, 그리고 덧붙여 주세요. '아이를 낳는다면 레노아의 아이만 낳게 하겠다고. 다른 여자는 불임 처치를 하든 임신했다가는 복부에 한 대 먹여 버리든 해서라도 아이가 생기지 않게 할 테니 믿고 제 청혼을 받아달라' 고."

"……."

순간 엘즈마이어의 눈가에 어둡다 못해 시커먼 그림자가 드리우고 뒤통수로는 굵은 땀방울이 흘러내렸으며 이마에는 커다란 힘줄이 삐죽 솟아나왔다.

"전하……."

"아하하. 하지만 할 수 없는걸요. 제 입맛(?)이 워낙 편식을 싫어하는지라… 한 가지만 먹으면 금방 질려서……."

"전하……."

"아, 하지만 레노아 양만을 사랑한다는 건 진심이에요. 믿어달라구요. 네? 엘즈는 내 마음 알죠?"

"……."

엘즈는 생각했다. '이 양반은 왜 잘 나가다 꼭 이러냐' 라고 말이다.

"…전하, 없던 이야기로 하겠습니다."

"어어어? 엘즈, 너무하잖아요!"

레미엘은 각종 가여워 보이는 표정과 포즈로 엘즈마이어를 설득하였으나 이미 마음을 굳힌 엘즈마이어에게는 무용지물이었다.

"그것보다 전하, 제 동생에 대한 이야기가 본론은 아닐 텐데요."

결국 화제를 본론으로 돌려 버리는 엘즈마이어였고 레미엘은 어색하게 웃었다.

"아. 하. 하. 하. 그, 그렇죠? 그, 그럼 다시 이야기해 봅시다."

좀 전에 엘즈마이어의 뒤통수에 맺혔던 땀방울이 이번에는 레미엘의 뒤통수에 맺혔다.

"그건 그렇고 전하, 대체 크로이츠를 어쩌실 생각이신지?"

"어라? 설마 지금 걱정하는 거예요? 크로이츠를?"

레미엘의 질문에 엘즈마이어는 고개를 저었다.

"그건 아닙니다. 하지만 지금은 안 그래도 신탁 때문에 대륙 전체가 혼란스럽습니다. 이럴 때 국가 간의 마찰이라도 생기면……."

"걱정 마요. 난 그 정도로 나쁜 왕도, 훌륭한 왕도 아니니까."

모순되는 두 가지 왕에 대한 말에 엘즈마이어는 고개를 갸우뚱했다. 레미엘은 그런 그의 모습을 보고는 피식 웃으며 설명을 계속했다.

"크로이츠의 땅을 빼앗는 짓 같은 건 별로 할 만한 일 같지는 않거든요. 게다가 아까 엘즈가 말한 대로 지금은 여러 가지로 어려운 때인데."

"그럼 대체 근위 기사단까지 이끌고 오신 것은……."

이해할 수 없다는 듯한 엘즈마이어의 말에 레미엘은 손가락을 까딱거렸다.

"이런, 엘즈, 근위 기사단 정도는 되어야 생색이라도 내죠. 이야기는 이렇게 될 겁니다. 프로튼의 국왕은 크로이츠의 황제에 대한 뜨거운 우정과 의리로 몸소 크로이츠에 근위 기사단까지 끌고 크로이츠를 도우러 온 제국의 은인이라고."

“······.”

“그리고 전 그리 대단한 대가를 요구할 생각은 없습니다. 요새 크로이츠 내에서 꽤 많은 던전과 기타 유적들이 발견되었다지요? 그것 중 몇 군데의 발굴 및 탐사권을 요구할 겁니다.”

대수롭지 않게 말하는 레미엘이었지만 그것이 엘즈마이어를 속일 수는 없었다. 엘즈마이어는 떨떠름한 목소리로 대답하였다.

“전하, 설마······?”

“쉬잇, 이곳은 프로튼이 아닙니다. 말조심하세요.”

레미엘의 경고에 엘즈마이어는 후딱 입을 다물었다. 엘즈마이어는 그의 숨겨진 의도를 알아챘기 때문이다.

“전하는 참 게으르신 분이군요.”

“아, 그런가요? 하긴 제가 좀 게으르기는 하죠. 아하하하.”

레미엘의 웃음에 그만 허탈한 기분이 드는 엘즈마이어였다.

“아, 그건 그렇고······.”

“네?”

“우리 아까 하던 이야기나 계속해 볼까요?”

“···전하······.”

하지만 곧 한가득 곤혹스러움을 맛보게 되는 엘즈마이어였다. 그는 취침까지 남은 시간 동안 레미엘에게 시달렸다. 물론 주제는 그의 여동생 레노아에 대한 것이었다.

사실 그것 때문에 소브런의 공주와 했던 약혼도 취소했는데 포기할 레미엘이 아닌지라 그는 더욱 곤혹스러웠다.

두두두두두!

콰과광!

또 한 대, 다시 한 대의 적기가 폭발했다.

이제 앞으로 열일곱.

'과연 우리는 살 수 있을까?

머리 속으로 이런 생각이 스쳤다. 이미 우리 쪽도 넷이나 당했다. 우리는 일곱인데 비해 저쪽은 아직 열일곱이나 남아 있는 것이다.

"스프린, 전투 중에 잡념은 곧 사망으로 이어집니다."

통신을 통해 들려오는 디나이의 조언. 그제야 나는 하나마나 한 잡념에서 빠져나올 수 있었다.

"아, 아차, 미안해요."

"어이, 대장. 걱정 말라구요. 내 이 한 몸 바쳐서라도 대장과 이드 녀석만은 무사히 빼줄 테니까.”

“제, 제롬……!”

제롬의 발언에 나는 얼굴이 귀밑까지 붉어짐을 알 수 있었다. 열이
화끈화끈 났으니까.

“제, 제롬, 적을 눈앞에 두고 그게 무슨 불안한 말인가요? 모, 모두
다 살아서 귀환해야죠.”

“어이구, 이거 제가 실언을 했습니다.”

“제롬, 너 귀환할 때까지 살아 있어라.”

이드도 조금은 부끄러웠나 보다. 제롬에게 칼을 가는 것을 보면 말
이다. 그런 그의 모습에 나도 모르게 웃음이 나왔다.

“우훗, 이드도 참.”

“…….”

순간 내 앞에 날아드는 적기. 하지만 그의 공격은 소용없었다.

부웅!

내 기체를 둘러싼 방어막이 적기의 공격을 모두 무위로 되돌리기 때
문이다. 그리고 나를 상대하려다 틈을 보인 기체는 곧바로 웨인에 의
해 격추되었다.

슈슝!

콰광!

“여~ 신세졌습니다, 대장.”

곧바로 인컴을 통해 들려오는 그의 목소리. 아무래도 귀환한 후에
군기를 잡을 필요를 느낀다. 아마도 그 생각은 귀환하자마자 사라질
테지만…….

어느새 적기는 여섯 대로 줄어들어 있었다. 이 속도로 적을 처치하

면 탈출의 가능성이 보일지도 모르겠다는 생각이 들었다.

"모두 힘내요! 조금만 더 하면……."

"조금만 더 하면 어떻게 된다는 거지?"

우리들끼리의 통신 회선에 끼어드는 한 목소리. 아군은 아니다. 그렇다면……?

"누구냐!"

역시나 우리들 중 가장 성격이 급한 케이린이 가장 먼저 소리를 질렀다. 그리고 마치 공간 사이에서 튀어나오는 듯한 착각을 주며 그 '적' 은 등장했다.

"오랜만이다, 제군. 특히 이드."

"이 목소리는……?"

조금은 가늘면서도 힘이 들어가 있는 목소리. 그 목소리에 나도 모르게 말이 흘러나왔다. 그리고 상대는 내 목소리에 반응하여 대답을 하였다.

"오호, 스프린 공주 전하까지 계십니까? 오늘은 운이 좋은 날이군요. 후후후후."

"다, 닥쳐요! 당신이 우리를 이길 수 있을 거 같아요!?"

말은 이렇게 했지만 상당히 불안했다. 왜냐하면 그가 타고 나온 기체가…….

"잘도 훔쳐 갔군."

"다 너, 아니, 정확히 말하면 너희들을 이기기 위한 것이다. 그 이유 하나로 나는 이런 수치스러운 좀도둑질까지 감수했단 말이다!"

이드의 침착성을 잃지 않은 발언에 눈앞의 은색 대형 브레이커인 제국 수도방위 전용 브레이커인 '프리텐스' 를 조종하고 있는 레온은 결국 흥분했는지 상당히 떨리는 목소리였다.

레온은 주변의 아군—즉, 우리의 적—들에게 뭐라고 했는지 자신을 제외한 나머지 브레이커들이 물러났다.

"자, 이드, 나와 승부를 내자! 여기서 이기는 자가 그 패거리들과 살아서 돌아가는 거다!"

"일기토인가? 낡은 방법이군."

이드는 곧 우리들에게 통신을 보내왔다. 뭐, 원래부터 회선이 계속 열려 있었으니 따로 회선을 어쩔 것까진 없었지만.

"모두 물러서라. 저 녀석은 내가 상대하겠다."

"이드, 미쳤어?"

"무슨 소리야, 이드! 저딴 녀석의 말을 믿는 거야?!"

"그래, 분명히 너와 티격태격하면서 농땡이 치는 동안 증원이 올 게 뻔하다고!"

"이드, 당신의 행동은 귀환 성공률을 크게 감소시키는 마이너스적 행동입니다. 저는 반대합니다."

"이드 씨, 제발 그런 무모한 발언은 접어주십시오. 상대는 프리텐스 라고요, 프리텐스!!"

"이드……."

모두가 반대한다는 뜻을 비추었지만 여전히 그는 자신의 뜻을 꺾을 생각이 없는 듯하였다. 하긴 그는 어려서부터 그랬지. 그만 보면 얼굴을 붉히며 마음 졸이던 나를 알아주지도 못한 채 가출할 때도 그랬고.

그래서 나는 그의 편을 들어주기로 했다. 어쩌면 이런 지극히 개인적인 감정으로 인해 큰 비극을 초래할 수도 있다. 하지만 난 그를 믿었고 앞으로도 믿을 것이다.

“이드, 다녀와. 빨리 끝내고 와야 해.”

“아.”

“대, 대장!”

“대장, 지금 진심이에요? 말이 헛나온 거죠? 네?”

“소령님, 제발 재고해 주세요! 이건 개죽음이라고요!”

“스프린 대장, 지금 당신의 판단은 현명한 판단이 아니라고 생각합니다. 작전 중 개인적인 감정에 의한 판단은 작전의 실패에 가장 큰 요인 중에 하나입니다.”

“대장, 명령을 취소해 주세요. 이드가 이길 수 있는 상대가 아니라고요.”

모두가 반대한다. 나도 안다. 알면서도 이러는 나는 나쁜 걸까? 하지만 나는 왠지 확신이 간다.

이드가 이길 거라고…….

“이드, 질문하겠어요. 당신은 이기고 돌아갈 길을 열 건가요, 아니면 패해서 우주의 먼지가 될 건가요?”

잠시 침묵이 흘렀다. 그리고 그 침묵을 깨는 이드의 대답은 내가 예상한 대로였다.

“물론 전자입니다.”

“알았어요. 그 말 꼭 지키세요.”

“물론. 아직 우리 아이도 가지지 못했는데 이런 데서 죽을 수야 없죠.”

“으하하하!” ×4

“크큭…….”

“푸흡!”

순식간에 얼굴에 불이라도 난 듯 뜨거울 정도로 열이 났다. 이이는 정말 돌발적으로 낯 뜨거운 발언을 한단 말야.

"이드……!"

"걱정하지 마, 스프린. 이번에도 안 되면 유전자 조합을 써서라도 우리 아이를 만들 테니까."

"…그게 아니잖아!"

"하하하! 그럼 갖다 올게, 여보."

"푸하하하하!" ×4

"큭… 큭큭……."

"딸꾹… 우히… 딸꾹……."

더 이상 빨개지고 뜨거워질 수 없을 거라고 생각한 내 얼굴이었지만 현실은 가볍게 내 생각을 깨버렸다. 부끄러웠다, 여자의 몸으로 아이를 배지 못하는 몸이.

어디가 이상한지는 모르겠다. 하지만 이드와 일곱 번이나 그걸… 했는데도 아이가 생기지 않는다는 것은 둘 중 하나의 몸에 이상이 있다는 것인데 아무리 봐도 이드는 정상인 거 같고 아무래도 잘못은 내게 있는 거 같은데…

나도 어머니가 되고 싶은데… 임신하고 싶은데…….

그리고 레온의 목소리가 우리들의 기분을 다시 전시의 긴장으로 되돌렸다.

"웃기는군. 그것으로 유언은 끝인가?"

"너야말로 그걸로 유언이 끝인가?"

그 대화를 끝으로 프리텐스는 바로 전투 태세로 들어갔다. 그리고 그것은 이드의 크샤레노 역시 마찬가지였다.

“이드, 꼭 돌아와 줘요.”

그리고 이드와 레온 둘은 서로 격돌하는 섬광이 되었다.

“갔… 다 올게…….”

잠결에 중얼거리는 목소리와 함께 다시금 현실 세계로 돌아오는 이드. 그는 깨어난 후에도 잠시 멍한 눈으로 천장을 바라보고 있었다.

“공주님… 소령… 스프린… 당신… 여보…….”

이드의 눈가에 눈물이 맺혔다. 눈물은 그의 눈가를 타고 흘러내렸다. 흐느끼지는 않았으나 그가 흘리는 눈물의 양은 결코 적지 않았다.

그는 몸을 일으키며 중얼거렸다.

“돌아간다고… 약속했다.”

하지만 그가 꾸었던 꿈은 여전히 그를 잡고 놓아주지 않았다.

하지만 이드는 곧 고개를 좌우로 흔들며 다시 한 번 자신의 각오를 되새겼다.

“돌아간다. 너는 이미 그곳에 존재하지 않지만 그래도 나는 돌아간다. 반드시!”

같은 시간. 쟈밀과 레이는 서로 마주 보며 앉아 있었다.

하지만 오늘은 이상하게도―평소라면 서로 마주치는 순간 쟈밀의 인상이 종잇장처럼 구겨졌을 것이다―쟈밀의 표정은 밝기만 했다. 그렇다고 레이의 표정이 어둡냐 하면 그것도 아니었다.

쟈밀은 입 안 가득 함박웃음을 지으며 말하였다.

“흐흐흐, 이거 생각보다 재미있는데?”

“오랜만에 같은 생각을 하는군요. 실은 저도 그렇네요.”

둘의 모습은 마치 대형사고를 친 악동들의 그것과 같았다.

"이드 녀석, 지금쯤 꿈 때문에 정신이 오락가락하고 있겠지?"

"그럼요. 그의 기억 중 하이라이트 부분만을 들추고 있는데요."

"설마 이드나 그 녀석 부하들이 그걸 눈치 채진 않겠지?"

"설마요. 고작 그런 녀석들이 제가 손을 쓴 것을 눈치 채겠습니까?"

"하긴 그렇겠지?"

하지만 그들조차 모르는 것이 있었다. 지금 가끔씩 이드가 꾸는 꿈과 완전히 같은 꿈을 꾸고 있는 이가 한 명 더 있다는 사실을.

몸이 흔들린다.

누구지?

"…오… 란… 일… 세……. 란……."

겨우 눈을 떠보니 처음으로 내 망막에 잡힌 것은 레아가 나를 흔들고 있는 모습이었다. 그녀는 나를 보며 걱정스러운 표정을 짓고 있었다.

부스럭!

"으음, 뭐야……?"

무심결에 눈을 부비려는데 손끝으로 물기가 느껴졌다. 눈물인가?

"어라? 내가 왜 울었지?"

침대를 보니 머리맡 부분은 거의 다 젖었을 정도였다. 게다가 꽤나 많이 울고 있었는지 눈가가 부어 있는 게 느껴졌다.

"나참, 나도 모르겠군. 리커버리."

휘잉!

밝은 빛이 내 눈가를 한번 훑고 지나가자 눈가의 부기가 금세 가라앉았다. 레아는 그제야 내게 질문하였다. .

"오빠, 괜찮아요? 무슨 일이에요? 점심때가 다 지났는데도 일어나지 않아서 얼마나 걱정했는지 알아요?"

"미안해, 레아."

그녀의 모습에 일단 사과부터 하는 나였다.

"하지만 나도 모르겠어. 내가 왜 울고 있었지?"

"글쎄요. 오빠가 모르는데 제가 알겠어요?"

그렇다면 꿈꾸는 도중에 울었는 것 같은데 아무리 머릴 굴려도 오늘 꾼 꿈 내용이 기억나지 않았다. 그야말로 완벽하게, 하나도 기억나지 않으니 그것도 꽤 섬뜩한 느낌을 주었다. 보통 꿈이 잘 기억나지는 않지만 그래도 대충 어떤 꿈이었는지는 기억나기 마련인데 말이다.

"흐음, 정말 이상하네. 내가 이렇게 울면서 꿀 정도의 꿈이면 그 내용도 꽤 많이 생각이 나야 할 텐데……."

나는 입가로 손가락을 가져가며 골똘히 생각하였으나 결국 아무 소득도 얻을 수 없었다.

레아는 그런 내 모습을 보며 웃었다.

"우훗, 일단은 옷부터 갈아입어요. 이곳에서 한낮에 잠옷을 입고 있는 사람은 오빠밖에 없을 거예요."

"응."

뛰어난 왕자와 형편없는 귀족과 훌륭한 친구들

크로이츠의 궁전에서 멀지 않은 한 저택. 그 안에서는 일련의 무리들이 원탁에 둘러앉아 서로 상의를 하고 있었다. 그들은 모두 귀족인 듯 상당히 화려한 복장을 하고 있었다.

그들 중 가장 연로해 보이는 노인이 입을 열었다.

"흠, 모두 모인 것 같군."

"그럼 회의를 시작하겠습니다."

노인의 말을 받은 것은 한 청년이었다. 그가 이곳에서 가장 지위가 높은 자인 듯하였다. 그는 짧은 금발에 조금은 말라 보이는 인상의 사내였다.

"저는 이곳에 모인 분들이 모두 저와 제국의 미래를 위해서 와주신 분들이라고 믿겠습니다. 여러분도 제 믿음을 손상시키는 일은 하지 않으시길 바랍니다."

그의 말에 원탁에 앉았던 모두는 말없이 고개를 끄덕였다. 하지만 그들의 끄덕임에는 상당한 무게가 실려 있었다.

"왕자 전하, 정보에 의하면 현 황제 폐하들께서 프로튼에 도움을 요청하셨다고 하옵니다. 그리고 얼마 전 프로튼에 도착하였는데 프로튼의 왕이 직접 근위 기사단을 끌고 왔다 하옵니다."

한 중년 귀족의 말에 모두들 인상을 찌푸렸다. 그들로서는 상당한 난적이 하나 늘어버린 것이었다.

하지만 청년은 그리 대수롭지 않다는 듯한 표정이었다.

"그렇습니까?"

"전하, 이것은 대단히……."

조금은 당황한 귀족 하나가 청년에게 뭐라고 하려는 듯하였으나 청년은 재빨리 그의 말을 자르고 들어왔다.

"대단히 심각한 상황이라고 하고 싶은 겁니까, 올젠 경?"

"그, 그렇습니다."

올젠 경이라 불린 중년의 귀족은 너무나도 강한 청년의 시선에 기가 죽었다. 청년은 그런 그를 한차례 바라보더니 코웃음을 쳤다.

"조금 강세이긴 하지만 예상하던 바입니다. 이미 예상하고 있었던 것이거늘 왜 그렇게 호들갑을 떠시나요? 설마 하나도 방비가 되지 않았다고 생각하는 것은 아니겠죠?"

"……."

상대는 말이 없었다. 청년은 더욱 진한 웃음을 머금으며 말을 계속했다.

"분명 프로튼 근위 기사단은 위험하겠죠. 그들이 전력을 다해서 덤빈다면 말이죠."

청년의 말에 대부분의 귀족들이 의아한 표정을 지었고, 청년은 그런 귀족들을 보며 웃음을 지었다. 물론 비웃음이었다.

'어떻게 이런 오합지졸들이 내게 굴러온 건지… 쯧쯧쯧. 그래도 쓸 만한 녀석들도 몇 있기는 하니 다행이지만.'

"프로튼의 기사라는 자들이 과연 우리 크로이츠를 위해 전력을 다해서 싸워줄까요?"

그제야 대부분의 귀족들이 이해가 간다는 표정을 지었다. 청년의 미소는 어떻게 보면 그저 계속 웃고 있는 듯 보였으나 그 웃음의 내용은 계속 변하고 있었다.

'그래도 완전히 바보들은 아니군.'

"여러분이 생각하시는 대로 그들은 그저 티를 내기 우해 온 것입니다. 후에 우리 크로이츠에게서 무언가를 요구할 수 있게 말입니다."

"오오!"

그제야 완전히 이해했다는 듯 귀족들의 고개가 끄덕여졌다. 일부 젊은 귀족들은 이미 다 알고 있었기에 그들처럼 고개를 끄덕이거나 하지는 않았다.

'어리석은 늙은이들. 이래서 국가를 운영하는 일은 젊은이들이 해야 하는 거다.'

"그렇다면 프로튼의 근위 기사단은 크게 문제가 되지 않는다는 것입니까, 전하?"

재차 확인해 보겠다는 듯 다시금 똑같은 내용을 질문해 오는 한 노 귀족의 발언에 청년은 살짝 눈살을 찌푸렸다.

'이 늙은이들은 대체 대가리에 뇌가 있는 거냐, 없는 거냐?'

"그렇습니다. 그들은 아마 인명 피해를 내기 싫어할 테니까요. 그저 생색낼 정도로만 싸우겠죠. 그러므로 크게 걱정하지 않아도 됩니다."

잠시 설명을 멈춘 청년은 주변을 둘러보았다. 그리고 다시 목에 힘을 주며 말을 이어갔다.

"게다가 근위 기사단은 저희에게 있습니다. 저희를 위해 싸워줄 근위 기사단이."

사실 아리나스와 아시아스가 레미엘에게 도움을 요청한 가장 큰 원인이 이것이었다. 근위 기사단은 현재 자신들의 아래가 아닌 이 청년의 지휘 하에 있기 때문에.

"게다가 대부분의 군권 역시 저희들이 장악하고 있습니다. 문제가 되는 것이라면 정령 기사단 정도겠죠."

물론 그의 편이 아닌 위험 세력도 존재하기는 하였다. 그 대표적인 존재가 바로 정령 기사단이었다. 기사단원 전원이 정령술사인데다 검술 역시 결코 보통의 기사에게 지지 않는 실력을 가진 그들은 결코 가벼이 볼 상대가 아니었다.

청년이 계속 설명을 하려는데 그때 옆에 앉아 있던 다른 청년이 먼저 입을 열었다. 그는 방금 전까지 설명을 하고 있던 청년과 비슷한 연배로 보이는 청년이었다. 그는 어깨 아래까지 자란 붉은 머리칼을 뒤로 넘기며 말했다.

"하지만 그것조차 그리 신경 쓸 필요는 없겠죠. 저희에게는 유니콘 기사단이 있으니까요. 역시……."

"무, 무례하다, 홀딘 경. 감히 전하께서 말씀하시는데……."

한 노귀족이 다짜고자 홀딘 경이라 불린 청년의 말을 끊으며 따졌지만 정작 당사자인 홀딘 경은 그저 냉랭한 시선으로 그 노귀족을 쳐다보았다. 그리고 그것은 전하라고 불린 청년도 마찬가지였다.

'형편없는 것, 할 줄 아는 것이라고는 저런 것뿐이지.'

둘의 공통적인 생각이었다. 생각 같아서는 당장 없애 버리고 싶지만 일단은 그래도 귀중한 전력이니만큼 가만 놔두는 것이었다.

"괜찮습니다, 홀딘 경. 기왕 하셨으니 경이 계속 설명해 주시지요."

"감사합니다, 전하. 아까 말씀드린 대로 정령 기사단의 경우는 저희 유니콘 기사단으로 막을 수 있습니다. 하지만 문제는 궁정 마법사인 네이란님과 이번에 프로튼 국왕이 같이 데려온 그 엘프 소년이겠죠. 뭐, 소년이라고 하지만 그것은 외모뿐이고 실제는 100살이 넘었다고 하지만. 엘프가 다 그런 거 아니겠습니까?"

"그 엘프 소년이 그렇게 대단합니까?"

한 귀족 청년이 홀딘 경에게 질문하였다. 홀딘 경은 고개를 끄덕여 보였다.

"그 소년은 스팅의 주인입니다. 게다가 그것은 마법 실력에 의해 스팅의 주인이 된 것이라고 하더군요."

"으음……."

그의 설명에 대부분의 귀족이 놀라워하였다. 스팅, 그것의 주인이라는 것은 곧 엘프 중 최강의 전사라는 증거인 것이다.

게다가 마법으로 스팅의 주인이 된 것이라고 했다. 단체전에서는 검술보다 마법의 비중이 더 크다. 한번에 더 많은 적을 죽일 수 있기 때문이다. 물론 일반 병사의 경우겠지만. 게다가 마법은 적의 사기를 크게 낮추는 기능도 하기 때문에 군대 단위의 전투에서는 검사보다 마법사의 역할이 더 큰 것이다.

"그럼 어떻게 하실 겁니까?"

"방법은 있는 겁니까?"

“묘안이 있습니까?”

“전하, 해결책이 있으신지요?”

순식간에 회의장은 난장판이 되고 말았다. 혼란에 빠진 많은 귀족이 서로 수군대기 때문이었다.

“모두 조용히 하시오!”

전하라 불린 청년은 결국 참지 못하고 소리쳤다. 그는 신경질이 잔뜩 묻어나는 말투로 말하였다.

“이게 뭐란 말이오! 당신들은 오합지졸이오?! 아직 싸워보지도 않았소. 내가 누구요? 레더즈 듀브런트 론 데스트람브스 크로이츠요! 내가 어떤 사람인지 잊지는 않았겠지?! 이 내가 승산없는 싸움을 하리라 생각하나?”

그의 불 같은 분노에 수군거리던 모든 귀족들은 고개를 조아렸다. 대부분 나이 지긋한 귀족들이었다.

“전하, 용서를……!”

“송구스럽습니다, 전하……!”

“부디 관용을……!”

레더즈는 짜증이 가득 담긴 시선으로 고개를 조아리고 있는 귀족들을 바라보았다.

‘쓰레기 같은 놈들! 이런 놈들을 귀족이라고 두고 있는 이 나라나 이런 쓰레기를 같은 편이라 하고 있는 나나 정말 한심하군.’

그렇게 레더즈가 짜증을 내고 있는 무렵 그의 옆에 있던 홀딘 경이 그 옆의 다른 청년 귀족의 말에 귀를 기울였다. 그리고 그 말을 다 들은 홀딘 경은 고개를 끄덕인 뒤 레더즈에게 말했다.

“전하, 체른 경이 해결책을 제안하였습니다.”

곧 체른 경은 레더즈에게 가벼운 목례를 한 뒤 설명하였다.

"전하, 얼마 전에 제가 구해준 한 엘프 청년이 있습니다. 그는 검술의 달인으로 이미 소드 그렌져에 근접해 있는 듯합니다. 그에게 부탁해 보겠습니다. 아마 거절하지는 않을 겁니다."

그의 말에 레더즈는 희색을 띠었다. 사실 아까 전에도 큰소리치기는 했지만 마땅한 대안이 있는 것은 아니었기 때문이다. 물론 아리나스와 아시아스 황제와 같이 외세를 끌어들이는 방법이 있기는 했지만 그것은 자존심은 물론 앞으로 외세의 국정 개입을 초래할 수 있기 때문에 스스로 거부하고 있었다.

"그렇소? 하지만 아무리 소드 그렌져에 근접해 있어도 아직은 소드 마스터 아니오? 소드 마스터라면 우리 쪽에도……."

"아닙니다, 전하. 비록 소드 마스터이지만 그의 능력은 소드 그렌져 이상이라 확신하고 있습니다. 게다가 그의 검은 꽝장한 마력검인 것으로 압니다, 전하."

이쯤 되니 회의실 안 모두의 얼굴에 희색이 돌았다. 그 정도라면 웬만한, 아니, 대부분의 마법사라는 인물과 1:1에서 질 리가 없었기 때문이다.

"그렇소? 그것참 다행이구려. 그럼 그 건에 대해서는 경에게 맡기겠소."

"망극하옵니다, 전하."

쉬는 시간

"후아암~ 졸려."

나도 참 잠이 늘었는가 보다. 그렇게 잠을 잤는데도 아직도 졸리니 원… 이게 인간의 어린아이들처럼 성장기의 징조였으면 좋겠는데…….

"응?"

궁전의 복도를 지나고 있는데 어디선가 하프 소리와 바이올린 소리가 들려왔다. 그것도 굉장히 아름다운 음색이었다.

원래 같으면 하프와 바이올린은 꽤나 어울리지 않는 악기인 듯한데도 지금의 연주는 그런 생각을 단번에 깨부수기라도 하는 듯 너무나도 자연스럽게 들려오고 있었다.

나는 당연히 그 소리가 나는 곳으로 발길을 돌렸고, 내가 도착한 곳은 왕궁의 정원이었다.

그리고 그 음악을 연주하고 있는 것은 레아와 아이크였다.

"와아……!"

저절로 감탄사가 나오는 장면이었다. 아름다운 정원 한가운데에서 연주하는 두 사람의 모습은 마치 한 폭의 그림과도 같았다.

그들의 외모도 아름다웠고—특히 레아가—음색은 더욱 아름다웠다. 가늘게 나오다가도 한순간 무게를 실어 흘러나오는 음색, 그리고 가끔은 슬프게 흐느끼는 듯한 음색이다가도 어느새 다시 밝아지는, 참으로 변화무쌍한 음악이었다.

그리고 그들 옆에서 넋이 나간 듯 음악을 듣고 있는 쌍둥이들.

그렇게 내가 음악에 빠져 있는 시간이 얼마나 흘렀을까? 어느새 음악은 끝나 있었다.

레아와 아아크는 각각 자신의 악기를 갈무리하면서 아리나스와 아시아스를 바라보았다.

"어때요, 폐하? 들을 만하십니까?"

"폐하, 어땠습니까?"

그들의 질문에 아리나스와 아시아스 쌍둥이는 크게 고개를 끄덕였다.

"너무 좋아요. 최고예요."

"이 연주는 아마 평생 동안 잊지 못할 거예요."

그들의 칭찬에 아아크와 레아는 활짝 웃었다.

그때 레아가 나를 발견했는지 내 쪽으로 고개를 돌리며 말했다.

"어라? 오빠, 거기서 뭐 해요?"

"응? 아, 아아, 내 정신 좀 봐."

나는 내 머리를 한차례 살짝 콩 치고서는 그들에게 다가갔다. 나는 우선 쌍둥이 형제에게 인사했다.

“안녕하세요, 아시아스 폐하, 아리나스 폐하?”

“안녕하세요?” ×2

동시에 들려오는 목소리. 그런 그들의 태도에 나는 나도 모르게 웃음이 나왔다.

“그런데 무슨 일이죠?”

“뭐 대단한 일은 아니에요. 그냥 지나가다가 너무 아름다운 음악이 들려와서요.”

내 칭찬에 레아는 나를 보며 활짝 웃어주었다. 물론 나도 마주 웃어주었고 말이다.

“아아크가 가르쳐 준 거예요. 아아크는 정말 음악에 뛰어나요.”

“에이, 무슨 과찬을. 나는 우리 선조님들 얼굴에 먹칠하지나 않을까 걱정스럽다구.”

레아의 말에 두 손을 내저으며 난처한 웃음을 짓는 아아크. 하지만 역시나 칭찬이 싫지는 않은지 연신 헤헤거렸다.

“그런데 두 황제 분은 어째서 여기에⋯⋯.”

내 질문에 두 황제는 동시에 고개를 돌렸다. 이렇게 되다 보니 조금은 무서웠다.

“아차, 우리 정신 좀 봐. 아직 일이 산더미인데⋯⋯.”

“두 분 때문입니다. 하필 이렇게 바쁠 때 이런 아름다운 음색으로 우리 발목을 붙들다니. 나중에 엄하게 책임을 묻겠으니 그때는 좀 더 멋진 연주를 들려주세요.”

아리나스⋯ 인지 아시아스인지는 모르겠지만 어쨌든 둘 중 한 명의 처벌 선고에 아아크와 레아는 피식 웃었다. 그리고 두 쌍둥이 황제는 곧바로 후닥닥 밖으로 달려나갔다(그리고서 바로 ‘폐하, 체통을 지키소서’

라는 말이 멀리에서 들려왔다). 아아크는 그제야 나를 보며 물어보았다.

"아, 형! 그런데 여기는 웬일이야?"

"나는 여기 오면 안 되냐? 그냥 복도를 돌아다니다가 음악 소리가 나길래 온 거야."

내가 조금 삐친 척하자 아아크는 그런 내 모습을 보고는 피식 웃어 버렸다.

"풋, 난 뭐라고 한 적 없다구요."

뭐, 하긴 이 녀석이 레아한테 이상한 수작을 걸거나 하지는 않겠지.

"그런데 너 레아한테 주가 가르쳐 주라는 내 말은 어떻게 했어?"

내 갑작스러운 질문에 아아크는 손가락을 딱 하고 튕겼다.

"아, 그걸 왜 안 물어보나 궁금했어. 확실히 레아는 주가에 꽤 소질이 있는 거 같아. 하지만 아직 마음대로 운용하지는 못하고 있어. 감정이 절정에 달했을 때에나 조금 발휘되는 정도?"

"그래?"

진척은 별로 없다는 거군. 하지만 아아크의 말대로라면 가능성은 충분하다는 거로군.

"알았어. 그럼 계속 부탁해."

"맡겨달라구."

"그런다고 레아한테 이상한 짓 하면 죽어."

내 이 말에 레아는 얼굴이 조금 붉어지며 나를 쳐다보더니 이내 풋 하고 웃었다.

"호호, 설마 아아크가 그런 짓을 할 때까지 제가 가만히 놔두겠어요?"

"이, 이봐, 레아. 난 그런 악당은 아니라고. 나 이래 봬도 프리스트라고. 신의 율법을 따르는 신의 충실한 어린 양이야."

"그렇게 오버할 건 없잖아?"

"하, 하여튼 난 그런 변태는 아니니까 걱정 말라구."

"푸하하하!" ×2

항변하는 아아크의 모습은 너무나도 진지해서 보고 있는 나와 레아
가 무안할 지경이었다.

"제라드, 이 녀석은 그런데 대체 어디를 간 거야?"

내가 화제를 돌리자 레아는 그런 내 모습에 또 한 번 피식 웃었고 아
아크는 안도의 한숨을 쉬었다.

"제라드라면 연무장에 간다고 했어요."

"녀석, 꼭 찾으면 안 보인단 말야."

"호호호."

레아가 웃으니 나도 덩달아 기분이 좋아졌다. 그래서 일부러 조금
더 툴툴대 보았다.

"딱딱한 녀석, 이런 데 와서도 꼭 그렇게 해야겠나? 하여튼 힘든 일
만 찾아서 하니 원."

"뼛속까지 기사인 거죠. 훌륭한 본보기네요."

"아아크, 인간 기사는 이렇게 하는 게 정상이란 말야?"

"다들 이러면 얼마나 좋겠나요? 그저 이상적인 기사가 그런다는 거
죠. 형한테는 어떻게 보이는지 몰라도 '기사' 라는 족속들은 본받아야
할 정도로 성실한걸요. 그만큼 제라드 형은 그런 이상적인 기사상에
상당히 근접해 있는 듯해요."

흐음, 기사라는 인간들은 참 힘든 일을 찾아서 하는 족속이라 이거
군. 하긴 기사도니 뭐니 하는 이상한 규칙 같은 걸 세워놓을 때부터 알

아봤어야지.

하긴 우리 엘프는 자유롭지만 그래도 갖출 건 다 갖춘 훌륭한 종족이니까 그런 규율 따위는 따로 세우지 않아도 되지. 그런 거 없어도 알아서 하는 규칙과 질서의 종족이니까 말야. 움하하하!

"어라? 오빠, 갑자기 콧대가 높아졌어요."

달그락 달그락!

딸칵!

철커덕!

레이의 연구실. 그의 연구실은 평소와는 달리 여러 가지의 기계들이 안을 가득 채우고 있었다. 그리고 레이는 그 안에서 기계들을 만지고 있었다.

"흐음, 조금 힘들군요."

언제나 존댓말을 써서 이제는 평어를 쓰는 것이 더 어색해진 레이였다. 물론 그라고 평어를 쓰는 이가 아예 없던 것은 아니었다. 예전에 그가 평어를 쓰던 이가 둘 있었으나 이미 사라져 버린 지 오래였다.

그는 왼손으로 이마에 흘러내린 땀을 훔치면서도 계속 기계를 조작하는 것을 멈추지 안았다.

"흐음, 정말 훌륭하게 만들었군요. 예술이라 칭해도 전혀 손색이 없어요."

그는 연이어 감탄하고 있었다. 그는 이 기계를 만든 이에게 진심으로 찬사를 보내고 있었다.

"하지만 이런 기계를 부순 이드 군도 참 대단하군요. 정말 뛰어난 인간입니다."

그가 이렇게 기계를 고치고 있는 이유는 쟈밀 때문이었다, 그가 자신에게 '부탁' 하였기 때문에.

"쟈밀… 후훗."

그는 쟈밀을 떠올리며 웃음부터 지었다. 하지만 비웃는다든가 하는 부정적인 의미의 웃음은 결코 아니었다.

"저는 당신이 계속 우리들을 이끌어주기를 바랍니다. 계속……."

평소에는 언제나 쟈밀을 약 올리는 그였으나 사실은 그것도 일종의 우정 표현이었다. 어디까지나 레이의 입장에서는 말이다.

"그래요, 계속……. 때문에 저희들, 적어도 저에게 그분은 필요가 없는 겁니다. 전 당신만 있으면 되니까요."

그의 마지막 말에는 상당히 많은 의미가 내포되어 있었다.

"네?"

"말했잖아. 다시 말해야 해?"

레더즈는 두 청년을 바라보며 조금은 장난기 어린 말투로 말하였다. 그들은 체른 경과 홀딘 경이었다.

"이봐, 레티스, 제리얼. 나를 뭘로 보는 거야? 비록 왕자로 강등당했지만 전 크로이츠 황태자였고 얼마 안 가서 곧 황제가 될 몸이라고."

레더즈의 말에 레티스와 제리얼은 모두 힘없는 웃음을 지어 보였다.

"하지만 정말 몰랐다. 네가 어떻게 명패를 가지고 있었는지."

"아니, 내가 명패를 가지고 있는지조차 몰랐다고?"

둘의 감탄사 섞인 말에 레더즈는 피식 웃었다. 그는 손 위의 작은 패를 만지작거리며 말을 이었다.

"하긴 이건 아버님에게도 비밀로 한 거니까."

명패, 죽음을 부르는 패이다. 이것을 사용하면 목표가 된 사람은 그날 안에 죽는다. 적어도 지금까지는 그 예가 한 번도 어긋난 적이 없었다.

"그래서 그걸 어디에 쓰려고? 당장 황제 폐하를 시해할 건가?"

제리얼의 조금은 흥분한 듯한 질문에 레더즈는 피식 웃었다.

"설마… 쓰려면 벌써 썼지. 하지만 문제가 하나 있어서. 이 명패는 한 개에 한 명의 목숨만을 받아가지."

그제야 두 청년의 얼굴에 이해의 빛이 스쳤다. 레더즈는 이미 두 사람이 이해했음에도 설명을 계속했다.

"하지만 현 황제는 두 분이지. 이제 알겠나?"

레티스와 제리얼은 고개를 끄덕였다. 그런 둘의 모습을 본 레더즈는 창밖으로 고개를 돌리며 중얼거리듯 말했다.

"젠장, 아버님을 저세상 마차에 태워 보내 드릴 때에도 쓰지 않은 건데 이런 곳에 쓰라라고는……."

"……!"

레더즈의 말에 레티스와 제리얼은 소스라치게 놀랐다. 그의 말대로라면 전 황제의 의문스러운 죽음은 레더즈가 그 원인이기 때문이다.

"레더즈, 설마……?"

"응. 아버님은 내가 손수 보내 드렸지."

"너, 어떻게……?"

그들의 눈에 한가득 불신의 빛이 어렸다. 하지만 그런다고 해서 진실이 바뀌는 것은 아니었다.

"…그래, 이미 붕어하신 분에 대해 이야기한다고 미려가 변하는 것은 아니니 이건 그냥 넘어가지."

"하지만… 네가 만약 이런 짓까지 벌이고서도 훌륭한 황제가 되지 못한다면 우리는 너를 결코 편히 죽게 하지 않겠다. 친구로서 말야.”

레티스의 강경한 말에 레더즈는 너털웃음을 터뜨렸다.

“후훗, 그래. 나는 오히려 그게 고맙지. 그리고…….”

그는 창밖을 보던 시선을 거두어 다시 자신의 두 친구를 쳐다보았다. 레더즈는 입가에 의미심장한 웃음을 머금고 있었다.

“어차피 이미 나는 편히 죽을 상이 아냐.”

“와아아아아아!!”

챙, 챙챙!

콰광!

“무슨 일이지, 이런 시간에……?”

한밤중에 들려온 커다란 소리에 잠이 깨버린 나는 어정쩡하게 일어나게 되었다. 대체 이 동네 인간들은 상식이나 예절이란 게 있는 거야, 없는 거야? 한밤중에는 얌전히 잠이나 잘 것이지.

“대체 무슨… 헉!”

무슨 일인지 궁금해서 문을 열고 밖으로 나온 나는 그만 헛바람을 들이켰다.

“우와아아아아!! 반역자들을 처단하라!”

“와아아아아!! 반역자들을 물리치자!”

“레더즈 전하 만세!”

“새 시대를 만들자!”

챙챙챙!

퍼퍼펑!

난간을 통해 보인 것은 상당히 많은 수의 인간들이 싸우고 있는 모습이었다. 그들은 서로 각자의 무기를 손에 쥐고서는 상대를 향해 검과 창을 내지르고 있었다. 그리고 개중에는 마법사로 토이는 자들도 간간이 섞여 있었다.

"란 오빠, 큰일이에요!"

"알고 있어."

레아와 아아크가 내 옆으로 달려왔다. 하긴 내 방이 이 정원에서 가장 가까운 방이니까.

"흐음, 상당히 난장판을 만들었군요."

어느새 레미엘도 내 옆에 와서는 밑의 싸움을 관전하고 있었다. 그리고 그때 제라드도 달려왔다. 그는 우리 모두가 이미 상황을 파악하고 있다는 것을 알고는 얌전히 레아의 뒤에 섰다.

"자, 어쩌지?"

내 질문에 모두들 다른 반응을 보였다.

우선은 레미엘.

"뭐, 신경 쓸 거 있나요? 어차피 이건 집안싸움입니다. 그냥 여기서 얌전히 구경하죠. 게다가 모름지기 가장 즐거운 구경이 이웃집 불 구경이라고 하지 않습니까?"

그 다음은 레아.

"안 돼요! 당신은 여기 황제 폐하의 편을 들어주시기로 한 거 아닌가요? 그렇다면 같이 싸워야죠!"

그리고 아아크.

"말려야지! 싸우는 것은 나쁜 짓이라고!"

그리고 제라드.

"저는 공주님을 지켜 드리는 것이 임무입니다."

흐음, 끼어들어야 한다가 둘, 그냥 보고 있자가 둘, 이제 남은 것은 내 의견인가?

"나는 빨리 정리해 버리고 싶어. 잠을 못 자겠잖아."

어쩌면 지금 잠을 잘 자면 키가 클지도 모를 판인데 내 잠을 망치다니. 나는 방에서 스팅을 가져오며 말했다.

"게다가 의외로 맘에 들었거든. 그 쌍둥이 황제 말야. 왠지 도와주고 싶어졌어."

내 한마디에 레미엘은 씁쓸한 웃음을 지어 보였다.

"그럼 갔다 올까?"

"어, 형, 나도 같이 가요!"

아아크도 어디서 나온 건지 손에 너클을 낀 채 내 뒤를 따라 난간에서 뛰어내렸다.

"제라드, 당신도 란 오빠들을 도와주세요."

"공주님의 말씀이시라면……."

그리고 제라드도 레아의 명령에 따라 검을 뽑아 들고 우리 뒤를 따라왔다.

나도 멋지게 스팅을 바로잡고 싸움판 안으로 뛰어들려고 하는데 중대한 문제가 발생했다.

"저기, 아아크."

"네?"

"어디가 우리 편이지?"

"어라? 전 형이 알고 있는 줄 알았는데요?"

"제라드, 어느 쪽이 우리 편이야?"

"글쎄요… 겉보기에는 둘 다 같은 모양의 갑옷을 입고 있으니……."

"……."

이런 한심한 녀석들……. 하긴 나도 별다를 거 없구나.

"휴우, 할 수 없지. 이럴 때는 직접 물어보는 게 최고야."

그리고 바로 주문의 캐스팅에 들어갔다. 무슨 주문이냐 하면 바로 메시지!

"이봐! 누가 여기 황제 폐하 편이고 누가 여기 쳐들어온 침략자들이지?!"

내 질문에 순간 기사들과 마법사들은 머리를 부여잡았다. 좀 큰 소리로 전달했으니까.

"머리 속으로 말하면 돼. 누가 우리 편이고 누가 적이지?"

그러자 내 머리 속으로 엄청난 음성들이 파고들었다.

"이자들이 적이다!"

"이쪽은 아군이오!"

"이자들이 침입자요!"

"황제 폐하 만세!"

"전하 만세!"

"@#$% · @$%#$&*$%&(."

"$%#&*@#$%! · @%&〉. 〈@%〉{@#! %$."

우씨, 머리 아파!

"야! 한꺼번에 떠들지 말고! 그리고 누가 적인지 아군인지 특징을 말해!"

내가 처음보다 더욱 큰 소리로 전달하자 기사들과 마법사들은 더욱 고통스러운 표정을 지으며 머리를 감싸 쥐었다. 그리고 그들 중의 한 명의 말이 들려왔다.

“가슴의 문장이 독수리면 황제 폐하의 신하, 사자이면 반역자들이
오!”

호오, 문장의 차이라. 나는 메시지 주문을 회수한 뒤 바로 싸움판으
로 뛰어들었다.

“아아크! 제라드! 가슴에 사자 문양이 있는 녀석들이 적이다!”

“예이!”

“알겠습니다!”

웃기는군. 인간들은 왜 이렇게 자기들끼리 싸우는지……. 같은 인간
들끼리 우리 편 니네 편 갈라놓고 싸운다는 것부터가 어이없는 일이다.

“프리즈 세이버!”

프리즈 세이버—부여 마법인 아이스 블레이드의 강화판이다—의 마력을
입은 스팅은 은은한 푸른색을 띠었고 나는 곧바로 그것을 눈앞의 적
기사에게 휘둘렀다.

쩡!

“크악!”

상대의 검술 실력은 내 생각보다 뛰어나 그에게 직접적인 피해를 입
힐 수는 없었지만 검이 서로 부딪친 것만으로 상대는 검은 물론이고
손목까지 얼어버렸다. 물론 그 후 그 기사에게 큰 빈틈이 생긴 것은 당
연했다.

“얍!”

“크악!”

결국 그 기사는 단 두 번의 칼질에 허무하게 시체로 변해 버렸다.
쯧쯧, 보아하니 실력은 꽤 있는 듯싶었지만 내가 적인 것을 원망해라,
인간.

“으랍!!”

퍼퍽!

“크윽!”

호오, 아아크 녀석. 꽤 하네? 제법 괜찮은 무술 실력이잖아?

“하압!”

서걱!

“흐읍!”

제라드도 대단하군. 이제는 검술로만 따지면 나보다 조금이지만 위를 점하겠어. 게다가 레미엘 녀석, 구경만 할 것같이 하더니 결국에는 도와주네.

“매직 미사일!”

퓨퓽!

채챙!

“으악!”

레미엘도 꽤 하잖아? 매직 미사일의 수를 보아하니 상당한 경지에 올라 있는 거 같은데…….

나도 질 수 없지.

“파이어 블레이드!”

그때 내 마법을 본 한 적 마법사가 곧바로 자신 편 기사들에게 파이어 블레이드 마법을 걸어주었다. 그러자 마법사의 마법을 받은 검들은 붉은 기운을 머금었다. 그리고 마법이 걸린 검을 든 기사들은 곧바로 내게 달려들었다.

“하압!”

“받아라!”

이런, 귀여운 엘프 어린이……. 아차차, 내가 미쳤나? 어쨌든 엘프 한 명 상대하는 데 네 명이나 달려들다니, 여기 인간들은 좀 너무하는군.

"포스 필드!"

팅!

팅!

주문을 시전하자 내 주변에는 푸르스름한 막이 생겨났고 그 막은 내게 쇄도하는 모든 무기들을 팅겨내었다. 무기가 팅겨져 당황하고 있는 기사들을 보며 나는 포스 필드를 거둔 뒤 바로 공격하였다.

"아이스 랜스!"

곧바로 생겨난 20개의 얼음 창은 곧바로 적들을 향해 날아갔다. 일부는 얼음 창을 팅겨내기도 하였으나 상당수가 얼음창에 관통당하거나 몸을 꿰뚫리고 말았다.

"크윽!"

"으악!"

내 마법에 적들은 기세가 꺾인 듯 주춤하였고 그와 반대로 우리 편은 더욱 사기가 올랐다.

"반역자들을 무찌르자!"

"와아아아아!!"

좀 전까지만 해도 거의 비등하게 싸우던 적들은 한번 사기가 꺾이자 순식간에 몰리기 시작했다. 그들은 곧바로 궁지에 몰린 쥐들마냥 서로 뭉쳐 있었다.

하지만 그들도 그저 개죽음을 당하기는 싫었는가 보다. 그들의 중심에 있던 한 마법사가 스크롤을 꺼내 들었다.

"아차!"

하지만 내가 저지하기 전에 이미 그 스크롤은 상대 마법사의 손에 의해 찢겨 나갔고, 곧바로 그 안의 마법이 발동하면서 그를 비롯한 주변의 적 기사들이 모두 사라졌다.

"이런, 도망갔군."

테라스 위에서 말하는 레미엘의 모습은 마치 남의 일 구경하는 것 같았다. 아아크는 그런 레미엘의 모습에 발끈했는지 한마디 했다.

"레미엘 형, 어떻게 그럴 수 있어요?"

"응? 내가 뭐?"

하지만 레미엘은 능청스러운 말투로 대답했고, 그 모습에 아아크는 그저 꽁한 표정을 지을 뿐이었다.

"흐이구… 내가 정말……."

제라드는 그런 아아크를 보며 한차례 웃어 보인 다음 그에게 말했다.

"이봐, 아아크. 너 프리스트지? 일단 부상자를 치료해 주겠어?"

"응? 아, 그래야지."

"어, 나도 회복 마법은 할 줄 알아. 도와줄게."

"그럼 고맙죠."

나와 아아크는 곧바로 부상당한 우리 편 기사들을 치료하러 다가갔다.

"역시… 실패인가요?"

"면목없습니다."

레더즈의 추궁에 기사는 고개를 떨구었다. 하지만 레더즈는 그의 생각보다는 태연했다.

"뭐, 예상했던 일입니다. 하지만 그렇게 쉽게 당하다니, 솔직히 조금 실망했습니다."

"면목없습니다."

기사의 말은 듣는 둥 마는 둥 하면서 보고서를 읽어 나가던 레더즈는 보고서의 한곳에서 시선을 멈추었다.

그것은 라니오스에 대한 부분이었다.

"흐음, 이 정도로 뛰어난 마법 실력을 가지고 있었을 줄은 몰랐군. 이름이 라니오스라고 했던가?"

레더즈는 책상 위로 손을 뻗었다 그는 담배 하나를 들어 입에 물고는 불을 붙였다. 레더즈는 한차례 담배 연기를 들이마신 뒤 천천히 입을 열었다.

"흐음, 수십 명의 기사들을 상대로 메시지 마법을 쓴 후에도 전혀 지치지 않고 상급 마법들을 난사하였다라……. 게다가 검술도 소드 마스터……. 위험하겠군. 할 수 없지."

곧바로 레더즈는 품 안으로 손을 집어넣었고, 그의 손이 품 안에서 빠져나올 때에는 예의 그 명패가 들려 있었다.

"이 명패를 쓸 상대를 만난 것 같군. 아깝지만 그대로 놔두기에는 너무 위험해."

명패는 주인의 뜻을 알아들었는지 한번 반짝였다.

"역시 엘프 최강이라는 건가? 엘프들에게는 미안하지만 모든 것은 나와 이 나라를 위한 것이다."

란, 살해당하다

"후아, 잘 먹었다."

간만까지는 아니지만 오늘따라 유난히 맛있는 저녁을 먹어서 그런지 기분이 매우 좋았다. 덕분에 조금 과하게 먹은 나는 부른 배를 만지며 복도를 지나가고 있었다.

그때 내 뒤로 익숙한 가는 톤의 목소리가 들려왔다.

"어라? 이게 누구야? 귀염둥이 작은 란 아니니?"

나를 보고 아는 척을 하는 상대의 목소리에 고개를 돌려보니 그곳에는 내게 매우 익숙한 이가 서 있었다.

"어라? 네이란 누나?!"

180이 조금 안 되는, 여자치고는 제법 큰 키에 붉은 단발, 그리고 무엇보다 인상적인 푸른 눈썹은 그녀가 내가 알고 있는 네이란 누나가 맞다는 것을 증명해 주고 있었다.

그녀는 나를 보더니 웃으며 곧바로 내게 다가왔다.

"어머, 네가 여기는 일이니? 설마 이 누나 보러 놀러 온 거야?"

"에헤헤, 그랬으면 좋겠지만요……."

언제나 생각하는 거지만 이 누나와 같이 있으면 키 차이가 너무 난다. 만약 서로가 꼿꼿하게 서서 바라본다면 네이란 누나는 거의 땅바닥을 보듯이 나를 봐야 하고 반대로 나는 하늘을 보듯이—사실 그 정도로 우리 둘의 키 차이가 큰 것은 아니지만 일단 가까우니까—그녀를 올려봐야 하니까.

하지만 다행히도(?) 네이란 누나는 내 눈 높이에 맞추어 허리를 낮추어주었다.

"그럼 무슨 일이니? 설마……?"

"네, '신탁'에 관련된 일이에요."

본론은 조금 다르지만 어차피 여기도 신탁 때문에 들렀어야 하니까 틀린 말은 아니지 뭐. 내 말에 네이란 누나는 살풋 웃어 보였다.

"우후훗, 원로원 할아버지들도 너무하지 이런 귀여운 아이를 단신으로 내보내다니……."

"부우, 어린애 취급하지 말라구요."

"호호호, 하지만 이렇게 귀여운걸."

"우씨!"

"호호, 그러니까 더 귀엽다."

"……."

60여 년 전에 조금은 황당하게 알게 된 이 누나는 언제나 나를 어린애 취급한다는 것이 조~금 불만이다. 그것만 빼면 다 괜찮을 듯싶은데 말이다.

보라. 지금도 내 볼을 툭툭 만지면서 장난치고 있지 않은가?

"그런데 누나는 여기 웬일이에요?"

"아참, 너는 모를 수도 있겠구나. 나 여기서 일하고 있어. 궁정 수석 마법사로."

오호, 여기 궁정 마법사의 캡이 네이란 누나란 말야?

"와아! 하긴 누나 정도면 충분히 하고 남는 자리죠."

"호홋, 그렇게 말하는 네가 더 실력이 좋지 않니? 그것도 훨씬."

"하지만 저는 인간 나라의 마법사 같은 걸 할 생각은 없어요."

"어머, 딱딱하기는."

그렇게 말하면서도 계속 내 볼을 만지작거리는 이유가 뭔지……

"아, 그런데 누나는 왜 여기서 일해요?"

내 질문에 네이란 누나는 상당히 묘한 웃음을 지어 보였다.

"응? 대단한 건 아냐. 여기 황제 폐하, 너무 귀엽다고 생각하지 않니? 꺄~"

또 시작이다. 하여튼 네이란 누나 귀여운 거 좋아하는 성격은 여전하다 못해 더 심해진 거 같아.

"응? 어라? 삐친 거야? 화 풀어. 란이가 더 귀여워."

"……"

휴우, 내가 어쩌자고 이런 누나와 아는 사이가 되었는지……

모든 일의 원흉은 바로 60여 년 전의 그날로부터 유래했다.

삐걱!

"저기… 실례합니다."

"응? 누구니(이미 이때부터 눈빛이 반짝반짝)?"

“저기, 여기가 네이란님 댁이 맞나요?”

“아, 나를 찾아온 거니(이제는 번쩍번쩍)?”

“네, 사실은……”

“꺄아~ 너무 귀엽다. 게다가 너무 예쁘고. 얘얘, 언니가 가지고 있는 것들 중에 예쁜 옷도 많이 있거든? 한번 입어볼래?”

“저, 저기……”

“자자, 사양하지 말고.”

파다닥!

“꺄악! 뭐 하는 거예요!”

“뭘 그래? 같은 여자끼리.”

“저, 저는 남자라구요!”

“엥? 에이, 거짓말하지 마. 거짓말은 인간들이나 하는 거라구.”

“거짓말 아니라니까요!”

“흐음, 설마.”

텁!

“꺅! 뭐, 뭐 하는 거예요!”

“어머머, 진짜 남자였네?”

“그럼 가짜 남자도 있어요?!”

“에이, 너무 그렇게 화내지 마. 그런데 그렇게 화내는 게 더 귀여운 거 같다.”

“이씽……”

“어라? 설마 지금 우는 거니?”

“…우는 거 아니에요……”

“얘얘, 울지 마. 누나가 미안해지잖아.”

“…훌쩍.”

“그래, 착하다. 울지 마렴.”

“…어린애 취급하지 마요. 이래 보여도 성인식 한 ‘어른’ 이라구요.”

“에엥? 에이, 거짓말하지 말라니까.”

“정말이라니까요.”

“헤에… 아, 설마 네가 그 ‘미숙아’ 엘프?”

“씨잉…….”

“어, 어머머, 애, 울지 마.”

“흐아아앙~”

“이, 이거 어쩐담. 자, 뚝! 그만 우렴. 이 누나가 미안하잖아.”

마법에 대해 잘 아는 엘프 소개받았다가 그날로 미치는 줄 알았었지. 덕분에 그날 징징 짜기까지 해버렸고……. 생각해 보면 참 창피한 기억이군.

그때 네이란 누나는 갑자기 무언가가 생각난 듯 허리를 세우며 손바닥을 탁 쳤다.

“아차차, 내가 여기서 뭐 하는 거지? 미안, 작은 란. 이 누나가 지금은 조금 바쁘거든? 나중에 또 놀아줄게.”

쪽!

순식간에 내 볼에 입술 자국을 남긴 네이란 누나는 어느새 통로 저쪽으로 달려가고 있었다.

그런데…….

“…….”

“레, 레아…….”

레아는 아주 무서운 눈으로 나를 노려보며 질문했다.

"자, 설명해 주실까요, 란 오빠? 대체 무슨 일이 일어났던 건지 말이에요."

웃자, 웃어. 아. 하. 하. 하!

"히잉, 힘들어. 오늘은 운도 없지."

하필 그럴 때 레아가 지나간담. 덕분에 레아가 삐치느라 달래는 데 얼마나 힘들었는지.

털썩!

"후우, 힘들어. 오늘은 참 운도 없지."

침대에 몸을 던지는 그 순간이었다, 온몸으로 위험을 감지한 것은…….

쉬익!

탁!

재빨리 몸을 움직여 피했지만 목에 작은 상처가 나는 것은 피할 수 없었다. 그리고 목의 따끔함을 느끼면서 온몸에 전율을 느꼈다.

"누, 누구냐!"

하지만 당장 보기에는 방 안에 아무도 없는 듯하였다. 젠장, 숲 속이면 더 유리하게 싸울 수 있을 텐데…….

하지만 당장 상황이 이런데 찬밥 더운밥 가릴 수는 없지. 나는 온몸의 신경을 곤두세웠다. 하지만 상대는 대단한 실력의 소유자인지 전혀 움직임을 읽을 수 없었다.

'빨리 누가 도와주러 오면 좋겠는데…….'

하지만 그렇다고 누가 도와주기만을 느긋하게 기다릴 수도 없지 않은가? 나는 상대의 위치를 확인하기 가장 좋은 방법을 사용하였다. 적어도 이런 밀폐된 공간에서는 이 방법이 제일 좋을 것 같다는 생각이었다.

"아이스 애로!"

곧 56개의 얼음 화살이 사방팔방으로 날아갔고, 그러자 방의 한쪽 구석에서 얼음 화살을 튕겨내는 소리가 났다.

챙!

저쪽이군. 나는 곧바로 다음 공격에 들어갔다.

"체인 라이트닝!"

눈이 부실 정도로 백열된 번개들이 날아갔고, 나는 곧 숯덩이가 되어 있을 적 자객을 예상했다.

핏!

하지만 정반대의 상황이 연출되었다. 어느새 상대는 나를 향해 좀 전의 정체를 알 수 없는 공격을 다시 시도하였고, 이번에도 간신히 급소는 피했지만 왼팔에 큰 상처를 입었다.

"아악!"

마치 보이지 않는 검에 베인 듯 왼팔의 가로로 베인 상처에서는 피가 배어 나오고 있었다.

"으윽, 그레이터 힐."

회복 마법을 걸자 왼팔은 순식간에 아물었지만 상대를 결코 쉽게 이길 수 없다는 것을 안 나는 더욱 주의를 기울이게 되었다.

피잇!

또다시 예의 정체 불명의 공격이 나를 향해 가해졌고, 나는 거의 반사적으로 스팅을 내 앞의 허공에 휘둘렀다.

찌잉!

이상한 마찰음과 함께 오른손의 스팅에 무언가 걸린 듯한 감촉이 느껴졌다.

"이, 이건……!"

스팅에 가는 실 같은 것이 감겨 있었다. 게다가 그 실은 자세히 보지 않으면 잘 보이지 않을 정도로 가늘었다.

"이런 것……!"

팅!

나는 왼손의 스팅으로 그 실을 자르려고 하였으나 작은 금속음이 났을 뿐 그 실을 자르는 데는 성공하지 못했다.

"이익!"

홧김에 나는 양손의 스팅을 이용해 감아서 잡아당겼고, 상대 역시 순순히 밀리지는 않겠다는 듯 저항해 왔다.

하지만 상대의 위치를 잡은 데다 상대의 움직임을 봉쇄한 나에게 승산은 충분히 있었다.

슉!

그때 상대 자객은 나를 향해 무언가를 던졌으나 이미 예상하고 있던 터라 그리 어렵지 않게 피하였다. 그리고 바로 반격의 주문을 날렸다.

"라이트닝 볼트!"

파즈즈즈.

"흐윽!"

"……!"

조금은 가는 신음 소리에 나는 내 귀를 의심하게 되었다.

'설마… 어린아이?'

털썩!

바닥에 떨어진 자객은 내 짐작이 사실이라고 증명이라도 하듯 작은 체구를 하고 있었다. 그리고 자객은 기절했는지 잠깐 몸을 꿈틀하였으나 이내 잠잠해졌다.

적이 침묵한 것을 확인한 나는 그제야 한숨 돌릴 수 있게 되었다.

"후우, 위험했어."

이마의 땀을 훔치며 자객에게 다가간 나는 깜짝 놀라고 말았다. 자객의 귀는 한 뼘이 조금 안 되는 뽀족한 귀를 하고 있기 때문이었다.

"서, 설마… 엘프?!"

그리고 그때 그 자객의 눈이 번쩍 뜨였다. 그리고 상대가 허공에 손짓을 하는 순간 뭔가 서늘한 것이 내 목을 훑었다.

"허억……!"

그리고 의식이 멀어졌다. 마지막으로 내 눈앞에 보인 것은 내 눈밑에서부터 무언가 붉은 액체가 솟아나는 것이었고, 이내 그것이 무슨 색인지도 알아볼 수 없게 되었다.

"란이 죽었어!!"

쟈밀은 도저히 흥분을 가라앉힐 수 없었다. 그는 자신의 양손으로 머리를 거칠게 긁으며 절규에 가까운 비명을 질렀다.

"으아악! 하필 잠시 한눈판 사이에 우리 조카를 죽인 놈은 누구야!!"

그리고 그런 쟈밀의 옆에서 난처한 표정을 짓고 있는 라오였다.

"저기… 쟈밀, 미안해요. 그 애가 죽은 걸 확인하고 재빨리 내 영역으로 끌어들이려고 했는데 오히려 그만 튕겨 나가게 했으니……."

하지만 쟈밀은 따로 화를 내거나 하지는 않고 여전히 괴로운 표정을 짓고 있었다.

"으음, 지금 그런 잘잘못을 따지자는 게 아니잖아. 네 잘못만 있는 것도 아니고 오히려 너는 실수한 거뿐이잖아. 넌 잘못한 거 없으니까 빨리 우리 란 구해올 방법부터 찾아야 한다고."

"쟈밀이면 그 아이의 위치를 파악할 수 있잖나요?"

"으윽, 모르겠어. 도대체 그 아이의 위치를 알 수가 없으니까 문제지."

그 말에 라오도 심각한 표정으로 고민하기 시작했다.

쾅!

"누구야? 무슨 일이야?"

커다란 소리와 함께 문을 부수고 들어온 것은 레이였다. 그는 숨을 몰아쉬면서도 다급한 어조로 쟈밀에게 말하였다. 항상 입과 눈에 가는 곡선을 그리고 있던 그였으나 지금 이 순간 그의 표정은 매우 심각했다.

"쟈밀, 큰일 났어요!"

"뭐야? 또 무슨 일이야?!"

"'문' 이 열렸어요!"

"뭐야!!"

"뭐라구요?!"

레이의 충격적인 말에 쟈밀은 물론이고 라오마저 크게 놀랐다.

"그, 그래서? 원인이 뭐야? 어떤 바보가 '문' 을 열고 이쪽으로 건너온 거야?"

"아직 거기까지는 모르겠어요. 하지만 워낙 불안정하게 열린 문이라서 지금 폭주하려 하고 있어요. 일단은 루나 씨와 제이 씨가 막고 있지만 우리도 빨리 가지 않으면 정말 폭주할 거예요.”

“으아악! 하필이면 꼭 이럴 때에!! 안 되겠다. 일단 란의 일은 충분히 시간을 두고 해결할 수 있으니… 우선은 발등에 떨어진 불부터 끄자!”

슉!

곧 그 문제의 현장으로 이동하는 셋이었다.

“흐음……..”

“무슨 일이신지……?”

옆의 비서의 질문도 들리지 않을 정도로 레더즈는 상당히 고심 중이었다. 이유는 그가 명패를 써서 죽인 엘프 때문이었다.

“목을 가져오려고 하는 순간 빛이 되어 사라졌다라……..”

그는 앞으로의 일을 걱정하지 않을 수가 없었다. 그것이 사실이라면 자신은 죽여도 죽일 수 없는 상대를 건드린 것이기 때문이다.

“설마 그가 그 전설의 하이 엘프란 말인가……?”

하지만 아무리 레더즈가 고민한다고 해도 마땅한 해결책이 나오는 것도 아니었다. 결국 그는 모든 것을 운에 맡길 수밖에 없었다.

“어쩔 수 없는 건가? 제발 그가 한참 후에 부활해 주기를 기원할 수밖에……..”

이계인

"끄윽……."
"흐윽……."
제이와 루나는 문제의 '문'이 열리지 않게 억제하는 중이었다. 그 '문'은 공간이 이리저리 꼬이고 뒤틀려서 공간이라고 불러주기도 힘든 광경을 연출하고 있었다.

그때 그들의 뒤쪽 공간이 열리며 세 명의 인영이 나타났다. 쟈밀, 라오, 레이였다.

슈웅!

"루나, 괜찮아?!"

"루나 언니, 아직 괜찮나요?"

"루나 씨, 제이 씨, 고생하셨습니다. 이제 괜찮아요."

"빨리 손을 써야 해요. 공간뿐만 아니라 시간 축도 어긋나 있어요.

누군가 시간과 공간을 동시에 넘다 균형을 깨뜨린 거 같아요.”

재빨리 다가와서 자신들의 일을 거드는 셋을 보며 루나는 입가에 희미한 미소를 머금었다.

“쟈밀, 늦었어요.”

“미안. 이쪽도 이쪽 나름대로 큰일이 생겨서.”

이제는 여유가 생겨서 그런지 루나는 쟈밀의 말에 귀를 기울이며 궁금하다는 표정을 지었고, 그런 그녀에게 라오가 쟈밀 대신 설명을 해주었다.

“막내가 죽었어요. 그래서 지금 쟈밀은 화났어요.”

“아……!”

라오의 설명에 루나는 작은 탄성을 흘렸다. 쟈밀이 얼마나 분통 터지는지 이해할 수 있었기 때문이다.

“저런, 하지만 그 아이는 아직 눈을 뜨지 못했어도 하이 엘프잖아요. 부활할 수 있을 텐데……. 그런데 그 아이는 지금 어디 있는데요?”

어느새 뒤틀린 공간은 서서히 제 모습을 찾아가고 있었다. 쟈밀은 잠시 원래대로 복구되는 공간을 바라보다 대답하였다.

“몰라.”

“네?”

“몰라. 어디로 튕겨서 날아가 버렸다고 하더군.”

“그런…….”

루나의 얼굴에 당혹감이 스쳤다. 그리고 그에 비례해서 라오의 얼굴이 붉어졌다.

“미안해요.”

“아냐. 신경 쓰지 마.”

“네······.”

‘어떻게 신경 쓰지 말라는 거야? 다 내가 잘못했는걸.’

모르는 사람이 보면 라오의 잘못을 비꼬는 듯한 쟈밀의 태도지만 라오는 그게 진심으로 위로하고 있는 것임을 알고 있었다. 다만 쟈밀이 지금 흥분해서 이런 것임을 잘 알고 있는 그녀였다.

하지만 그런다고 자신이 잘못했다는 사실이 어디로 가는 것도 아니었기에 여전히 죄책감을 품고 있는 그녀였다.

그때였다, 그들이 복구하던 공간이 급속도로 원상태로 돌아간 것은. 그리고 그와 함께 무언가가 그들 앞에 나타난 것도.

쟈밀은 앞에 모습을 드러낸 둘을 보며 중얼거리듯이 말했다.

“데잘, 테올······.”

건방진 인상의 사내와 여자라고 착각할 정도로 가냘픈 외모의 남자. 데잘과 테올은 자신의 앞에 있는 이들을 향해 인사를 하였다. 쟈밀과 그 일행들도 서로 각자에게 인사를 하였다.

“여, 쟈밀. 또 만나는군.”

“안녕하세요, 쟈밀. 이렇게라도 다시 만날 수 있어서 저는 기뻐요.”

“아, 안녕.”

“레이 씨와 루나 씨, 라오도 오랜만이와다.”

“루나님, 제이님, 그리고 라오님도 여전해 보이시는군요.”

“오랜만입니다, 데잘 군. 테올··· 군.”

“아, 안녕? 오랜만이군.”

“오랜만이에요. 너무너무 반가워요, 테올. 하지만 데잘, 넌 하나도 안 반가워.”

“뭐라구?!”

"메롱. 네가 날 어떻게 할 수 있을 거 같아?"

"크윽……."

한차례 라오와 데잘 사이에 작은 소란이 일어난 후 서로는 당장 본론으로 들어가지 않고 서로의 안부를 물었다. 테올은 먼저 레이에게 안부를 물었다.

"요새 어떻게 지내시나요, 레이님?"

"뭐, 어떻게 지내고 말고 할 거라도 있나요? 그저 조용히 취미 생활 즐기면서 뒹구는 거죠."

"후훗, 하지만 너무 쟈밀을 약 올리지는 말아주세요."

"아니, 제가 언제 쟈밀을 약 올렸……."

테올의 말에 금세 능청을 떨려는 레이였으나 그것은 자신을 무서운 눈으로 째려보는 쟈밀의 시선에 의해 쏙 들어가고 말았다.

"쓰읍……!"

"…기는 했지요……."

"우후후, 다음부터는 그러지 말아주세요."

"테올… 군의 부탁이라면야."

테올은 고개를 돌려 다음으로 루나에게 안부를 물었다.

"루나님, 요즘 쟈밀과는 잘 지내시나요?"

"어, 어머머, 새삼스럽게… 그런 걸 다……."

"우훗, 괜찮아요. 전 쟈밀이 행복하다면 그걸로 좋은걸요. 이상한 감정 가지실 거 없어요."

"…고마워요."

"뭘요?"

싱긋 웃는 테올이었지만 그 웃음 속에는 상당한 아픔이 있다는 것을 모를 루나는 아니었다. 그럴수록 테올에게 미안해지는 루나였다. 비록 자신의 잘못은 아니었다지만 말이다.

테올은 어느새 좀 전의 표정을 지우고는 계속해서 라오에게 안부를 물었다.

"안녕하세요, 라오님?"

"저야 언제나 안녕하죠. 테올도 안녕해요?"

"저도 언제나 안녕하죠."

속으로 '거짓말, 당신은 언제나 쟈밀 때문에 울음을 달고 살잖아' 라고 웅얼거리는 라오였지만 그렇다고 그것을 입 밖으로 뱉을 수는 없는 지라 그저 테올을 바라보며 웃어주는 라오였다.

데잘은 돌연 주변을 둘러보며 궁금한 듯 쟈밀에게 물어보았다.

"어라? 그리고 보니 레디님은?"

"이건 왜 레디한테만 님을 붙이냐? 설마 사모하고 있는 거냐?"

쟈밀의 놀리는 듯한 말에도 데잘은 아랑곳하지 않고 맞대답을 하였다. 물론(?) 얼굴 한가득 건방진 표정을 담고서.

"꼭 사모해야지 님을 붙이냐? 너희들 중에서 가장 훌륭하시다고 생각하니까 그런 거다. 레디님도 참 불쌍하시지. 어쩌다 이런 것들과 같이 계실까?"

"나도 욕하지 말 것은 당연하지만 거기서 루나는 빼라."

"아차차, 맞다. 루나 씨도 빼야지. 아참, 그리고 라오와 레이 씨도 빼야겠군. 어라? 그리고 보니 너밖에 안 남았군. 불쌍해서 어쩌냐, 말. 종. 씨?"

"크아악!!"

결국 또다시 폭주(…)하는 쟈밀이었고, 데잘은 그런 쟈밀을 더욱 놀리며 이리저리 도망쳤다.

"우하하하! 왜 그러시나? 어디 빨리 어떻게 해보라고!"

"너, 잡히면 죽는다!"

한참 동안 쟈밀과 데잘의 무시무시한 추격극이 계속되었고, 레이를 비롯한 나머지 인물들은 느긋하게 그것을 바라보았다.

"바보 같아요. 어떻게 매일 만나기만 하면 저럴까?"

"이런 말 있잖아요? '철천지원수' 라고. 저 둘이 그런 건가 보죠, 라오 양. 신경 쓰지 말자고요."

"하지만 정말 보고 있기 안 좋네요."

"어라? 저는 보기 좋은데요?"

"제이는 못됐네요. 기사가 이웃집 불 구경이랑 남들 싸움 구경이나 좋아하고."

"라, 라오!"

"푸훗."

그리고 나서도 한참 동안 계속되던 추격극은 결국 테올에 의해 중단되었다.

"데잘, 그만 하렴. 쟈밀도 그만 참아주세요."

"아, 알았어, 혀… 엉."

"…테올의 부탁이라면 들어줘야겠지."

그제야 중단하는 쟈밀과 데잘이었다.

"아, 아까 질문을 계속해서, 레디님은 어디에?"

"허어, 그 딴 식으로 말해서 잘 대답하겠다?"

"싫음 말고."

"'싫음 말고' 라고 하면서 그런 표정 지으면 안 어울려."

"…그러니까 가르쳐 줘."

데잘의 표정에 쟈밀은 너털웃음을 터뜨리며 대답해 주었다.

"오늘 레디에게는 큰 의미가 있는 날이지."

"응? 뭔데?"

"흐이구! 넌 레디랑 알게 된 지 얼마나 지났는데도 모르냐? 오늘은 레디에게 그날이잖아!"

"그날? 설마……?"

돌연 데잘의 표정이 묘하게 돌아갔고, 그것을 눈치 챈 쟈밀은 빽 소리를 질러 버렸다.

"암마! 그 '그날' 이 아니고!"

"그럼?"

"흐이구… 내가 못살지."

이마에 손을 짚으며 한숨을 쉬는 쟈밀을 보는 데잘은 더 더욱 알 수 없다는 표정을 지었지만 쟈밀은 끝내 가르쳐 주지 않았다.

그리고 테올이 데잘에게 돌아갈 시간이라고 말했다.

"테올, 돌아가야지. 우리도 할 일이 많잖니?"

"씨이… 쟈밀, 다음에 올 때는 확실하게 가르쳐 줘야 해!"

"네가 직접 알아봐라."

"싫어! 내가 어떻게 감히 레디님의 뒷조사 따위를 하겠어?"

"……."

끝까지 쟈밀과 말다툼을 하며 사라지는 데잘이었다.

그 시간 레디는 한 무덤 앞에 서 있었다. 그녀 앞에 세워져 있는 묘비에는 '에아크 하스, 신의 선택을 받은 위대한 음유 시인. 여기에 영

원히 잠들다' 라는 문구가 새겨져 있었다. 그 문구의 내용은 제법 평범
한 것이었지만 그것이 풍기는 분위기는 제법 달랐다. 무엇보다도 '영
원히' 라는 부분은 무언가 와 닿는 느낌을 주고 있었다.

레디는 묘비를 한차례 쓰다듬으며 중얼거렸다.

"저에요, 레디. 에아크, 오랜만이죠?"

그녀의 표정은 매우 그리운 이를 만난 듯했지만 슬픔이 깃든 표정이
었다. 그녀의 손은 계속해서 묘비를 쓰다듬었고, 그럴수록 그녀의 목
소리도 떨리기 시작했다.

"오랜만이에요… 오랜만. 그런데 당신은 왜 아무 말도 하지 않는 거
죠? 왜? 혹, 당신은 대체 어디 있는 거죠? 아무리 찾아도, 혹, 당신은
보이지 않아요……."

결국 그녀는 엎어지듯 묘비를 껴안았다. 그리고 더 이상 참지 못했
는지 흐느껴 울기 시작했다.

"흐흑, 으흐흑, 어째서… 어째서… 당신은 그런 선택을 한 거죠? 그
녀를 슬프게 하려고 작정했던 건가요? 그녀나 저나 당신이 떠나가는
건 원치 않았다는 걸 당신이 제일 잘 알잖아요?! 그런데 왜! 으흐흐흑,
흐흑!"

그날 레디는 해가 지고 달이 하늘 가운데에 떠오를 때까지 쉬지 않
고 울었다.

라니오스의 갑작스러운 죽음으로 인해 충격을 받은 이들은 비단 쟈
밀 등뿐이 아니었다.

"란 오빠… 란 오빠… 란 오빠… 흐윽……!"

레아시아는 라니오스가 사망, 일단 공식적으로는 실종된 이후 하루

종일 아무것도 먹지 않고 울기만 하였다. 시체가 없어서 실종이라고 한 것이지 방 안에 뿌려진 피의 양으로 미루어보아 사망했다고 생각하는 것이 옳았다. 그렇지 않고서야 그가 지금까지 모습을 드러내지 않을 이유가 없지 않은가?

잠시 후 레아시아는 보다 못한 레미엘이 걸어준 슬립 마법에 의해 잠을 자고 있었다. 그리고 그녀에게 마법을 건 당사자 레미엘은 허탈한 심정으로 하늘을 올려다보았다. 그런 그의 심정을 아는지 모르는지 저녁 하늘은 한없이 맑았고 그런 맑은 하늘 위로 수많은 별들이 수놓아진 채 빛을 발하고 있었다.

"후우, 아무래도 명패를 쓴 것 같군요. 레더즈 황태자… 아니, 왕자가 명패를 가지고 있었을 줄이야……."

레미엘은 자신의 품속에 손을 집어넣었다. 그리고 소매에서 다시 빠져나오는 손에는 레더즈가 가지고 있던 그것과 똑같은 모양의 명패가 들려 있었다.

"대단합니다. 정말 못 죽이는 이가 없군요."

"그렇습니다. 참으로 무서운 물건이군요."

뒤에서 대답하는 엘즈마이어의 말에 그는 고개를 끄덕이며 다시 명패를 품 안으로 집어넣었다.

"그렇네요. 설마 해서 일부러 얌전히 있었는데… 이걸 다행이라고 해야 하나요?"

하지만 엘즈마이어는 대답이 없었다. 그런 엘즈마이어를 바라보며 레미엘은 쓴웃음을 머금었다.

"훗, 저도 참 나쁜 녀석입니다. 분명 저에게 죄는 없겠지만 그래도 라니오스 형이 죽은 것에 대한 죄책감이 생기는 건 어쩔 수 없군요. 후우, 죄책감이라. 저한테도 아직 이런 감정이 남아 있다는 것도 신기한 일 아닐까요?"

"전하……."

"라니오스 형은… 제가 동경하는 분이었어요. 아름다운 외모와 강한 마법 능력뿐만 아니라 아직 잃지 않은 순수함, 그것이 저는 정말 부러웠죠. 그리고 그 자유분방함까지. 그는 정말이지, 모든 것에서 저의 이상형이었습니다. 아, 여기서 말하는 이상형은 사모한다는 뜻의 이상형이 아닙니다."

"……."

어색한 농담으로라도 상황을 조금이나마 띄워보고 싶은 심정으로 말해 본 그였으나 오히려 무거워진 듯한 공기를 느끼며 쓴웃음을 짓고 말았다.

"후우, 이런 역할도 힘들군요. 처음에는 가벼운 마음으로 손을 댄 건데… 벌써부터 동경하던 분이 그만 돌아가셨으니……. 왕이라는 것을 하면서 기쁜 일은 전혀 생기지 않는군요."

"……."

엘즈마이어와 적막만이 레미엘의 말에 귀 기울일 뿐이었다. 하지만 엘즈마이어조차 마지막으로 그가 중얼거리는 말을 듣지는 못하였다.

"육체만이 사라졌다라… 옷도 다른 소지품도 멀쩡히 있는데……. 라니오스 형, 혹시 장난치는 거라면… 이런 실감나는 장난 그만두시길……."

다른 이들에 비해 훨씬 많은 책을 읽어 보다 다양한 지식의 세계를 가지고 있는 그였으나 지금 이 순간은 그 지식의 세계를 찾아보는 것을 생각하지도 못한 채 그저 라니오스의 죽음을 슬퍼할 뿐이었다.

“형은… 죽은 게 아니겠지?”

“모르지.”

아아크와 제라드 역시 침울해져 있기는 마찬가지였다. 제라드의 어정쩡한 대답에 아아크는 고개를 저었다.

“아냐, 분명 살아 있을 거야. 분명 장난치는 거라고. 그렇지 않고서야 어떻게 몸만 없어지고 옷가지나 검 같은 건 멀쩡하게 있는 거냐구. 뭐, 다 피투성이가 되어 있기는 하지만.”

“…….”

아아크는 조용히 자신의 손에 들려 있는 류트를 쓰다듬었다. 그의 목소리는 평소의 그답지 않게 착 가라앉았다.

“새로 작곡한 음악이 있어서 들려주려고 했더니만… 대체 어디 간 거야?”

“아아크…….”

그리고 그날 밤, 아아크는 계속해서 류트를 연주하였다. 그가 연주하는 곡은 분명 가볍고 경쾌한 곡이었으나 아무도 그 음악에 즐거워하지는 않았다.

머즈론 공화국의 변방에 위치한 한 작은 산골 마을. 두 남녀가 서로 차를 마시고 있었다. 남자나 여자나 둘 다 아직 앳된 티를 벗지 못한 외모를 하고 있었다. 남자의 경우 단정하게 다듬은 흑발에 175센티미터 정도의 키를 한 준수한 외모의 청년이었고, 여자의 경우 허리 아래까지 기른 은발과 150센티미터 정도의 키, 그리고 아직 어린아이 같은 얼굴로 둘을 마치 오누이로 생각하게 하였다.

한참 동안 차만 마시면서 아무 말 없던 두 사람 중 여자가 먼저 남자에게 말을 걸었다.

"주인님, 정말 여기가 맞는 걸까요? 지금까지 나타나시지 않으니까 불안해요."

불안을 표시하는 여자의 말에 남자는 피식 미소를 지었다. 언제 보아도 그녀는 너무나 귀여웠고, 아름다웠고, 사랑스러웠다.

"조금만 참아봐. 아직 약간의 시간은 남아 있다고."

"하지만……."

여전히 안심하지 못하는 여자를 보며 남자는 웃으며 그녀의 머리를 쓰다듬어 주었다.

"괜찮다니까. 언제 그분께서 하신 말씀이 틀린 거 봤어?"

그제야 여자도 납득하는 표정을 지어 보였다.

"그렇네요."

그리고는 서로를 보며 마주 웃는 둘이었다.

휘이이잉!

그 순간 그들이 기다리고 있던 일이 발생했다. 그들 앞의 밭 쪽에서 강한 빛이 나는 것이었다. 하지만 그렇게 밝은 빛인데도 눈이 부시거나 하지는 않았다.

그런 모습을 본 농민들은 경외심을 느끼며 '신이시여'를 연발하고 있었다.

그리고 그 빛이 사그라들며 한 인영이 모습을 드러내었다. 140센티미터 정도의 키에 치렁치렁한 금발, 아직 앳된 티가 한참은 남은 얼굴, 라니오스였다. 라니오스는 아무것도 걸치지 않은 채 알몸으로 허공에서 나타났다.

남자는 라니오스를 바라보고는 여자를 향해 웃음을 지어 보였다.

"거봐. 여기가 맞잖아."

"네, 맞네요."

남자는 바로 옆의 망토를 집어 들고는 라니오스를 향해 달려갔다. 그것은 여자도 마찬가지였다.

"라니오스님!"

"주인님!"

곧 라니오스를 받아 든 남자는 망토로 그의 몸을 감쌌다. 그제야 둘 모두 한숨 돌렸다는 표정을 지었다.

"후우, 일단은 상황 OK인가?"

"일단은 그렇다고 해야겠네요."

남자는 라니오스를 안아 든 채 걸음을 옮겼다.

"자, 일단은 근처의 도시까지 가보자고."

"네, 주인님."

그리고 두 남녀는 곧바로 마을 밖으로 걸음을 옮겼다.

크로이츠 제국의 수도 컬츠. 그곳의 전면에 펼쳐진 갈텐 평원에서는 현재 무시무시한 전운이 감돌고 있었다. 바로 현 황제인 아리나스, 아시아스 황제와 전 황태자이자 현 왕자인 레더즈 왕자와의 마지막 일전을 위해 양 군이 모두 집결해 있었기 때문이다. 양 군은 한 치의 오차도 없이 완벽한 일렬의 진형을 갖추고는 서로를 노려보고 있었다.

그런 가운데 황제군의 막사에서는 한창 회의가 진행 중이었다.

"어차피 이런 평원에서 구체적인 전술은 필요하지 않습니다. 정공법대로 나가면 되는 겁니다."

"일단 저쪽에 유니콘 기사단이 있는 이상 돌파력은 우리 쪽이 떨어집니다. 때문에 저희는 창병과 정령 기사단을 이용한 방어전에 임하겠습니다."

두 황제의 설명에 모두 이렇다 할 반론이나 의견을 게시하지 않는 가운데 손을 들어 올리는 이가 있었다. 레미엘이었다. 그가 손을 들자 모두의 시선이 그에게로 쏠렸다.

"두 황제 폐하들께 부탁이 있습니다."

"말씀하시지요."

레미엘은 찻잔을 들어 입술을 적신 후 자신의 의견을 이야기했다.

"정면을……."

'정면'이라는 말에 회의에 참석한 모두의 귀가 쫑긋 세워졌다. 아무래도 최정면은 영광스럽기도 하지만 그런 만큼 가장 위험한 위치이기 때문이다.

과연 레미엘 국왕이 최정면에 누굴 세울지에 대해 걱정과 기대를 하는 귀족들이었으나 다음 레미엘의 말은 모두의 예상을 깨는 말이었다.

"가장 정면인 곳을 저희 프로튼 근위 기사단이 맡게 해주십시오."

"네?"

순간 회의실 안의 모두는 자신의 귀를 의심해야 했다. 정말 예상도 못했던 일이었고 일어나리라고는 생각도 못한 일이었기 때문이다.

"복수전입니다."

짧은 레미엘의 설명. 하지만 그 의미를 모르는 대부분의 사람들은 고개를 갸웃할 뿐이었다.

"그리고 추가로 더 부탁이 있습니다."

'부탁이 더 있다'라는 말에 회의실의 모든 인물은 또다시 신경을 곤두세웠다. 그런 그들의 모습에 레미엘은 쓴웃음을 지었다.

"저희 근위 기사단에 두 황제 폐하와 네이란 궁정 수석 마법사를 전력에 포함시켜 주십사 하오만."

레미엘의 말에 모두들 대경질색하는 표정을 지었다. 그도 그럴 것이 최전선으로 나서겠다는 프로튼 근위 기사단에 자신들의 황제 폐하와 황궁 수석 마법사를 데려가겠다니?!

"아니, 그게 무슨 말이십니까?"

"그건 불가능합니다. 폐하는……."

금세 회의 막사 내부가 소란스러워졌다. 하지만 그런 소란은 아리나스와 아시아스가 손을 들어 올리며 한 한마디에 잠잠해졌다.

"조용히 하십시오. 좋습니다. 물론 프로튼 국왕 전하께서도 출전하시는 것은 당연한 이야기겠죠?"

사실 질문할 필요도 없는 질문이었지만 당장 짖어댈 귀족들을 조금이라도 조용히 하게 만들기 위해 한 질문이었다. 그것을 아는 레미엘은 희미한 웃음을 지었다.

"물론입니다, 폐하. 더불어 월데하트 공과 하스 공작 공자께서도 자원하셨습니다."

"그렇다면 좋습니다. 저도 빠지지 않겠습니다. 물론 네이란 경께서도 승낙하실 겁니다."

"폐하께 무한한 감사를."

"천만의 말씀이십니다."

드디어 크로이츠의 황제라는 자리를 놓고 벌어진 형제 사이의 싸움이 시작되려 하고 있었다.

하이 엘프의 변신은 무죄?

"RmfjslRk Wlrma Wndlssladms Rldjrdmf DlfgdjTdmfrjfkrh Wnd-
lssladl RmfoTwksgdkdy."

"Dkfdk. Rmfjsep Rmekdmadp Dnflsms DjEjgrp Godigkwl?"

"QjfTj DlwdjTdjdy? WndlsslaRptj Zmfhdlcmfksms Skfkdp Epfuek
Ekffkrh GoTdjTwksgdkdy."

"Dk, Akwek. Rmfjrhsktj Dlalfmfksms Ehtldp Epfuek Ekffkrh
GoTdjTwl?"

"Wndlsslaeh Cka. Dlfqnfj Ahfmscjr GoTejs Rjwy?"

"Anj, Whrma."

으음… 머리 아파……. 그런데 내 근처에서 알 수 없는 말로 이야기
를 하는 이들은 누구지?

"어라, 깨어나셨군요?"

　내가 눈을 뜨자마자 들어온 것은 한 쌍의 남녀였다. 한 명은 175센티미터 정도의 키에 단정한 머리를 한 미청년이었고, 나머지 한 명은 나와 비슷한 키에 은발을 한 여자아이였다. 그녀의 귀는 엘프인지 뾰족했다. 하지만 남자는 엘프가 아닌 인간인 듯하였다.

　나는 계속 지끈거리는 머리를 부여잡으며 천천히 자리에서 일어났다. 아직 아침인지 바닥이 조금 차가웠다.

　"저기… 여기가 어디인지……?"

　"여기는 라드 시로 가는 길목입니다."

　라드 시? 라드 시… 라드 시…….

　"저기… 라드 시가 뭐지요?"

　그러고 보니 기억이 나지 않는다. 내 이름이 무엇인지, 내가 누구인지, 그리고…….

　"저……."

　"아, 기억을 잃으신 거 같군요."

　"네."

　그런데 내 목소리가 이렇게 가늘었나? 원래 조금 남자답다고 할 목소리는 아니었지만 이 정도까지는…….

　돌연 또다시 머리가 아파왔고, 나는 머리를 부여잡았다.

　"으윽… 머리가……."

　이상한 기분이었다. 방금 전까지만 해도 무언가 기억날 듯했는데 지금은 또 아무것도 생각나지 않는다. 그때 예의 그 여자아이가 내게 다가와서 나를 다시 누이며 말했다.

　"조금 더 쉬세요. 한잠 자고 나면 괜찮아질 거예요."

　"하지만……."

"괜찮아요. 자……."
"네."
신기하게도 눈을 감자 금세 스르륵 잠이 왔다.

"역시 이야기대로군."
라니오스가 잠든 것을 확인한 남자는 여자에게 한숨을 쉬며 이야기
했다. 여자도 고개를 끄덕이며 대답했다.
"그러네요. 확실히 기억을 잃어버리셨어요."
"일단은 크로이츠로 향하자. 그게 우리 예정이었으니까."
"걱정 마세요, 주인님."
그녀의 한마디가 믿음직스러운 남자였다. 그때 남자가 실실 웃으며
다시 여자에게 말을 걸었다.
"저기, 스프린. 나 지금 배고픈데……."
때맞춰 남자의 배에서 '꼬르륵' 하는 소리가 났고, 그 소리를 들은
여자, 스프린이라 불린 그녀는 피식 웃었다.
"아, 벌써 식사 시간이군요. 그런데… 조리 기구가 없네요. 마땅한
요리 재료도 없는 거 같구요. 어쩌죠, 주인님?"
"아, 가방에 빵이 있잖아? 그걸로 때우지."
곧 스프린이 가방을 뒤져 종이에 싸인 빵 몇 개를 꺼내었고, 남자는
웃으며 빵을 받아 들었다.
"자, 스프린도 같이 먹자."
"으응, 아니에요. 전 별로 생각이 없어요."
"흐음, 나한테 거짓말을 하는 거야?"
"저… 저기……."

스프린은 얼굴을 붉히며 고개를 숙였고, 남자는 그런 그녀를 보며 짓궂은 웃음을 지었다. 그러더니 언제 그랬냐는 듯 엄숙하다 못해 거만하기까지 한 표정을 지으며 말했다. 하지만 여전히 얼굴 전체에 장난기가 흘러넘쳤다.

"나 세인의 이름으로 명령하니 나의 명령을 받들어라, 나의 가디언 스프린이여."

"네."

대답하는 스프린의 얼굴에는 미소가 걸려 있었다. 이 주인님은 정말 너무 다정해서 탈이었다. 어느새 세인의 표정은 예의 그 활달함으로 바뀌어 있었다.

"같이 먹자. 혼자 먹으면 좀 그렇잖아."

"네."

그제야 그녀도 웃으며 빵을 집어 들었다.

"아, 라니오스 님도 배고프시지 않을려나?"

"우훗, 이제 조금만 더 가면 라드 시에 도착할 테니 라니오스님이 깨시기 전에 도착해 버리자고요."

"그래."

한참 빵을 먹던 세인은 돌연 무언가가 생각났는지 손가락을 퉁기며 스프린에게 이야기했다.

"아, 일단은 부탁도 있고 하니 난 여기서 너를 레인이라고 부를게. 괜찮지, 레인?"

"레인이라… 후후, 그것도 꽤 좋은 이름이네요."

"레인의 마음에 든다면 얼마든지. 아, 이 참에 이름을 아예 바꿀까?"

"아이, 주인님도 참."

“하하하!”

서로를 보며 밝은 웃음을 지어주는 둘이었다.

쟈밀은 지금 경악하는 중이었다.

“으아악!”

으아악~ 으아악~ 으아악~ 으아악~

그의 절규가 방 안에 메아리쳤다. 그는 현재 떨리는 양손으로 수정 구슬을 잡고 있었다. 그리고 손뿐이 아니라 목소리도 상당히 떨리고 있었다.

“이, 이럴 수가…….”

쟈밀은 자신의 머리를 마구 헝클었다. 있어서는 안 되는 사태가 또 하나 발생해 버린 것이다.

“가, ‘가면’이… 깨졌다?”

쟈밀은 바로 수정 구슬이 연결되어 있는 대상을 바꾸어 통신을 시도했다. 그 대상은 레이였다.

“레이! 레이! 빨리 대답해 봐! 있는 거 다 알아!”

수정 구슬을 붙들고 한참을 소리 지른 후에야 레이는 졸린 표정으로 머리를 긁으며 모습을 드러내었다.

“후암, 무슨 일이에요, 쟈밀?”

“야, 야, 크, 크크크, 큰일 났어!”

“무슨 일인데요?”

아닌 밤중에 홍두깨가 이럴까? 레이는 지금 그 기분을 맛보고 있었다.

“란한테 씌운 ‘가면’이 깨졌어!”

“네에?!”

그제야 사태의 심각성을 눈치 챈 레이가 소리를 질렀다. 쟈밀은 그런 레이를 향해 추가로 설명을 하였다.

“하지만 일단은 금만 간 정도인 거 같아. 그저 약간의 기억상실증 증세를 보이는 정도거든. 빨리 어떻게 해야 해.”

“하지만 어떻게……?”

“이드에게 저지르고 있는 일을 잠시 접고 네가 란에게 접근해. 물론 직접적으로의 접촉 말고.”

“하지만 그건 어디까지나 미봉책이라구요. 게다가 아직 우리도 그 아이의 위치를 파악하지 못했잖아요?”

“알아! 내가 일단 테올에게 도와달라고 해볼 테니 그때까지 시간을 벌어줘. 그리고 란의 수색은 너에게 맡길게. 알았지?”

“네.”

그리고 바로 통신은 끊어졌다. 쟈밀이 회선을 종료시킨 것이다.

쟈밀은 수정 구슬을 다시 책상 위에 올려놓은 뒤 손으로 이마를 쓸어 올리며 중얼거렸다.

“후우, 이거 조금은 위험한데?”

그때 책상에 올려놓았던 그의 수정 구슬이 반짝거렸다. 누군가 자신에게 연락을 하려 한다는 것이다.

“쟈밀! 대답해 봐요, 쟈밀!”

구슬에서 레디의 목소리가 들려왔다. 쟈밀은 수정 구슬을 통신 상태로 바꾸며 대답했다.

“왜 그래, 레디?”

“란을 죽인 녀석을 찾았어요.”

쟈밀의 얼굴에 잔인한 미소가 피어났다. 그는 상당히 음산한 목소리로 대답했다.

"그래?"

단 한마디. 하지만 그의 분위기는 마치 얼음장같이 차가웠다.

"그럼 이걸로 할까요?"

"흐음, 그것도 어울리는 듯하지만……."

라드에 도착한 나와 자신들을 각각 세인과 레인이라고 소개한 두 남녀는 우선 여관에 여장을 풀었다. 그리고 레인은 나보고 입을 옷을 사러 가자며 나를 데리고 옷 가게에 와 있었다.

"역시 이게 좋겠어요. 저와 같이 맞춰서 입을까요?"

"……."

수수하지만 곡선이 꽤 보기 좋은 원피스 두 벌을 들어 올려보는 그녀에게 나는 그저 웃음을 지어줄 수밖에 없었다.

사실 그녀와 나는 굉장히 많이 닮아 있었던 것이다. 키도 비슷하고 외모도 비슷했다. 그녀도 엘프인지라 머리 색깔만 빼면 우리 둘은 쌍둥이로 보였던 것이다. 나의 머리카락이 금색, 그녀의 머리카락은 은색이라는 것이 나와 그녀를 구별할 유일한 차이점이었다.

"헤에, 어차피 거의 똑같이 생겼잖아요. 남들이 보면 다 쌍둥이 자매라고 생각할걸요?"

"네에……."

하긴 그렇게 보일 만했다. 이렇게 똑같이 생겼으니 말이다. 게다가 저쪽에서 베푸는 호의를 거절할 이유도, 필요도 없었다.

"네. 그럼 그렇게 하죠."

“호호, 잘 결정하셨어요. 그럼 이거하고 또…….”

한 벌로는 만족하지 못하겠다는 듯 레인은 또다시 옷들 사이로 걸어 갔다.

“후우, 이것 참…….”

같은 외모에 같은 여자였지만 우리의 성격은 조금 달랐다. 뭐, 판이하게 다른 정도까지는 아니었지만 그녀가 조금 더 활발하다고 해야 할까?

“라니오스님, 이건 어떨까요?”

어느새 또 마음에 드는 옷을 골랐는지 레인이 나를 보며 말했다. 물론 그녀의 손에는 옷이 들려 있었다.

“님이라고 하지 않으셔도 돼요.”

어느새 내 발걸음은 그쪽으로 향하고 있었다.

위험한 장난

“아, 안녕하십니까, 쟈밀. 오랜만이지요?”

“…….”

“어라? 왜 대답이 없으십니까?
워낙 오랜만에 만나는 제가 그렇게 반가우신 겁니까?”

“착각은 자유라지만 네 녀석의 착각만은
그 자유를 박탈해야겠다.”

“아하하, 그렇게 너무 싫어하지 마시라구요.”

“그런데 오늘은 또 무슨 일로 그 흉한 상판을 들고 온 거냐?”

“하하하, 말씀이 너무 박정하시군요.
‘가면’에 대한 일로 왔습니다.”

“가면? 설마 란한테 무슨 일이라도 생긴 거냐?”

“네.”

“…또 무슨 험악한 장난을 친 거냐?”

“이런이런, 쟈밀은 무슨 일이 생기면 꼭 저부터 의심하시는군요.
이번엔 저 아닙니다.”

“그럼 뭐야?”

“그건 말이죠…….”

—쟈밀과 레이의 대화 中에서.

내전 개시

조용한 갈텐 평원. 하지만 지금 그 조용한 평원에서는 착 가라앉은 적막감과 무시무시한 살기가 감돌고 있었다.

황제군과 반정군, 두 세력이 대치하고 있었기 때문이다. 그리고 그 적막은 이제 막 깨지려 하고 있었다.

"돌격!"

거의 동시에 들려온 명령에 양 군은 각자의 무기를 잡고는 자신들의 '적'을 향해 달려갔다.

"와아아아아!!"

"황제 폐하 만세!"

"레더즈 전하 만세!!"

그런 각 세력의 머리 부분에는 양 군이 가장 자신있어하는 병력이 배치되어 있었다. 황제군의 경우에는 프로튼의 근위 기사단을 중심으로 한 정령 기사단이, 왕자군의 경우에는 유니콘 기사단이 서로를 향해 달려들었다.

그리고 선공은 프로튼 근위 기사단에 의해 시작되었다.

"파이어 볼!"

"아이스 랜스!"

"프레임 애로!"

"라이트닝 볼트!"

프로튼 근위 기사단의 마법이 허공을 가르며 유니콘 기사들에게 쇄도했다. 하지만 유니콘 기사들도 이미 방비가 되었다는 듯 그대로 돌진을 멈추지 않았다.

피잉!

유니콘의 뿔에서 빛이 났다. 그리고 그 빛은 이미 각 유니콘과 라이더들을 감쌀 정도로 확산되어 각각 하나의 막을 형성하였다. 그리고 거리도 거리였는지라 그 막에 부딪친 마법들은 힘없이 소멸하였다.

기사단과 함께 전면에 서 있으면서 그 광경을 본 레미엘은 탄성을 흘렸다.

"흐음, 과연 유니콘의 기사들이라는 거군요."

레미엘은 바로 캐스팅에 들어갔다. 하지만 그래도 약간의 여유가 있는지 한마디 더 남기는 것을 잊지 않았다.

"하지만 과연 제 마법도 받아낼 수 있을지는 모르겠군요."

어느새 유니콘들과 그것에 탄 기사들은 80여 미터 앞까지 다가와 있었다. 캐스팅을 마친 레미엘의 양손에서는 각각 다른 마법이 발동되었다. 왼손에는 이글거리는 붉은 화염이, 오른손에는 검은 기운이 뭉쳐 있었다.

레미엘은 두 손을 합치며 앞을 겨냥하였다.

"비록 지상이지만 지옥을 약간이라도 체험해 보시길."

그의 양손에서 합쳐진 불꽃과 어둠은 곧바로 수십 개의 날름거리는 혀와 같이 변하여 유니콘과 기사들을 덮쳤다. 물론 이번에도 유니콘의 뿔에서 나온 방어막이 그 불꽃을 막았지만 불꽃들은 간단히 그 방어막을 뚫고 유니콘과 기사들을 삼켜 버렸다.

그렇게 전열해 있던 삼십여 명의 기사들과 유니콘을 잿더미로 만든 뒤 레미엘은 팔 소매로 이마에 흐른 땀을 훔치며 말했다.

"후우, 아직은 조금 힘들군요. 그럼 나머지는 맡기겠습니다."

어느새 유니콘 기사들은 3~40여 미터 앞까지 다가와 있었다. 레미엘은 자신의 반지에 마력을 주입하였고, 그의 마력을 받은 반지는 내장되어 있던 마법을 발동시켰다.

피잇!

어느새 레미엘은 프로튼 근위 기사단의 후열로 이동해 있었고, 그곳에는 아리나스와 아시아스, 네이란이 있었다.

아리나스는 레미엘을 바라보며 질문하였다.

"전하, 한 가지 질문이 있는데……."

"무엇이든지 여쭈어보시지요."

레미엘의 말에 아시아스가 웃음을 지으며 물어보았다.

"방금 전의 그 마법, 무엇이지요?"

수상하다는 표정을 지으며 자신을 바라보는 두 쌍둥이 황제를 보며 레미엘은 피식 웃음을 지었다. 꽤나 귀여웠기 때문이다.

레미엘은 오른손을 들어 올려 보였다. 그의 오른손에는 검은 팔찌가 채워져 있었다. 그 팔찌는 매우 투박해서 차라리 족쇄라고 해도 될 정도였다.

"그것… 마기가 느껴지는군요."

이미 저것이 어떤 물건인지 대충 파악한 네이란이 눈을 가늘게 뜨며 말했고, 레미엘은 그런 그녀의 말에 씨익 웃으며 대답하였다.

"맞습니다. 이 안에는 하급 마족 하나가 봉인되어 있죠."

레미엘의 말에 두 황제는 조금 놀랐다는 표정을 지었고, 네이란은 고개를 살짝 끄덕여 보였다.

"전체적인 원리는 흑마법과 같습니다. 다만 아무 대가도 필요하지 않다는 게 장점이죠. 이 안에 갇혀 있는 녀석을 그냥 '부려먹는' 거라서요."

레미엘의 설명에 네이란의 눈에 이채가 지나갔다. 그의 말대로라면 상당히 흥미로운 아이템이기 때문이다.

"하지만 제어가 힘들어서… 여차하면 마족한테 몸을 잠식당하거든요. 그래서 저도 아주 가끔만 쓰고 그것도 많이 개방해서 쓰지는 못하죠. 써보실래요?"

하지만 그의 마지막 말에 네이란은 물론 그의 말을 듣던 모두가 흠칫해서 고개를 저었다. 그런 모습에 레미엘은 피식 웃음을 지으며 전방의 싸움터로 시선을 돌렸다.

전체적으로 전장이 평원이다 보니 돌진력이 우수한 유니콘 기사단에게 아군이 조금씩 밀리고 있었다.

"솔직히 좀 불리하군요. 우리 측만이 아니라 전체적인 사상자가 적으면 좋겠는데……."

그의 말에 모두 고개를 끄덕였다. 사실 이것은 가족 싸움인지라 어느 쪽이든 피해가 크다는 것은 국가적인 손이니 말이다. 하지만 솔직히 타국인인 레미엘이 그런 소리를 할 줄은 몰랐는지 그들의 눈에는 호기심이 생겼다. '이 국왕의 진짜 꿍꿍이속은 무엇일까' 하는 생각도 같이 든 것은 물론이다.

레미엘은 자신을 바라보는 그런 시선을 외면하며 다시 중얼거리듯이 말했다.

"아아크도 제라드 경도 참 무리하시는군요."

그가 바라보는 곳에는 상당히 많은 병력이 누군가를 반쯤 포위하는 식으로 싸우고 있었다. '아마도 저기가 아아크와 제라드가 싸우는 곳이리라' 라는 것이 레미엘의 생각이었다.

"부디 무리하지는 마시길."

"합!"

"으랍!"

푸학!

퍼퍽!

아아크와 제라드. 거의 둘만으로 적들을 상대하고 있었다. 하지만 기사인 제라드는 아직 괜찮은 듯 가끔 호흡 조절을 할 뿐이었지만 아아크는 체력이 부족한 듯 연신 숨을 몰아쉬며 틈이 날 때마다 체력을 회복시키는 신성 주문을 자신에게 걸고 있었다.

"Qhrghlfurcp."

아아크의 주문이 자신의 몸을 감싸며 빛이 사라지자 방금 전까지 헉헉거리며 숨을 몰아쉬던 아아크는 또다시 기운을 회복한 듯 원기 왕성해졌다. 하지만 완벽하게 회복한 것은 아닌 듯 어딘지 힘에 부쳐 보였다.

“이거, 슬슬 신성 마법에도 한계가 보이는데? 제라드 형 쪽은 어때?”

“뭐, 이쪽도 조금 힘에 부치는군.”

제라드도 이제는 슬슬 지쳐 가는지 조금은 흐트러진 모습을 보이고 있었다. 제라드는 자신들에게 달려드는 유니콘 기사들을 보며 투덜거렸다.

“이거 원, 생각 같아서는 저 유니콘을 뺏어 타고 싶지만 상대가 주인 정해놓고 사는 유니콘이니만큼 그건 불가능하군.”

“헤헤, 게다가 유니콘은 여자 중에서도 처녀만 태운다고. 애초에 남자인 형은 유니콘에 탈 수도 없어.”

“하긴 그렇군.”

아아크의 맞대답에 너털웃음을 터뜨린 제라드는 이내 무언가가 생각난 듯 아아크에게 소리치듯 질문하였다.

“가, 가만. 그럼 저 기사들이 다 여자라는 거야?”

황당하다는 듯한 표정을 얼굴 가득 담고 있는 제라드를 보며 아아크는 어리벙한 표정을 지었다.

“어라? 몰랐던 거야? 유니콘 기사단이 전부 여자인데다 대부분이 상당한 미녀라는 사실은 꽤나 유명한데.”

“허어, 그랬다 이거지? 그럼 난 지금까지 여자를 상대로 무자비하게 검을 휘둘러 온 건가?”

순식간에 회의적인 생각을 하는 제라드를 보며 아아크는 한숨을 쉬었다.

“정신 차려, 형. 지금 눈앞에 있는 것은 여자이기 전에 적이라고, 적!”

“하, 하기는 그렇군.”

"그러니까 괜히 방심 따위를 하다가 목이나 가슴에 창이나 칼 꽂지 말고."

"그런데 그런 유의 대사, 어디서 많이 들어본 거 같은데?"

그들이 잡담을 하는 도중에도 유니콘 기사들은 자신들을 향해 달려와 어느새 눈앞까지 와 있었다.

"아무래도 여기까지인 것 같군."

"응."

둘은 비장한 표정을 지으며 서로의 얼굴을 바라보더니 이내 고개를 끄덕였다. 그리고 각자 자신의 무기를 바로 잡았다.

"여기까지만 해치우고 일단 후퇴다."

"응. 근데 기사가 후퇴해도 되는 거야? 불명예 아닌가?"

"그거야 지킬 것을 지키지 않고 도망갈 때고."

"그런가?"

다시금 아아크의 두 손에 끼워진 너클이 신성력을 받아서 은색의 빛을 띠었고 제라드의 검도 검기에 의해 하얗게 빛났다.

"그럼 계속해 볼까, 복수전?"

"응!"

그리고는 다시 싸움터 한가운데로 뛰어드는 둘이었다.

황제군과 왕자군이 전투를 하고 있을 때 하늘 위에서 그것을 지켜보고 있는 이가 있었다. 쟈밀과 레이, 그리고 제이였다.

레이는 재미있다는 듯 양 군의 싸움을 지켜보다 쟈밀에게로 고개를 돌렸다.

"자아, 어떻게 할까요, 쟈밀?"

하지만 쟈밀은 아무 대답도 하지 않았다. 그저 묵묵히 전장을 바라보고만 있을 뿐이었다.

"이봐, 쟈밀. 어떻게 할 거야?"

하지만 여전히 쟈밀은 묵묵부답이었다. 한참을 그렇게 한마디도 하지 않던 쟈밀은 그제야 입을 열었다.

"이봐들."

"네?"

"응?"

얼떨떨한 표정으로 대답을 하는 둘을 보며 쟈밀은 의미심장한 미소를 지었다.

"할 때 하더라도 볼 건 보고 해야지. 안 그래?"

"하긴 그렇군요."

"…이봐, 너희들……."

레이의 경우 피식 웃으며 긍정의 뜻을 표시했지만 제이의 경우는 반대로 인상을 쓰며 둘을 노려보았다.

그런 제이의 모습에 쟈밀과 레이는 어색한 웃음을 지으며 말했다.

"하지만 간만에 보는 싸움판인데 그냥 넘어갈 수는 없잖아?"

"게다가 조작한 게 아니라는 점이 더욱 구미를 당기지요."

"……."

이미 이 둘에 대해 포기해 버린 제이였다.

제이가 그렇게 한숨을 내쉬고 있을 때 쟈밀이 나머지 둘을 보며 질문했다.

"그러고 보니 요새 우리 힘이 줄어들고 있다는 느낌을 받지 않냐?"

쟈밀의 말에 레이와 제이는 모두 '그러고 보니' 라고 중얼거렸고, 쟈밀은 그런 표정을 짓는 둘을 보며 설명해 주었다.

"이유는 간단해. 그리고 그 이유라는 게 우리에게는 최악의 상황을 유도하는 계기가 될 수 있어."

"네?"

"뭔데 그렇게 길게 뜸 들여? 빨리 설명해 봐."

드물게 호기심 어린 표정을 짓는 레이와 흥분한 얼굴로 독촉하는 제이를 보며 쟈밀은 웃음을 머금었다. 어찌 보면 이미 포기한 듯한 미소이기도 했다.

"'그분' 께서 오실 거야. 테올의 말대로라면 얼마 전에 깨어나셨다더군."

"……!!" ×2

순간 레이와 제이의 표정이 굳으면서 눈가에 어두운 그림자가 드리워졌다. 그리고 온몸에서 식은땀이 쉴 새 없이 흐르고 있었다.

그리고 그들의 경직이 풀리는 순간.

"그, 그게 정말인가요? 그럼 빨리 도망쳐야……."

"야, 쟈밀. 그걸 이제야 말하면 어떻게 해?!"

평소답지 않게 호들갑과 오두방정을 떠는 둘에게 쟈밀은 결정타까지 잊지 않고 먹여 버렸다.

"도망쳐서 어쩌게? 결국에 잡힐 것은 자명한 결과인데."

쩌억!

결국 닥쳐온 절망감과 좌절감을 이기지 못한 둘은 석화되고 말았고, 굳어버린 레이와 제이는 곧바로 땅으로 추락하기 시작했다.

"야, 얌마! 이런 데서 추락하면 어떻게 해!"

재빨리 추락하는 둘을 받아낸 쟈밀은 이내 그 양팔에 각각 한 명씩을 들고는 투척 자세를 취하였다.

"기왕 추락할 거면 인적 드문 데에 떨어지라구!"

휘익!

그 한마디 말과 함께 둘을 멀리 던져 버리는 샤밀이었다.

"으음, 보기 괜찮나요?"

"……."

세인은 왜인지 오늘 새로 사온 옷을 입고 서 있는 나와 레인을 보며 입을 다물지 못하고 있었다.

"저기, 세인……?"

"주인님, 왜 그래요?"

왜인지 모르겠지만 레인은 세인을 주인님이라고 부른다. 처음에는 나도 주인님이라고 불렀었다. 내가 그 이유를 묻자 그냥 말이 잘못 나온 거라고 했지만 뭔가 이상한 느낌을 지울 수는 없었다. .

"으응, 아냐. 둘이 너무 아름다워서. 그런데 정말 둘은 닮았다."

"우훗, 주인님도 참."

이 두 사람의 관계는 무엇일까? 게다가 왜 나를 주인님이라고 불렀을까? 정말 실수로 그랬던 것이었을까? 아니면…….

"저… 라니오스님, 무얼 그렇게 생각하시는지?"

어느새 세인이 내게 다가와서 질문하였고, 나는 그런 그를 향해 고개를 저어 보였다.

"아니에요. 그런데 님은 빼주세요. 너무 어색한 거 같아서……."

"아, 그, 그래야 하겠는데 오히려 빼려고 하니까 그게 더 어색하네요."

“왜지요?”

대체 우리가 만난 지 얼마나 되었다고 님이란 단어를 빼는 것이 어색하다는 것일까?

“맨날 님을 붙이고 말했으니… 흡!”

“아차차차, 우리 주인님은 타인에게 꼭 존칭을 붙이는 게 습관이 되어버렸거든요.”

“아… 그러신가요?”

갑자기 세인의 입을 막으면서 둘러대고 있다는 것이 확연히 보이는 태도를 보이는 레인을 보면서 더욱 수상함을 지울 수 없는 나였지만 일단 내 생명의 은인이기도 한 데다 지금은 내가 일방적으로 신세를 지는 관계인지라 더 이상 캐묻지 않기로 했다.

“아, 그런데 일단 쇼핑이라도 같이 할까요? 오늘 필요한 물품들을 사두어야 내일 아침에 출발할 수 있지 않겠어요?”

“네.”

와글와글!

시끌시끌!

“와아, 이런 게 시장이라는 거구나.”

“그러게요. 이런 게 시장이라는 거군요.”

세인과 레인은 시장에 오자마자 입을 벌리고는 연신 신기함의 탄성을 지르고 있었다. 마치 시장이라는 것을 처음 보는 듯한 둘의 태도를 나로서는 이해할 수가 없었다. 사실 나도 기억이 잘 나는 것은 아니지만 웬만한 규모의 마을이라면 시장 정도야 다 있을 텐데…….

“주인님, 이렇게 직접 시장을 돌아다닌다는 것도 나름대로 재미있지 않나요?"

"응, 홈쇼핑 따위보다 훨씬 재미있는데?"

둘이 즐겁게 이야기하고 있을 때 내 귀에 한번도 들어본 적이 없는 전혀 생소한 단어가 들려왔고, 내 호기심은 곧바로 그들에게 질문을 하게 하였다.

"저기, 홈쇼핑이 뭔가요?"

"예? 아, 아하하! 그건요……."

"그, 그건요… 그러니까 하인을 시켜서 장을 봐 오게 하는 거예요."

"흐음… 그래요?"

이번에도 조금 미심쩍은 설명이었지만 그냥 그런대로 넘어가기로 했다.

"집안이 꽤 유복하신가 봐요?"

"아, 네. 뭐, 조, 조금 그렇죠. 그래도 하인 정도는 있으니까."

이번에도 너무나 어색해서 수상함을 느끼게 하는 대답. 이제는 '이번에도 그냥 넘어가야 하나?' 하는 생각이 들기 시작했다. 하지만 이번에도 넘어가기로 했다. 정확히 말하면 주변의 상황이 더 신경 쓰여서이다.

"저기……."

"네?"

"왜 사람들이 저희들을 보는 거죠?"

어느새 주변 사람들은 우리들을 보고 있었다. 딴청을 피우면서 흘끔흘끔 보는 이들이 대부분이었지만 그중에는 상당히 거북한 시선을 보내는 이들도 적지 않게 있었다.

그런 주변의 시선에 레인은 나에게 팔짱을 끼면서 말했다.

“호호, 그건 아마 저와 라니오스님이 너무 아름다워서 그런 거 아닐까요?”

“님은 빼달라니까요.”

그녀의 말에 나는 어색하게 웃을 수밖에 없었다. 그런 내 모습에 세인은 피식 웃음을 지으며 몸을 돌렸다.

“자자, 이러다가는 오늘 하루 종일 쇼핑을 해도 모자라겠습니다. 빨리 살 거 사서 여관으로 돌아가야죠.”

“네.”

“자아, 어떻게 요리해 줄까? 심심한데 유성 한두 개 떨궈봐? 아니면 당장 화산을 폭발시킬까? 이것도 저것도 아니면 여기에 그냥 마신 하나 불러와서 폭주시켜?”

이제는 어느 정도 소강 상태에 이르러 큰 싸움 없이 대치 상태에 들어간 두 세력을 바라보며 쟈밀은 음흉(…)한 표정으로 군침을 삼키고 있었다.

“으흐흐, 이것들을 어떻게 요리해야 잘했다고 소문날까?”

그런 쟈밀의 모습을 옆에서 보고 있는 라오의 뒤통수에 커다란 땀방울이 흘렀다.

“저기… 쟈밀 오빠, 아무리 란이의 복수를 한다고 해도 너무 크게 벌이는 건…….”

하지만 그런 라오의 말은 듣는지 마는지 계속 음모를 꾸미는 쟈밀이었다.

“아냐아냐. 간만에 내가 직접 힘 좀 써? 아니지. 그랬다가 잘못되면 어쩌라고……. 흐음…….”

“…….”

우웅!

반쯤 맛이 가버린 쟈밀을 보며 라오도 포기한 채 고개를 좌우로 저을 무렵 그들 옆의 공간이 열리며 한 명의 인영이 모습을 드러내었다. 테올이었다.

“어라? 쟈밀, 뭐 해요? 입가에 침 흘러요.”

“응? 아, 아차, 내 정신 좀 봐.”

황급히 입가에 흐른 침을 닦는 쟈밀을 보며 테올은 웃음을 지었다.

“그런데 무슨 일이야?”

“쟈밀도 참. 부탁한 일 때문에 왔지요.”

‘부탁한 일’이라는 말에 쟈밀은 손바닥을 탁 치며 말했다.

“아, 그렇지. 내 정신 좀 봐.”

“일단 레이님과 같이 라니오스를 찾아내는 데에는 성공했어요. 조금 전 라드에서 막 출발했어요.”

테올의 말에 쟈밀은 얼굴에 밝은 빛이 떠올랐다. 하지만 테올의 말은 아직 끝나지 않았다.

“역시 ‘가면’이 조금 깨졌는지 가벼운 기억 상실 증세를 보이고 있고, 남자아이에서 여자아이로 바뀌어 있더군요.”

“으음…….”

예상했다는 듯한 쟈밀의 모습에 테올은 고개를 끄덕여 보였다. 하지만 다음 내용은 쟈밀조차 예상하지 못한 것이었다.

“지금 그 아이를 두 존재가 보호하고 있더군요. 세인이라는 자와 레인이라는 자였어요. 라니오스가 부활할 때부터 계속 보호해 주고 있었어요.”

"……?"

쟈밀은 어리둥절한 표정을 지었다. 이건 또 무슨 소리인가? 누가 라니오스를 알고 보호자 역할을 해준다는 건가?

"그리고 그들이 얼마 전의 그 '침입자' 같아요."

"흐음……."

쟈밀은 고민하기 시작했다. 이 '침입자' 들은 걸리는 즉시 본차원 송환(…)이 원칙인데 이 녀석들이 라니오스의 보호자 역할을 해주고 있으니 조금은 고민되는 것이다.

'이것들을 놔둬, 말어?'

"아, 그리고 이들은 강제 송환이 불가능할 거 같아요. '허가증' 을 가지고 있거든요."

"에엥?"

고민하던 쟈밀에게 테올의 말은 카운터였다.

'오늘은 참 예상 못한 일이 많이도 일어나는구나.'

"허가증? 대체 얼마 만의 일이지? 그래, 발급자 이름은?"

"글쎄요. 아직은 그것까지 확인은 안 해봤어요. 조사해 볼까요?"

"아니, 됐어. 안 그래도 잘됐네."

"네?"

이번에는 테올이 의아한 표정을 지었지만 쟈밀은 그저 한번 웃을 뿐이었다. 테올은 고개를 갸웃하면서도 그저 쟈밀을 따라 마주 웃어주었다.

그때 쟈밀이 집어 던진 방향으로부터 레이와 제이가 되돌아왔다. 그들은 마치 산산조각난 조각상처럼 몸 여기저기 금이 가 있었고 그것을 테이프로 붙여놓은 상태였다.

레이는 그런 상황에서도 웃는 얼굴을 유지하고 있었다. 물론 즐거워서 웃는 표정은 아니었다.

"이런, 쟈밀. 좀 심하지 않나요? 자칫하면 얼마간 요양 신세 질 뻔했다고요."

"그래, 임마! 너 때문에 큰일 날 뻔했잖아!"

얼굴이 빨개져서 고래고래 소리치는 제이를 보며 쟈밀은 속으로는 '아깝군. 좀 더 거칠게 던지는 건데' 라고 중얼거리며 한마디 쏘아붙여 주었다.

"얌마, 좀 조용히 말해라. 전에야 저 밑에서 한참 싸움박질하는 중이어서 안 들렸겠지만 지금은 잘못하면 들린다고."

"……."

그제야 입을 다무는 제이였다. 하지만 아직 흥분을 가라앉히지는 못한 듯한 제이를 외면하며 쟈밀은 레이를 향해 고개를 돌렸다.

"아, 란의 구체적인 위치와 현 상태가 판명되었다. 그러니까……."

쟈밀은 잠시 턱에 손을 가져가며 생각하더니 이내 손가락을 튕기며 말했다.

"그러니까 네가 그 아가씨와 란의 나머지 일행이던 녀석들 있지? 그 녀석들한테 연락 좀 해줘라."

"어떻게요?"

능청을 떨며 싱글싱글 웃는 쟈밀을 보며 쟈밀은 또다시 분노가 스멀스멀 피어오르는 것을 애써 억눌렀다.

"너 같으면 직접 가서 전하겠냐? '라니오스 죽은 거 아니에요' 라고. 아니잖아? 그럼 남은 방법이 얼마나 있다고 모르는 척이야?"

"흐음……."

잠시 골똘히 생각하던 레이는 이내 알겠다는 듯 고개를 끄덕였다.

"그러죠. 저한테 맡겨주세요, 쟈밀."

"뭐… 맡길 테니 제발 이상한 짓은 하지 마라."

"아니, 제가 언제 '이상한 짓'이라는 것을 한 적이 있던가요?"

"그래, 굉장히 많이." ×2

"허구한 날 하잖아요. 특히 쟈밀 오빠 놀리는 데."

쟈밀은 물론이고 라오에다 제이까지 저렇게 나오다 보니 레이는 뒤통수에 땀방울이 맺히며 어색한 웃음을 지었다.

"레이님, 저도 부탁할 테니 제발 그 '이상한 짓'이라는 것, 하지 말아주세요."

"으……."

테올의 결정타에 고개가 꺾이고 마는 레이였다.

"아, 저는 용건을 다 마쳤으니 이만 가볼게요."

"아, 벌써 가십니까?"

"어라? 테올 오빠, 벌써 가는 거예요?"

"아니, 테올… 군, 좀 더 있다 가시지 않고."

레이, 라오, 제이의 아쉬움 속에 테올은 미소를 한번 지어 보일 뿐이었다.

"테올."

"네?"

테올이 막 떠나려던 순간 그를 세운 쟈밀의 말에 테올은 다시 고개를 돌렸다.

"꼭 용건이 있을 때만이 아니라… 가끔 심심하거나 외로우면 자주 놀러 와. 기다리고 있을게."

“쟈밀……．”

테올의 눈가에 물기가 어렸다. 하지만 누가 볼세라 재빨리 눈물을 지우며 테올은 몸을 돌렸다.

“그, 그럴게요.”

“그래, 언제든지 와.”

“쟈밀……．”

“응?”

“고마워요.”

그 말을 끝으로 테올의 모습은 공간 저편으로 사라졌다.

그리고 테올이 사라진 것을 확인한 쟈밀은 또다시 예의 그 음흉한 표정을 지으며 다시 지상에 세워진 양 진영을 내려다보았다.

“자아, 계속해서… 어떻게 저것을 요리해 줄까? 으흐흐……．”

그런 쟈밀의 모습에 고개를 내젓는 셋이었다.

내전은 벌써 종반부로

"자, 주인님, 여기만 지나가면 크로이츠령이에요."

이미 저만치 앞서서 외치는 레인을 보며 세인은 이마의 땀을 훔치고 있었다.

"후우, 레인, 좀 천천히 가. 난 너희들처럼 대단한 체력이 있는 게 아니라고."

사실 우리 셋 중에서 지친 이라고는 세인뿐이다. 나와 레인은 전혀 멀쩡하다는 것. 게다가 산길로 접어드니 왠지 오히려 더 몸에 힘이 나는 것 같았다. 레인에게 물어보니 내가 엘프라는 종족이라서 그렇다고 하는데…….

"호호, 그러니까 평소에 운동 좀 하라고 했잖아요, 주인님."

"아무리 운동을 해도 이렇게 하루 종일 걸어보라고! 그게 쉽나."

연신 숨을 몰아쉬면서도 계속 걸어가는 세인을 보니 오히려 내가 더

안쓰러워졌다.

"세인, 조금 쉬었다 갈까요?"

"헤에, 아니에요. 이제 조금만 가면 마을이 보일 겁니다. 조금만 더 무리해서 마을에서 쉬는 게 좋잖아요?"

"그렇긴 하지만……."

"그럼 된 거죠. 자, 계속 갈까요?"

그때 어느샌가 우리들 사이로 다가온 레인이 세인을 보며 말했다.

"헤에, 주인님, 제가 업어드릴까요?"

"아니, 아무래도 나보다 키도 작은 여자한테 업힌다는 건 모양이 안 좋잖아?"

부스럭!

그렇게 두런두런 이야기를 하며 막 산을 넘고 있는데 돌연 숲 속에서 일련의 무리들이 튀어나왔다. 그들은 모두 손에 무기를 들고 있었고 하나같이 인상이 무섭게 생겼다.

"으흐흐, 오늘은 꽤 운이 좋군. 꽤 있어 보이는 부잣집 도련님에 어여쁜 아가씨 둘이라."

우두머리로 보이는 자가 우리를 보며 입맛을 다시고 있는 것을 보니 나도 꽤 고생이 되었다. 나한테 이렇다 할 능력이 있는 것도 아니고 그렇다고 세인이나 레인에게 무언가 있을 것 같지는 않아 보였기 때문이다.

하지만 그런 것은 괜한 걱정이었나 보다.

"와아, 저게 그 산적이라고 하는 거야?"

"네, 그런데 정말 험악하게 생겼네요."

"그러게 말야. 저렇게 생기려 해도 힘들겠다."

“호호호호.”

나마저도 둘의 분위기에 말려들어 이미 긴장감이 상당히 풀린 뒤였고 산적들 역시 상당히 허탈해하고 있었다.

“야! 거기 너희들, 이 칼이 안 보여! 빨리 가진 거 다 내놓고 사라지면 목숨만은 살려주지. 아니, 거기 두 아가씨는 몸도 남어! 이거 간만에 비싸게 팔릴 물건이 굴러왔군.”

이제는 어떻게든 공포 분위기를 조성해 보려는 산적 두목이 더 애처로워 보였고 그런 그를 향해서 내가 한마디 해주었다.

“저기요, 대체로 이런 분들은 건드리면 안 된다는 게 이런 이야기의 통설이 아닌가요? 그러니까 몸 성하게 보존하고 싶으시던 빨리 물러가시는 게 좋을 듯한데⋯⋯.”

하지만 그를 걱정해서 한 내 말이 오히려 불씨가 되었는지 두목은 결국 칼을 치켜들며 우리들에게로 달려들었다.

“이런 쌩! 내 살다살다 별 희한한 것들 다 보겠군. 얘들아, 저 남자 새끼는 죽여 버리고 여자들은 가급적 흠집 안 나게 붙들어라!”

“예, 형님!”

곧바로 그의 부하들도 각종 무기를 손에손에 들고는 우리들을 향해 달려왔다. 그러자 세인은 그런 그들을 보며 코웃음을 쳤다.

“레인, 라니오스님은 비전투 인원이 맞지?”

“네, 아마도요.”

“그럼 내가 알아서 하지.”

세인이 앞으로 나서며 허리춤에서 무언가를 뽑아 들었다. 그것은 ㄱ자 모양으로 생긴 이상한 금속이었다.

“주인님, 살살 해요.”

"어차피 지금 지친 상태니까 그리 걱정 안 해도 돼."

"주인님, 도와드릴까요?"

"괜찮아. 혹시 모르니까 라니오스님을 지켜 드려."

"저기… 님이라고 안 하셔도 된다니까요."

"아, 죄송. 워낙 습관이… 아욱!"

"쓸데없는 소리 하지 말고 빨리 해결하고 와요!"

갑작스러운 레인의 걷어차기에 엉겁결에 산적들의 무리에 뛰어들게 된 세인의 머리를 향해 그 산적 우두머리가 칼을 내려쳤다. 하지만 세인의 손에 들려 있는 금속이 더 빨랐다.

팡! 쨍!

세인의 손에 있는 금속에서 조금은 큰 소리가 나며 산적 두목의 손에 들려 있던 칼은 어느새 저 멀리 튕겨 나가고 있었다. 그것을 보며 멍한 표정으로 바라보는 산적들이었지만 세인은 용서없이 계속해서 그 금속 무기로 공격하였다.

팡팡팡!

퍼퍼펑!

"으아아악!!"

세인이 들고 있는 금속에서 뿜어 나오는 빛을 맞을 때마다 산적들은 저만치 나가떨어지고 있었다. 세인도 이제는 신이 났는지 우리들이 보고 있는 것을 의식해서는 여러 가지 폼을 잡으면서 산적들을 처리하고 있었다.

팡!

"크악!"

결국 마지막 한 명의 산적까지 나가떨어지자 세인은 그 무기를 허리춤에 다시 집어넣고는 우리 쪽으로 걸어왔다.

"헤에, 오랜만에 하니까 조금 짜릿했어."

"수고하셨어요, 주인님."

"헤헤, 뭐 이 정도 가지고."

"그런데 저 사람들, 살아 있는 건가요?"

"그럼. 그냥 충격만 준 거라고. 봐."

이제야 엉거주춤 일어나는 산적들은 우리들을 자신들의 손으로 어찌할 수 없다는 것을 알고는 일어나자마자 뒤도 돌아보지 않고 달아났다.

"튀어!"

"으아악!"

나타날 때와는 달리 정말 볼품없게 달아나는 산적들을 보며 세인은 씨익 웃어 보인 다음 다시 길을 재촉했다.

"자자, 빨리 가자고요. 저녁 먹을 시간에 도착하게는 해야죠."

"더 이상 이렇게 불리한 싸움을 하는 것은 무의미합니다!"

"맞습니다! 당상 성으로 후퇴해야 합니다!"

레미엘과 네이란, 그리고 아리나스와 아시아스 쌍둥이는 당장 귀를 틀어막거나 아니면 저 떽떽거리는 귀족들의 입을 틀어닥고 싶은 생각에 사로잡혀 있었다.

그것을 아는지 모르는지 나이 든 귀족들은 계속해서 일시 후퇴를 주장하고 있었다.

"이대로는 아군의 피해만 늘어날 뿐입니다. 부디 후퇴 명령을 내려 주옵소서."

"맞습니다. 일단 이런 초원에서는 유니콘 기사단이 있는 저쪽이 압도적으로 유리합니다. 부디 철수 명령을……."

"닥치세요!" ×2

결국 듣다못한 두 황제가 소리 질렀고, 그의 외침에 철수를 주장하던 귀족들은 일시적으로 움찔했다. 두 쌍둥이 중 아리나스가 그 기세를 몰아 계속 말했다.

"정말 듣자 듣자 하니까 못하는 소리가 없군요! 감히 제국의 위신에 먹칠을 하고 싶은 건가요?"

아리나스가 굉장히 화를 내며 고함을 치자 귀족들도 상당히 수그러드는 분위기였다.

"머리가 있는 겁니까, 없는 겁니까? 이대로 후퇴하면 어떻게 될 건지 아시는 겁니까?"

그의 말에 몇몇 귀족들만이 알고 있다는 표정을 지을 뿐 대부분의 귀족들은 전혀 모르겠다는 표정을 하고 있었다.

"우리가 성으로 후퇴해서 수성에 들어가면 그때는 그야말로 장기전이 됩니다. 이런 수치스러운 내전을 장기전으로 끌고 싶은 겁니까?"

"게다가 백성들을 싸움에 휘말려 들게 합니다."

"더불어 적에게 재정비의 기회도 주겠죠."

"그리고 자칫하면 우리들이 고립될 수도 있습니다."

두 황제의 설명에 방금 전까지 후퇴를 주장하였던 귀족들은 고개를 숙인 채 다시 얼굴을 들지 못하였다. 두 쌍둥이 황제는 그런 귀족들에게 비웃음 섞인 표정을 지어 보인 뒤 레미엘에게로 시선을 돌렸다.

"레미엘 국왕의 전폭적인 협조에 무한의 감사를. 혹시 지금이라도……."

“물론 중간에 내빼거나 할 정도로 못난 녀석은 아닙니다.”

온화한 미소를 지으며 자신들을 보는 레미엘의 모습에 아리나스와 아시아스도 미소를 지었다.

“그나저나 확실히 큰일이기는 하군요. 이대로 가면 확실히 불리하니까요.”

레미엘의 말에 모든 이들이 고개를 갸웃했다. 대체 저 왕이 하고 싶은 말은 후퇴인가, 아니면 계속 싸워야 한다는 것인가?

“그래서 말입니다만… 전하.”

무언가 큰 용건이 있다는 듯한 아리나스의 말에 레미엘은 기다리고 있었다는 듯한 표정을 지으며 그를 바라보았다. 그의 시선에 아리나스조차 압도될 정도였다.

“에… 그러니까.”

자신을 빤히 바라보는 레미엘의 시선에 아리나스는 조금은 기가 죽었다. 그런 그의 마음을 아는 아시아스가 대신 레미엘에게 말했다.

“저희는 ‘의식’을 할 것입니다.”

“역시나…….”

레미엘이 작은 탄성을 흘렸다. 그들이 말하는 ‘의식’이 무엇인지 잘 알기 때문이다.

“그래서 말인데…….”

“알겠습니다. 물론 도와드려야지요.”

일개 왕 주제에 제국의 황제를 똑바로 바라보고 중간에 말을 끊는 레미엘의 태도에 몇몇 귀족들은 눈살을 찌푸렸지만 그렇다고 나설 수도 없었다. 일단 당사자인 황제 폐하들께서 불쾌한 내색을 하지 않으셨고, 둘째로 저 국왕의 나라는 이미 왕국이라고 할 수 없는 강국이니 말이다.

"그대에게 무한의 감사를." ×2

"천만의 말씀이십니다."

서로 예를 갖추어 한마디씩 주고받은 뒤 그것을 바라보던 네이란은 뒤에 서 있던 기사에게 지시하였다.

"속히 준비를. 의식은 내일 저녁에 한다."

"예."

기사는 경례를 한 뒤 곧바로 천막 밖으로 나갔고, 레미엘과 아리나스, 아시아스를 보는 네이란의 눈빛은 착 가라앉아 있었다.

"귀여운 황제 폐하, 무리하시는군요. 그리고 레미엘 전하, 당신의 진정한 의도는 무엇입니까?"

"이대로는 위험합니다! 더 이상 지체할 수는 없습니다!"

"그렇습니다! 차라리 고란으로 돌아가서 재정비를 하는 것이……."

"아닙니다! 이렇게 된 이상 전력을 다해서 마지막 일전에 임하는 것이……!"

비단 소란스러운 것은 황제군의 막사뿐만이 아니었다. 반정군의 막사 역시 후퇴냐 총력전이냐를 놓고 갈등 중이었던 것이다.

많은 귀족들이 그렇게 한참을 떠들자 결국 참다못한 레더즈가 책상을 내려치며 소리를 질렀다.

"닥치시오!"

분노한 기색이 뚜렷한 레더즈의 모습에 방금 전까지 떠들던 귀족들의 목소리가 멈추었다. 그들은 하나같이 긴장된 표정으로 레더즈를 바라보았다.

"어차피 방법은 하나뿐이오. 우리에게 남은 방법은 전진! 그뿐이오!"

그의 말에 후퇴를 주장하던 이들의 얼굴에 당혹감이 어렸다. 그들로서는 더 이상의 피해를 감당하기 싫었던 것이다. 당연히 이들 중에서 병사들의 죽음에 가슴 아파서 후퇴를 주장하는 이는 한 명도 없었다.

"게다가 그것은 저쪽도 마찬가지요. 아마도 이삼 일 안에 결판이 나겠지."

주전파의 얼굴에 당당한 기색이 지나갔다. 군주는 자기들의 손을 들어주었다고 생각했으므로.

"하지만 문제는 그게 아니오. 아마 이쯤 되면 황제 폐하께서 '의식'을 거행하시겠지. 이 정도는 경들도 모두 알고 계셨으리라 믿소."

물론 비꼬는 말이었다. 과연 이 무능한 자들 중에서 그것까지 아는 자가 얼마나 있었을까? 순간적인 우세에 얼굴색이 밝아지는 바보들인데.

"아마 내일 저녁쯤에 의식에 들어갈 것이라고 보오. 때문에 우리는 의식으로 인해 전력이 약해진 내일 저녁, 그때 전력을 다해 저들을 부술 것이오."

잠시 말을 마친 레더즈는 자리에 앉은 인물들을 죽 훑어보았다. 그리고는 다시 말을 계속하였다.

"아마 반대할 이는 없다고 생각하오. 선봉은 물론 유니콘 기사단이 맡을 것이오. 최선을 다해주기 바라오, 세란 경."

레더즈의 말에 세란이라 불린 여기사가 미소를 지어 보였다. 그녀가 유니콘 기사단의 단장이자 홀딘 후작가의 딸인 세란 우하이넬 홀딘 남작이었다. 아직 25살로 젊은 나이에 기사단장이 된 그녀는 직책에 어울리지 않게 전체적으로 가냘픈 외모를 하고 있었다. 하지만 외모만으로 그녀가 연약할 것이라고 생각한다면 결코 오산이라는 것은 이미 많은 이들이 경험한 사실이었다.

"맡겨주십시오, 전하. 이 한목숨 바쳐 전하의 명을 받들겠습니다."

세란 역시 따듯한 미소로 레더즈의 미소에 화답했다. 그런 그녀의 모습에 레더즈는 조금 붉어진 얼굴로 볼을 긁으며 들릴 듯 말 듯 중얼거렸다.

"죽는 건 곤란한데……."

꽤 좋은 분위기로 흐르려는 도중 그 분위기에 찬물을 끼얹는 이가 있었으니, 바로바로 레티스였다.

"전하, 좋은 소식이 있습니다."

순식간에 모든 이들의 시선이 그에게로 향했고, 그가 설명을 하려 하는데 옆에 있던 인물이 그를 제지했다. 어깨 아래까지 내려오는 장발에 옆에는 기묘한 클레이모어를 둔, 전체적으로 시원시원하게 생긴 엘프 란슬로였다. 그는 레티스에게 자신이 직접 이야기하겠다는 눈빛을 보낸 뒤 입을 열었다.

"방금 당신 말을 들으니까 이번 목적은 그 의식인지 뭔지 하는 것을 막아야 한다는 거 같은데, 내 말이 맞나요?"

레더즈는 고개를 끄덕임으로써 긍정의 뜻을 표했다. 란슬로는 시원한 미소를 지어 보였다.

"좋아, 내가 특별히 도와주지. 누굴 마구 죽이는 건 적성에 안 맞아서 거절했지만 이런 일 정도는 해야 내 목숨 값은 될 거 같아서."

하지만 대부분의 귀족들 표정은 시큰둥했다. 이 엘프 전사는 '괜히 나랑 관계없는 이들을 마구잡이로 죽이는 건 나한테 안 맞는다' 는 이유로 자신들, 정확히 말하면 자신의 부하들이 전장에서 피를 흘리며 쓰러질 때에도 레더즈 왕자의 옆에만 붙어 있었기 때문이다. 물론 이들 중에서, 특히 검술에 조금이라도 소양이 있는 이들은 란슬로에게서 풍겨 나오는 기도로 그가 얼마나 숙련된 검사인지를 알고 있었지만 그것은 어디까지나 극히 소수일 뿐이었다.

"자, 그럼 뭘 어떻게 하면 되지? 물론 이번에도 마구 죽이는 일이라면 지금이라도 거절하겠어."

"그런 일은 아니니 안심하시오."

란슬로는 고개를 끄덕임으로 '이번 부탁은 들어주겠다' 는 의사를 표시했고, 그런 란슬로에게 레더즈는 미소로 대답했다.

"내가 아는 한도 안에서 최대한 구체적으로 설명해 드리겠소. '의식' 이란……."

"잘하면 내일로 거머쥘 수 있겠군, 승리를."

"그러면 좋겠군."

"동감이야."

담배 연기를 뿜어내며 한숨을 쉬듯 말하는 레더즈를 보며 고개를 끄덕이는 레티스와 제리얼이었다. 돌연 레티스는 무언가 생각난 듯, 하지만 결코 밝지는 않은 표정으로 입을 열었다.

"결국… 네가 이겼군."

"훗, 그렇게 보이냐?"

하지만 담배를 비벼 끄며 대답하는 레더즈의 표정에는 여유가 있었다. 그것은 명백히 승자의 여유였다.

"…자식, 지금 약 올리는 거냐?"

"이럴 때 약 올려보지 언제 너를 약 올리겠냐?"

"…자식, 치사하긴."

그런 둘의 모습에 제리얼은 미소를 지었다. 레더즈에게는 축하의 미소를, 그리고 레티즈에게는 위로의 미소를.

"하긴 네가 나한테 이긴 건 이게 처음이지?"

"……."

"학교에서도, 사관학교에서도 넌 나를 앞지른 적이 한 번도 없었지. 나는 언제나 1등, 그리고 너와 제리얼이 2, 3등을 놓고 치열한 접전을 벌였지."

"뭐, 그때는 확실히 그랬군."

"하지만 최후의 승자가 진정한 승자라고 했었나? 그렇게 따지면 결국 그 '최후의 승자' 는 너군, 레더즈 전하."

"녀석……."

겉으로는 둘 다 웃고 있었지만 실제 속마음은 달랐다. 레더즈는 친구에게 미안함의 감정을, 레티스는 섭섭함과 아쉬움, 하지만 나름대로 깨끗하게 매듭 짓겠다는 감정을 가지고 있었다.

"레더즈."

"응?"

"세란 양을 울리지 마라. 울리면 내가 네 심장에 칼을 박아버릴 테다."

"하하하, 세란 양이 과연 나 때문에 울 여자일까? 오히려 세란 양 때문에 내가 울게 될지도 모르지."

"훗, 녀석."

서로 조금은 어색한 미소를 한 둘 사이에 제리얼이 끼어들었다.

"이봐, 대체 남의 동생 가지고 니 거네 내 거네 하는 건 대체 뭐 하자는 거야? 그것도 당사자의 오빠 앞에서."

"이런이런."

"아차차."

결국 허탈하게 웃어버리는 둘이었다. 그들의 앞에 서 있는 이는 바로 제리얼 우하이넬 홀딘 백작이었던 것이다.

"까아악!!"

벌떡!

레아시아는 결국 잠에서 깨어나고 말았다. 악몽에 시달린 그녀의 얼굴을 새하얗게 질려 있었고 온몸에는 땀이 흐르고 있었다.

"하악, 하악……."

덜컹!

"공주 전하, 무슨 일이십니까?"

갑작스러운 비명 소리에 다급히 달려온 기사들이 레아시아에게 물었으나 그녀는 고개를 저었다.

"아니에요. 조금 악몽을 꿔서……. 돌아가서도 돼요."

"네, 그럼."

탁!

아무 일 없음을 확인한 기사는 곧 조용히 문을 닫고 다시 밖으로 나갔다. 다시 방 안에 혼자 남은 레아시아는 눈시울이 뜨거워짐을 느꼈다.

그녀는 다시 참았던 눈물이 흘러나오는 것을 멈출 수 없었다.

"란 오빠… 란 오빠… 어디 있는 거예요?"

그렇게 그녀는 또다시 밤새도록 울었다.

"뜨아아악!!"
벌떡!
같은 시간, 아아크 역시 악몽을 꾸었다.

"으히히익!!"
벌떡!
그리고 그것은 레미엘 역시 마찬가지였다.

"으아악!!"
벌떡!
제라드도 마찬가지였다.

"흐이……."
'의식'을 하기로 한 날 아침 아아크는 초췌한 모습으로 막사 앞으로
기다시피 걸어나왔다.
"허얼……."
그리고 반대쪽에서 오는 레미엘 역시 마찬가지였다.
"끄응……."
그리고 앞서 말한 둘보다는 그 정도가 덜했지만 그것은 제라드 역시
마찬가지였다.
"어라? 레미엘 형, 제라드 형, 둘 다 얼굴색이 왜 그래요?"
아아크의 질문에 레미엘과 제라드는 동시에 맞질문을 하였다.

“그러는 너는 왜 그러냐?” ×2

둘의 질문에 아아크는 머쓱해진 표정으로 대답하였다.

“뭐, 대단한 건 아니고요, 어젯밤에 악몽을 좀 꿔서…….”

“뭐야!! 너도?!” ×2

제라드와 레미엘은 아아크가 자신과 같이 악몽 때문에 잠을 설쳤다는 사실에 놀랐고, 또다시 제라드와 레미엘은 한 번 더 놀랐다.

순간 공포라는 단어에 온몸이 적셔진 셋은 떨리는 말투로 말하기 시작했다.

“호, 혹시 그 꿈이…….”

“란 형이 꿈에서…….”

“목이 잘린 채…….”

“잘린 목을 들고 오는…….”

“그리고 그 잘린 목에서 란 형의 목소리가 들려왔지.”

“나 안 죽었다고…….”

“조금 있으면 돌아가니까 기다리라고…….”

“그런 다음에…….”

“갑자기 그 목 잘린 시체가…….”

“웬 알몸의 아름다운 소녀로…….”

“그런데 그 소녀가…….”

“딱 란 형을 여자로 만들면 그렇게 될…….”

“그런데 갑자기 우리한테 다가왔지.”

“그리고 고개를 드는데…….”

“얼굴에 있을 눈, 코, 입이 없고…….”

셋은 잠시 하던 말을 멈추었다. 정확히 말하면 셋이 동시에 굳어버렸다. 그리고 그들의 경직이 풀리는 순간…….

"으아아아아아악!!"

엄청난 비명이 황제군 캠프 전체를 휘감았다.

아아크와 레미엘, 제라드가 아침부터 비명을 지르고 있는 그때, 인적이라고는 찾아볼 수도 없는 드래곤 산맥 상공에서는 상당히 살기 어린 광경이 펼쳐지고 있었다.

"야! 너 거기 안 서!"

쟈밀은 화가 날 때까지 나 있었다. 아니나 다를까, 역시(…) 그 원인은 레이였다.

"이 —삐— 에다가 —삐— 한데다 —삐— 하기까지 한 —삐— 자식아! 너 내 손에 걸리는 날이 네 제삿날이다!"

하지만 레이에게 있어 이성을 상실해서 자신을 쫓아오는 쟈밀을 피하는 것은 그렇게 아주 어려운 일까지는 아니었다.

그는 도망치는 와중에도 능청을 떠는 여유를 보여주었다.

"아니, 제가 뭘 잘못했다고 그러시는 겁니까? 저는 분명히 전했다고요. 라니오스, 당신의 조카는 아직 살아 있다고."

펑!

쟈밀의 머리에서 작은 폭발음이 들렸다. 그리고는 결국 마지막까지 잃지 않던 최후의 한 가닥 이성마저 상실한 쟈밀이었다.

"이 —삐— 쉑히야! 네가 지금 그걸 잘했다고 큰소리야! 너 거기 안 서!"

"내참, 정말 제가 무엇을 잘못했는지 이해할 수가 없군요."

"삐— 삐— 삐— 삐— %#쯔·$#%*·%*$%#%@&·%*&)(&#%."

결국 참지 못한 쟈밀은 품속에서 커다란 라이플을 하나 꺼내었다. 대체 어떻게 가지고 다녔는지 모를 정도로 거대한 라이플이었다.

"받아라! 대소멸 캐논!"

"이, 이런!!"

설마 이렇게까지 할 줄 몰랐던 레이는 재빨리 몸을 피했다. 곧 그가 있던 자리에 있는 모든 것이 소멸했다. 심지어는 공간 그 자체까지. 그리고 그 소멸의 힘이 지나간 자리를 곧 주변의 공간이 메우면서 엄청난 공간 왜곡의 폭풍이 들이닥쳤다.

그제야 사태의 심각성을 눈치 챈 레이는 공간 폭풍으로 인해 헝클어진 자신의 머리를 매만지며 떠듬떠듬 말했다.

"쟈, 쟈밀… 이렇게 흥분할 것까지는……."

"네가 지금 살기를 바라냐?! 빨리 이리 안 와!"

하지만 레이는 깨끗하게 그 말을 무시했다. 지금 잡혔다가는 어떻게 될지 자명했기 때문이다. 그리고는 곧바로 하늘로 솟아올랐다. 곧 그의 몸은 대기권을 지나 우주로 올라갔다.

하지만 쟈밀 역시 그 정도로 간단히 포기할 위인은 아니었다.

"오냐, 네가 어디까지 달아나나 한번 구경이나 해보자! 이게 감히 내 조카로 호러 꿈을 찍어!"

곧바로 레이를 쫓아 우주로 날아 올라가는 쟈밀이었다.

Final Round, Ready!

크로이츠의 수도 앞에 위치한 갈텐 평원. 그곳은 언제나처럼 해가
저물고 있었다. 황제군은 그것을 보면서 결의를 다지고 있었다.

"슬슬 해가 지는군."

"이제부터 클라이맥스이기도 하지요."

이미 '의식' 을 위한 마법진은 진작 완성해 놓았었다. 아리나스와 아
시아스 형제는 마법진의 중앙에 서서 각 마법사들을 지휘하고 있었다.

"알겠습니까? 한 치의 오차도 없어야 합니다. 저희는 제물 없이 순
수히 마력으로만 의식을 하기 때문에 그 정교함은 대단히 중요합니
다."

"예!"

'의식' 의 중요성을 반영하듯 이 '의식' 에 참여한 인원 중 레미엘을
제외하면 전부 크로이츠 궁정 마법사 중에서도 상당히 수뇌부에 해당

하는 이들로 구성되어 있었다.

레미엘은 완성되어 있는 마법진을 죽 훑어보며 감탄조로 중얼거렸다.

"호오, 역시 훌륭하군요. 과연 '고대의 왕국' 크로이츠라 불릴 만합니다."

"과찬의 말씀을. 기껏해야 고대 유산을 베끼기만 하는 저희들이 마법 왕국인 프로튼에 감히 비하겠습니까?"

언제 옆에 왔는지 레미엘의 중얼거림을 들은 네이란의 대답에 레미엘은 미소를 지어 보였다.

"칭찬, 감사드립니다. 하지만 솔직히 아직까지 저희에게는 이만한 거대 소환 마법진이 없습니다."

"호오, 이것이 소환 마법진임을 금방 눈치 채셨군요. 과연 마법 왕국의 국왕답습니다."

"역시나 과찬의 말씀을."

이미 레미엘은 알고 있었다. 지금 바닥에 그려진 이 거대 마법진이 소환을 위한 것임을. 그리고 이것은 이미 잊혀졌다고 전해지는 고대 문명의 일부임까지도.

"참 불공평하다는 생각이 들 때도 있습니다. 고대 문명의 산물은 왜 대부분이 크로이츠에 남아 있을까요?"

"호호, 그건 모르죠. 아, 전하, 전 이만 실례하겠습니다. 저도 이 소환의 의식에 참여하고 있으니까요."

"그건 저도 마찬가지 아닌가요? 같이 가도록 하죠."

"호호호, 그럼 이만."

네이란이 멀어진 뒤 레미엘은 다시 한 번 마법진을 훑어본 뒤 두 쌍둥이 황제를 바라보았다.

"이 의식은 성공해야 합니다, 저를 위해서."

레미엘의 미소에는 의미심장함이 담겨 있었다.

갈텐 평원의 해가 저무는 광경을 보고 있는 것은 물론 반정군 역시 마찬가지였다. 그들도 이것이 마지막이라 생각하며 각오를 다지고 있었다.

"해가 저무는군."

"이제 슬슬 '의식' 이 시작되겠군요."

지는 석양을 보며 중얼거리는 란슬로의 옆에서 레더즈가 그의 할 일을 확인시켜 주는 듯 말하였다.

그런 그의 모습에 란슬로는 피식 웃었다.

"훗, 그렇게 재촉 안 해도 알아서 가줄 테니 걱정하지 마시라고. 그래, 일단 그 마법진을 파훼하면 되는 건가?"

"네."

"그런데 왜 애초에 막지 않는 거지? 하필이면 의식이 시작되는 순간에 끼어들겠다는 거야?"

궁금하다는 뜻을 한가득 담은 란슬로의 표정에 레더즈도 피식 웃었다.

"그래야 상대 마법사를 모두 탈진시킬 수 있거든요."

"흐음……."

대충 이해했다는 듯한 란슬로의 모습에 레더즈는 고개를 끄덕여 보였다. 그때 문득 궁금한 점이 하나 생긴 란슬로는 또다시 레더즈에게 질문을 하였다.

"어이, 궁금한 게 하나 있는데 물어봐도 될까?"

"말씀하시지요."

"왜 너희 인간들은 그렇게 권력이라는 것에 집착하는 거지? 이렇게 수많은 피를 뿌리고 형제까지 죽이려 하면서 말야."

도저히 이해할 수 없다는 듯한 란슬로의 표정에 레더즈는 너털웃음을 터뜨렸다. 설마 엘프가 이런 질문까지 할 줄은 몰랐던 것이다.

"후훗, 당신들 엘프는 아마 이해하지 못할 겁니다. 인간들이 얼마나 '권력' 이라고 하는 것에 집착하는지를."

그의 말대로 란슬로는 인간이 왜 그렇게 권력이라는 것에 집착하는지 이유를 알지 못했다. 고개를 끄덕여 긍정의 표시를 하는 란슬로를 보며 레더즈는 계속 말을 이었다.

"하지만 그것뿐이 아닙니다. 당신들 엘프, 아니, 적어도 당신이 생각하는 '운명' 이란 정해져 있다고 봅니까?"

갑자기 운명이라는 것에 대하여 이야기가 나오자 란슬로는 어리둥절하였다. 하지만 레더즈는 신경 쓰지 않는지 계속 이야기하였다.

"왕실의 신관이 말하더군요. 저는 황제가 될 운명이 아니라고. 단지 그 '운명' 이라는 것 때문에 저는 황태자에서 떨어졌습니다."

레더즈는 조금씩 흥분하고 있었다. 란슬로도 그것을 알고는 조금은 당황한 표정을 지었으나 그를 말리지는 않았다.

"운명? 그 운명이라는 것 때문에 저는 황제 자리에서 버림받았습니다."

레더즈의 목소리가 조금씩 높아지기 시작했다. 그는 이미 상당히 흥분한 듯하였다.

"그래서 결정했습니다. 그 운명이라는 것에 반항해 보기로. 정녕 이것이 제 운명에 주어진 업이라면 제가 과연 그것을 극복할지! 그리고……."

턱!

그 순간 란슬로가 레더즈의 머리에 손을 얹었다. 그것을 본 일부 귀족이나 기사들은 '저런 무례한…' 이라고 하였으나 란슬로는 깡그리 무시해 버렸다.

"이봐, 흥분하지 말라고."

또다시 주변에서 '저런 무례한' 이라는 말들이 쏟아졌다. 하지만 역시 이번에도 깨끗이 깔아뭉개 버리는 란슬로였다. 그는 오히려 씨익 웃으며 거칠게 레더즈의 머리를 비벼주었다.

"일단 대답부터 해주지. 우리 엘프는 운명을 믿는다."

란슬로의 말에 레더즈의 얼굴이 움찔했다. 하지만 아직 란슬로의 말은 끝난 게 아니었다.

"하지만 그 정해진 운명이 어떤 건지 당신은 알아? 혹시 모르지. 그 신관이 당신에게 그렇게 말한 것도, 그리고 당신이 그것 때문에 운명에 반항하겠다고 이렇게 반역을 일으킨 것도 운명인지."

레더즈의 표정이 크게 흔들렸다. 그것을 보며 란슬로는 마지막으로 쐐기를 박아버렸다.

"그리고 앞으로도 몰라. 그 '운명' 이라는 것이 어떻게 정해져 있는지. 당신이 반정에 성공해서 새 황제가 되는지, 아니면 실패해서 처형당할지. 그래서 운명 아니겠어?"

어느새 해가 다 지고 어둠이 깔리기 시작했다. 란슬로는 하늘을 보며 앞으로 걸어나가기 시작했다. 란슬로는 뒤돌아보지 않은 채 마지막으로 한마디 더 했다.

"어차피 알 수 없는 게 운명이라면 나는 그것에 괜히 거기거나 하지
않겠어. 아마 운명에 개기는 것도 운명일 테니 말야."

레더즈는 잠시 넋이 나간 채 란슬로의 등을 쳐다보았다. 그리고 그
가 다시 정신을 차렸을 때 이미 그의 머리 속에서 갈등은 지워진 지 오
래였다.

"훗, 그런가요? 그렇다면 제 운명을 제가 개척해 나가는 것 역시 운
명이군요."

곧바로 그는 허리에 걸린 자신의 검을 뽑았다. 그리고 그것을 앞으
로 내밀며 지금까지 자신의 고민거리들을 떠나보내듯 외쳤다.

"전군!"

강렬한 레더즈의 기세에 모두들 잔뜩 긴장했다. 더불어 자신이 선택
한 군주에게 경외심과 존경심을 보내었다.

"진격! 승리는 우리에게 있다!"

"와아아아아아!"

"와아아아아!!"

"오는군."

"그렇군."

이쪽을 향해 흙먼지를 일으키며 달려오는 적들을 보며 아아크와 제
라드는 온몸의 신경을 곤두세웠다. 저쪽은 필사적으로 덤빌 것이다.
그러므로 이쪽에서도 필사적으로 달려들지 않으면 안 되는 것이다.

아아크는 자신의 너클을 매만졌다. 제라드도 들고 있는 검을 다시
한 번 바로 잡으며 몸을 긴장시켰다.

"자, 그럼."

"가볼까?"

"좋지."

그리고는 곧바로 앞으로 달려나가는 두 사람이었다.

비단 싸우는 것은 꼭 무기를 들고 적을 베어야 하는 것이 아니다. 소환의 의식을 하는 마법사들도 나름대로의 싸움을 하고 있었다.

"……."

"……."

마법진 위의 마법사들 몸에서 땀이 비 오듯이 쏟아졌다. 그들의 표정은 매우 고통스러운 듯하였다.

"큭."

한 마법사의 입가에 피가 흘러내렸다. 하지만 아무도 그에게 정신을 팔거나 하지는 않았다. 한순간이라도 힌눈을 팔았다가는 그대로 끝장이기 때문이다.

"……."

"……."

특히 마법진의 중심에 있는 아리나스, 아시아스 쌍둥이와 그들 바로 바깥에 위치한 레미엘과 네이란의 고통은 다른 이들과 비교할 수 없을 정도였다.

하지만 이들은 알고 있었다. 그들의 황제 폐하 덕에 이렇게 값싼 대가로 그 누군가를 소환할 수 있다는 것을.

이드와 만나다

"후우, 일단 시간에 맞춰 도착했군."

"그러게요. 딱 식사 시간에 도착하는 주인님의 능력은 정말 신비로움 그 자체예요."

"호호호."

언제나 활달하게 말을 주고받는 세인과 레인을 보고 있으면 나도 기분이 좋아졌다. 덕분에 가만히 둘의 행동을 보고만 있어도 저절로 웃음이 나오는 나였다.

"자자, 일단 빨리 여관 잡고 밥부터 먹자고."

"주인님은 먹보."

"먹보라니, 요즘 들어서 제대로 밥이라고 할 수 있는 걸 먹는 게 거의 이틀에 한 번인데. 잘해야 하루에 한 번이고. 허구한 날 육포나 빵으로 때우는 게 얼마나 고역인데."

"호호, 그럼 아무 불평 없이 빵과 과일만으로 때우는 저와 라니오스 님은 뭘로 설명할 거죠?"

"…할 말 없음."

"호호호." ×2

이제는 이들이 나에게 님을 붙이는 데 아무 소리도 안 하기로 했다. 아무리 말해도 고치지를 않으니까.

"자자, 저기 여관이다! 들어가자!"

세인은 기운차게 여관 안으로… 정확히는 더 이상 레인의 추궁(?)을 듣기 무서워서인지 도망치듯 여관 안으로 뛰어들었다.

그런 모습을 보며 웃음 짓는 나의 손을 잡으며 레인이 말하였다.

"자, 우리도 들어가야죠."

"네."

라니오스 일행이 도착한 마을. 같은 시간에 이 마을에 도착한 인물이 하나 더 있었으니, 바로 이드였다. 그는 라니오스 등이 들어온 방향과 반대쪽 입구로 마을에 들어왔다.

그는 마을 중앙에 있는 작은 언덕을 보며 중얼거렸다.

"…여기인가?"

자신이 목적지로 삼은 곳이 이 마을이 맞음을 확인한 이드는 마을 중앙의 그 언덕을 향해 걸음을 옮겼다.

"이런 젠장! 하필 이럴 때 손님이 꽉 차냐?"

"어쩔 수 없잖아요? 게다가 원래 지금이 식사 시간이니까 당연한 거겠죠."

“뭐, 그렇기는 하지만요…….”

내 위로에 세인은 멋쩍은 표정을 지으면서도 불만의 감정 같은 것은 표시하지 않았다. 그저 응석을 부리는 것뿐이라는 것은 이미 알고 있었다.

“자, 주인님, 빨리 다른 식당을 찾아봐요.”

“응, 그래.”

“호호, 레인도 배가 고픈 거였군요.”

“아이, 라니오스님도.”

“하하하하.”

“호호호.”

그렇게 다른 식당을 찾으러 여관 문을 막 나서는 순간 나, 아니, 우리는 심상치 않은 느낌을 받았다. 무시무시한 한기, 그리고 그 살기를 느낀 것은 비단 우리뿐이 아닌 듯 주변의 모든 사람들의 떠들던 소리가 멈췄다.

그리고 그렇게 말을 멈춘 사람들은 슬금슬금 하나씩 우리가 서 있는 큰길을 벗어났다.

“뭐, 뭐지?”

“주인님, 누가 우리를 노리는 거 같은데요.”

“누, 누가? 우리는 아직 이곳에 온 지 얼마 안 됐다고. 원한을 살 리가 없잖아? 그렇다고 전의 그 산적이 이 정도의 킬러를 보내올 리도 없고…….”

“하, 하지만 지금 느끼는 살기는…….”

“저, 저기……!”

내가 손가락으로 가리키자 세인과 레인은 동시에 고개를 돌렸다. 그곳에는 한 남자가 서 있었다. 180센티미터 정도의 키, 단정하게 다듬은 검은색 머리, 그리고 전체적으로 차가운 인상의 표정을 가진 사내였다.

그는 우리는 노려보더니 뭐라고 소리를 질렀다.

"CD–S–0092, 카리안! CD–S–0093, 카리아!"

"……?"

"로넬 휨!"

우리가 무슨 영문인지도 모른 채 어리둥절하는 와중에도 알 수 없는 소리를 지르더니 이내 양손에 각각 푸른 검과 붉은 검을 뽑아 들고는 우리를 향해 달려들었다. 그의 눈은 마치 광전사와 같이 붉게 빛나고 있었다.

"여기까지 무슨 일이냐! 두 번은 살려 보내지 않겠다!"

역시 알 수 없는 소리를 지르며 우리들에게 날아드는 그의 살기는 이루 말할 수 없이 무시무시했다.

그리고 그를 아는지 레인은 그를 향해 소리쳤다.

"이드, 안 돼요!"

저 사람의 이름이 이드인 듯하다. 하지만 그는 레인의 말을 무시하며 우리를 향해 검을 휘둘렀다.

"두 번은 안 속는다! 나의 스프린을 모독한 죄, 죽음으로 갚아라!"

"안 돼!!"

"안 돼!!"

레인의 절규와도 같은 외침에도 이드라고 불린 사내는 거침없이 검을 휘둘러 오고 있었다.

"라이세린!"

파앙!

휘이잉!

세인의 외침과 동시에 그의 양손에 검이 생겨났고, 곧바로 그의 검과 이드라는 자의 검이 부딪쳤다. 그리고 검이 부딪치는 순간 엄청난 충격음과 함께 상당한 충격파가 주변을 울렸다.

"크윽!"

하지만 세인으로서도 힘에 부쳤던 듯 그는 입가에 피를 흘리며 몸을 비틀거렸다. 이드는 차가운 눈으로 그를 쏘아보며 말했다.

"넌 누구냐? 더 이상 방해한다면 너도 죽인다."

"크윽, 당신은… 대체……?"

"알 필요 없다. 비켜라!"

픽!

"주인님!"

이드의 발차기 한번에 힘없이 나가떨어지는 세인을 보며 레인이 달려가려 했으나 그 앞을 이드가 가로막았다.

"어림없다. 넌 여기서 죽어야 한다."

"이드, 왜 이러는 거죠?"

레인이 저렇게 슬퍼하는 표정은 지금까지 본 적이 없었다. 뭐, 내가 저들을 만난 지 얼마나 되었다고 이런 생각을 하는지는 모르겠지만…….

레인의 절규와 같은 말에도 이드는 그저 코웃음 칠 뿐이었다.

"흥, 웃기는군. 네가 그러면 내가 너를 스프린으로 착각할 거 같은가?"

“이드!”

“아까도… 말했을 텐데……. 두 번은 안 속는… 다.”

“이드!!”

레인의 외침에 이드는 잠시 멈칫하였다. 하지만 그것은 말 그대로 잠시였다.

“안 속는다고 했지!!”

“이드!!”

“죽어!!”

티잉!

이유는 모르겠다. 내 몸은 어느새 레인과 이드 사이에 있었고, 내 양 팔 앞으로 형성된 푸른 막이 그의 검을 막고 있었다. 그리고 자신의 검이 막힌 이드는 놀란 표정으로 나와 레인을 바라보았다.

“절대 방어?! 그리고… 푸른… 색?!”

그는 양손에서 검을 떨어뜨렸다. 그리고 방금 전까지 검을 쥐고 있던 손으로 머리를 감싸 쥐고는 괴로워하기 시작했다.

“아냐, 그럴 리가. 스프린은 죽었어……. 분명히… 죽었다고. 죽은 걸 확인했다고……. 죽었어… 죽었어… 죽었어…….”

“이드…….”

그 모습을 바라보는 레인의 눈에서도 눈물이 떨어졌다. 내가 보아도 두 사람은 모두 매우 슬퍼하고 있었다.

그리고 그 외중에도 이드는 혼란스러운 듯 계속 입으로 무언가를 중얼거렸다.

“아냐. 분명히 붉은색이었을 거야. 가만, 은발이 아니고 금발이잖아. 그래, 스프린이 아니고 스프렌이야. 그런데 왜 스프렌이 카리안과 함께 다니는 거지? 왜 스프렌의 색이 스프린의 푸른색이지? 왜 카리안 따위를 보호……."

그리고 그러는 동안에도 레인은 계속 눈물을 흘리며 이드에게 말하고 있었다.

"이드, 정신 차려요. 이드! 이드!"

"왜 스프린이 둘로 보이지? 하하하, 제롬, 또 장난치는구나. 그래, 네 환각은 정말 리얼해. 실제와 전혀 차이를 느끼지 못한다고. 그러니까 이제 그만 해."

"이드!"

"자꾸 이럴 거야? 그만 놀리라고. 너 오늘은 조금 짓궂다?"

"으흐흑, 이드… 이드……."

어느새 나도 눈시울이 뜨거워졌다. 그리고 곧 눈물이 내 눈가를 타고, 볼을 타고 흘러내렸다.

"이드……."

우웅!

그때였다, 갑자기 이드 주위의 공간이 일그러지며 그가 사라진 것은.

"이드? 이드? 이드?! 이드!!"

레인은 몇 번이나 이드라는 이름을 불렀지만 그녀의 말에 대답을 해줄 이는 아무도 없었다.

"저분이 이드라는 분인가?"

어느새 정신을 차린 세인이 비틀거리며 우리가 있는 곳으로 다가왔다. 그는 상당한 충격을 받은 듯 고통스러운 표정을 억지로 참고 있다는 것이 보였다.

세인의 질문에 레인은 천천히 고개를 끄덕였다.

"네, 저 사람이… 이드예요."

"헤헤, 윽! 아야야! 이거 첫 만남이 너무 과격하군. 충격적인 첫 만남이라고 해야 하나? 쿨럭!"

"주인님!"

입에서 피를 한 덩이씩이나 토하는 세인을 보며 놀란 레인이 달려가 그를 부축했다. 하지만 둘의 키 차이가 워낙 많이 나서 거의 레인이 세인을 들쳐 멘 듯한 꼴이었다.

"주인님, 일단 여관에 가서 치료부터 해요."

"그, 그래야겠는데? 아까 맞은 게 좀… 아냐아냐. 그래, 솔직히 말해서 무지무지 아퍼."

"주인님, 참아요. 죽으면 안 돼요. 알았죠? 죽으면 안 돼요."

"또 시작했다, 그 말버릇."

이런 외중에도 쉴 새 없이 입을 놀리는 세인을 보며 나도 조금은 안심했다.

"자, 빨리 치료해야겠어요."

"네."

나도 같이 레인을 도와 세인을 부축하며 여관으로 가는 발걸음을 재촉했다.

"이런, 또 장난이냐? 제롬, 좀 작작해라! 이제는 슬슬 나도 짜증이 난다고!"

반쯤 미쳐서 계속 자신이 경험하는 것이 환상이라 생각하고 있는 이드를 보며 쟈밀은 한숨을 쉬었다.

“후우, 이거 미치겠군. 우연도 이런 우연이 다 있나? 난 그저 란의 얼굴 보러 온 건데…….”

“이런 걸 보고 가는 날이 장날이라고 하죠. 안 그래요?”

옆에서 언제나처럼 한마디 하는 레이였으나 오늘은 강도가 약했다. 그도 그럴 것이, 지금 그의 몰골은 도저히 사람의 꼴이라고 해주기가 불가능했던 것이다.

그런데 더 개겼다가는 어떻게 되겠는가?

“쓰읍, 넌 좀 닥치고 있어.”

“하하, 쟈밀도 참. 아직도 삐친 게 안 풀린 건가요?”

“%#&#$·%*#%·$@!!”

결국 보다 못한 테올이 중재에 나섰다.

“쟈밀, 제발 절 봐서라도 그만 해주세요. 네? 레이님도 제발 그만 하세요.”

“…알았어.”

“네.”

당장이라도 또다시 엄청난 싸움 아닌 싸움을 벌일 듯하던 둘이 테올의 한마디에 수그러들자 옆에 있던 루나가 조금은 뾰로통한 표정으로 입을 열었다.

“어머, 쟈밀은 테올만 상대해 줄 거예요? 저는 안 보여요?”

“아냐아냐. 내가 설마 루나를 못 본 척했겠어?”

“우후후, 장난이에요.”

루나의 웃음에 쟈밀도 마주 웃었다. 그리고 테올도…….

“자자, 일단은 저 녀석 좀 어떻게 해놓고 이야기하지.”

그 말이 끝남과 동시에 쟈밀이 이드에게 다가갔다. 그리고 그의 주먹은 전광석화같이 이드의 배에 박혔다.

"헉!"

짧은 숨 들이키는 소리와 함께 이드의 몸이 허물어졌다. 쟈밀은 쓰
러지는 이드를 받아 들며 중얼거리듯 말했다.

"내참, 역시 육체라는 제약이 크기는 큰 거 같군."

"하지만 만약 정신체였다면 방금과 같을 때 그는 이미 스스로 붕괴
했거나 최소한 자아를 상실하고 폭주했을 거예요."

"뭐, 하긴 그렇군."

쟈밀은 루나의 말에 동조하며 들쳐 메고 있던 이드를 테올에게 건네
었다.

"자, 부탁할게. 오늘 있었던 기억을 전부 지워줘. 물론 필요한 것만
지우면 돼."

"물론이죠. 처음 해보는 것도 아닌데요."

테올의 말에 쟈밀은 쓴웃음을 지었다. 그의 말대로 이건 한두 번 해
본 일이 아니었으니까. 비록 그 대상이 다 달랐지만.

테올은 이드를 받아 든 채 물러나며 말했다.

"그럼 전 이만 가볼게요. 쟈밀과 루나님, 그리고 레이님도 건강하세
요."

"잘 가, 테올. 다음에 또 봐."

"테올, 잘 가세요."

"테올 군, 조만간 다시 만날 수 있겠죠?"

"네."

레이의 말에 테올은 밝게 웃으며 고개를 끄덕였다. 그리고 곧바로
그의 모습은 옆에 들고 있던 이드와 함께 사라졌다.

테올이 사라진 것을 확인한 이드는 루나와 레이를 번갈아 쳐다보며 가벼운 한숨을 쉬었다.

"후우! 자, 이제 어쩌지? 란의 깨진 '가면'도 그렇고 저 외부로부터 온 손님들도 그렇고……."

"할 일이 태산이네요."

"뭐, 제가 할 일 아닙니다. 쟈밀이 할 일 맞죠?"

"크악!"

"쟈밀, 참아요. 진정해요."

또다시 폭주하려는 쟈밀이었으나 루나가 간신히 말렸다.

"아, 이런. 내가 또 이런 경망스러운 짓을……."

능청을 떨어보는 쟈밀이었으나 이미 이런 광경을 많이 보아온 루나를 속일 수는 없었다. 하지만 오히려 루나는 이런 어린애 같은 면을 보이는 쟈밀이 사랑스러웠다. 그리고 그것은 언제나 자신을 감싸주는 루나에 대한 쟈밀의 감정도 마찬가지였다.

"후우, 일단 어긋난 틀을 맞추고 결정하자. 지금은 좀 복잡하군."

"그럴까요?"

"뭐, 쟈밀 머리로 이런 일을 단번에 해결하기를 기대한 적은 없으니 걱정 마시길."

또다시 능글맞게 한마디씩 뱉어대는 레이의 태도에 결국 폭주하고 마는 쟈밀이었다.

"크아악! 누가 너한테 기대받고 싶대?!"

"어어, 쟈밀. 이러면 곤란……."

"뭐 임마!! 불만이야?!"

"이거 이미 말릴 수 있는 수준이 아니군요. 실례지만 저 먼저……."

"크아아악!"

우웅!

"어쭈, 튀었냐?! 너 오늘 확실히 죽여주마!"

우웅!

이미 공간 저편으로 사라진 둘의 흔적을 보며 한숨을 쉬는 루나였
다.

"후우, 쟈밀도 참. 아직도 어린애라니까."

그 말과 함께 루나도 방금 전까지 있던 공간에서 사라졌다. 그리고
언제나처럼 아무도 없게 된 임시 공간은 유리가 깨지듯 서서히 붕괴되
었다.

Final Round, Fight!

“진격!”

“와아아아아아!!”

엄청난 기세로 물밀듯이 몰려오는 적 병사들을 보며 아아크도 자신들 주위의 아군들을 향해 소리쳤다.

“티격태격!”

“…….”

무더운 여름임에도 불구하고 잠시 황제군 사이에 찬바람이 불었다.

“어라? 왜 그래요?”

“…….”

이해 못하겠다는 아아크와 그런 그를 더 이해 못하겠다는 시선으로 바라보는 병사들. 그들 중 가장 먼저 정신을 차린 제라드는 헛기침을 한 뒤 조금 더 제대로 된 명령을 내렸다.

“돌격!”

“…와아아아아!”

하지만 여전히 미덥지 못한 함성이었다. 하지만 아아크와 제라드는 대충 무시하고는 각자 자신의 무기를 들고 병사들과 함께 적들 사이로 뛰어들었다.

“으리야합!”

퍼억!

아아크의 너클 낀 주먹이 한 반정군 병사의 복부에 박혔다. 그의 주먹에 맞은 병사는 곧 고통에 찬 신음을 흘리며 뒤로 나가떨어졌다.

“차핫!”

서걱!

검기를 머금은 제라드의 검이 지나갈 때마다 그의 검을 막던 병장기들이 허무하게 잘려 나갔다. 최근 들어 한층 더 검술에 진전을 보인 그의 검술은 전보다 더욱 날카로웠다.

그리고 그런 둘의 싸움을 본 황제군의 사기는 갈수록 높아갔고, 반대로 그들에게 맥없이 쓰러지는 아군을 보는 반정군은 갈수록 사기가 저하되었다.

그때 아아크와 제라드 사이에 한줄기 섬광이 꽂혔다.

“흐압!”

슥!

종이를 자르는 것보다도 더 유연하게 잘리는 소리에 아아크와 제라드는 자신들 사이에 꽂힌 섬광의 정체를 확인하였다. 1.85미터에 이르는, 하지만 검 폭은 고작 8센티미터 정도인 기형적인 클레이모어라는 검이었다. 그리고 그 검의 주인인 검은 장발의 엘프 란슬로는 아아크와 제라드를 바라보며 씨익 웃었다.

"헤에, 생각보다 센 녀석들도 많군. 하지만 이 이상 승기를 잡게 하지는 못하겠어. 내가 너희 앞을 가로막았으니 말야."

어찌 들으면 광오한 말에도 아아크와 제라드는 비웃을 수 없었다. 그의 몸에서 풍겨 나오는 기도는 그의 말대로 자신들의 승기를 끊을 수 있을 정도이고도 남았으니 말이다.

란슬로는 싱글싱글 웃으며 검을 겨누고 있었지만 반대로 제라드와 아아크의 표정은 엄청난 긴장에 의해 식은땀이 비 오듯 흐를 정도였다.

엄청 긴장한 표정으로 자신을 견제하는 란슬로는 내심 놀라고 있었다. 사실 겉으로는 웃고 있었지만 상당한 투기를 발산했는데 이들은 그것을 그리 힘들지 않게 받아낸 것이다.

'하긴 그 녀석 같은 괴물도 있을 정도의 세계이니 이 정도야 보통이겠지.'

일전에 이드에 의해 처참하게 패배하던 기억을 다시 떠올린 란슬로는 쓴웃음을 지었다. 하지만 덕분에 거의 처음으로 '패배' 라는 것을 경험해 보았고 덕분에 시계도 많이 넓어진 그였다.

사실 란슬로도 처음에는 자신이 그렇게 처참할 정도로 완벽하게 졌다는 사실에 상당한 충격을 받았었다. 하지만 시간이 흐르고 나니 오히려 그 '패배' 는 그에게 새로운 교훈이 되었던 것이다.

"자, 빨리 덤비라고. 둘이 동시에 덤벼도 되니까. 나도 급한 몸이야."

이미 병사들은 그들과 상당한 거리를 둔 채 물러나 그들의 대결을 지켜보고 있었다. 이 셋의 싸움이 이번 전투의 승패를 가를지도 모를 정도로 중요하다는 사실에 대결을 보는 모두의 긴장감은 팽팽하게 당긴 활시위 이상이었다.

아아크와 제라드는 서로에게 고개를 돌려 눈빛을 교환했다. 곧바로 서로 고개를 끄덕였고, 그 후 바로 각각 란슬로의 왼쪽과 오른쪽으로 접근해 들어갔다.

“하압!”

“으라압!”

부웅!

제라드의 검이 허공을 갈랐다. 이미 란슬로는 몸을 옆으로 돌려 피하고 있었던 것이다. 하지만 이것은 제라드도 예상하는 바였다. 그들이 보기에 란슬로의 클레이모어는 격투 같은 초근접 전투에 취약한 듯했고 그것을 안 제라드와 아아크는 제라드가 란슬로의 주의를 끄는 동안 아아크가 그의 안쪽으로 파고들어 일격을 날리기로 결정한 것이었다.

하지만 아아크와 제라드로서는 안타깝게도 그런 그들의 작전은 당연하다는 듯이 실패했다.

“으라압!”

훅!

제라드 쪽으로 시선을 돌린 란슬로의 등을 향해 아아크가 주먹을 내질렀다. 하지만 란슬로는 이미 모든 것을 파악하고 있었다. 그는 허리를 숙여 아아크의 주먹을 피했고 곧바로 아아크의 복부에 발차기를 심어주었다.

퍽!

“흐읍!”

복부 한가운데에 뒤꿈치가 꽂힌 아아크는 헛바람을 삼키며 뒤로 물러섰다. 그제야 제라드도 자신들의 생각이 잘못되었음을 느끼고 뒤로 물러서려고 했지만 이미 란슬로의 다리는 제라드 쪽으로 향하고 있었다.

부웅!

퍼억!

"크윽!"

건틀렛을 통해 느껴지는 묵직한 중량감. 제라드는 결코 이자가 접근 전에 약하지 않다는 것을 절실히 느꼈다. 그리고 그가 다시 자세를 잡기도 전에 이번에는 란슬로의 검이 날아들었다. 제라드는 재빨리 검을 들어 란슬로의 검을 방어했다.

투앙!

"크악!"

검으로 전해지는 충격과 뒤로 날아가는 자신을 느끼며 제라드는 경악하고 있었다.

'신이시여, 어찌하여 이런 괴물을 만들어내셨습니까?

당사자가 들으면 자기보다 더한 괴물이 적어도 둘은 더 있다고 대답할 생각을 하며 불평하는 제라드였다. 하지만 불평한다고 일이 해결되지는 않는 법, 가볍게 둘의 합공을 떨쳐 낸 란슬로는 곧바로 반격에 들어갔다.

"자, 간다!"

슈욱!

저런 클레이모어를 들고 있는 자라고는 생각할 수 없는 날렵한 움직임. 그리고 어느새 아아크의 눈앞에 나타난 란슬로는 아아크를 향해 수평으로 검을 휘둘렀다.

"히익!"

짧은 비명과 함께 아아크는 허리를 숙이며 란슬로의 공격을 피했다.
하지만 일전에 라니오스에게도 쓴 적이 있는 전법이 그를 기다리고 있
었다.

콱!

란슬로는 그대로 아아크를 밟아버린 것이다. 급소를 눌려 몸에 힘이
들어가지 못한 채 꿈틀대는 아아크를 향해 일격을 날리려는 사이 제라
드가 달려들었다.

"하압!"

"이런, 이 녀석을 되찾으러 온 거면 가져가."

팍!

란슬로는 농담조로 웃으며 제라드를 향해 아아크를 걷어찼고, 날아
오는 아아크에 흠칫한 제라드는 급히 검을 거두었다. 그리고 그 틈을
놓칠 란슬로가 아니었다.

퍼억!

어느새 제라드의 측면으로 돌아간 란슬로는 힘껏 제라드의 옆구리
를 걷어찼고, 아무 방비 없이 옆구리를 직격당한 제라드는 힘없이 무너
졌다.

"크윽!"

"자자, 이제 상대가 안 되는 걸 알았지? 그럼 비켜주었으면 하는데.
나도 자연과 생명을 사랑하는 엘프라서 마구 살생하는 건 적성에 안
맞아."

그의 말에 이럴 때에도 좋은 넉살을 가지고 있는 아아크는 한마디
쏘아붙여 주었다.

"헤, 언제 엘프들이 우리 인간들의 생명을 중히 여겼다고……. 내가

아는 한 엘프는 키도 작고 외모도 어리고 귀엽지만 인간들을 잘만 베어넘기던데. 물론 이유없이는 아니고 자기한테 적대하는 인간들뿐이지만."

"응?"

'키 작고 어리다' 라는 말로 치장될 엘프는 자신이 아는 범주에서 그리 많지 않았다. 혹시 그 '키 작고 어린 외모의' 엘프가 자신이 아는 엘프가 맞는지 궁금해진 란슬로는 제라드와 아아크를 향해 손바닥을 펴 세워 보인 다음 검을 땅에 수직으로 세웠다.

"자자, 잠시 대화 좀 하고 다시 싸우든가 하자고. 혹시 그 엘프 이름이 라니오스 아냐?"

"에?" ×2

라니오스를 알고 있다는 듯한 란슬로의 말에 아아크와 제라드는 병찐 표정을 지었다. 잠시 후 표정을 수습한 아아크가 란슬로에게 질문했다.

"어, 어떻게……?"

"우리 엘프 사이에서 그 '미숙아' 모르면 엘프가 아니지. 게다가 그 녀석은 내 동생뻘 되는 녀석인데."

'동생뻘' 이라는 말에 아아크와 제라드는 더욱 충격을 받았다. 이 괴물이 라니오스의 '형뻘' 이라는 건가?

"그래, 요새 그 녀석 잘 지내?"

라니오스의 안부를 묻는 란슬로의 말에 둘의 표정이 급격히 어두워졌다. 뭔가 이상하다고 생각한 란슬로가 궁금한, 그리고 불안한 표정으로 질문했다.

"이, 이봐, 혹시 작은 란 녀석한테 무슨 일 있는 거야?"

그의 질문에 아아크는 고개를 저으며 대답했다.

"란 형은 죽었어요. 얼마 전에."

"뭐? 농담하지 마. 아무리 농담이라도 누구 죽었다고 농담하는 것은 우리 엘프들에게는 최고의 악담이라구."

조금 짜증난다는 듯 살짝 인상을 찌푸리고 있는 란슬로를 보며 아아크는 고개를 저었다.

"아무리 악담이라도 사실이 아니면 다행이겠죠. 정말이에요. 란 형은……."

"조심해!"

퍼억!

순간 등에 꽂히는 강한 충격에 아아크는 정신을 잃었다.

"누구냐!"

제라드의 외침과 함께 정체 불명의 괴한은 자신의 모습을 드러내었다.

"헤헤, 찾았다."

상대는 의외로 굉장히 젊었다. 길게 흘러내린 붉은색 머리칼과 전체적으로 풍성한 느낌의 옷차림, 상당히 이목구비가 잘 갖춰진 미남형의 얼굴의 사내였다.

"너는 누구냐?"

검을 겨누며 위협조로 묻는 제라드를 보며 사내는 입을 열었다.

"넌 볼일이 없어. 저리 비켜."

"뭐?

순식간에 무시당해 버린 제라드는 발끈한 표정을 지었고, 그를 자세히 들여다보던 란슬로는 손바닥을 탁 치며 말했다.

"아, 그때 그 녀석들 중 하나군."

자신을 알아보는 란슬로의 태도에 사내는 미소를 지었고, 란슬로 역시 마주 보며 웃어 보였다.

"재미있어, 정말로. 역시 이드가 부하로 삼으려 했던 이유를 알겠어."

그 말이 끝남과 동시에 사내는 허공에 원을 그렸고, 그러자 그가 원을 그린 허공에 거대한 챠크람이 생겨났다. 그것의 지금은 어림잡아 2미터에 이르렀다.

사내는 챠크람을 란슬로에게 겨누며 씨익 웃어 보였다.

"하지만… 지금은 단지 제거 대상일 뿐. 조금 예정보다 이르지만 상관없겠지."

일부러 멋있어 보이려 하고 있다는 티가 팍팍 풍기는 사내를 보며 주변의 모든 이들은 뒤통수에 굵은 땀을 흘렸다.

"나를 제거한다고? 흥, 웃기는군."

란슬로도 검을 고쳐 잡았다. 그리고 잠시 서로 간의 무언의 대치가 이루어졌다.

"나를 때려잡으려면!"

란슬로는 마치 흐르는 물과 같이 매끄럽게 움직이며 상대에게 다가갔고, 어느새 상대의 옆에 나타난 란슬로는 상대를 향해 검을 휘둘렀다.

"그 이드란 녀석을 다시 데려오라고!"

슈악!

"흥!"

란슬로 본인도 예상하고 있었던 대로 상대는 그리 어렵지 않게 란슬로의 공격을 피해냈고 그가 란슬로의 공격을 피하는 순간 이미 란슬로의 다음 공격이 이어지고 있었다.

"흐읍!"

부웅!

하지만 상대는 이미 다음에 이어질 란슬로의 섬머솔트 역시 간파하고 있었다. 무엇보다 그는 란슬로가 이드와 싸울 때 그의 패턴을 모두 보고 있었기 때문이다.

"시시해."

퍼억!

"윽!"

등에 전해지는 묵직한 충격과 함께 란슬로는 멀리 날려가 버렸다. 사내는 한 손으로는 챠크람을 겨누며 다른 한 손으로 입을 가리고 하품을 하였다.

"하암, 좀 제대로 해봐. 이드와 싸울 때도 이 정도는 아니었어."

역시 큰 충격은 없었는지 란슬로는 곧바로 균형을 잡고 다시 일어섰다. 상대는 다시 양손으로 챠크람을 잡으며 말했다.

"일단 통명성부터 하지. 킬러는 아니니까 말야. 내 이름은 애거트, 너는?"

"란슬로, 이미 알고 있지 않나?"

"뭐, 하긴 그렇군."

또다시 서로는 서로를 향해 달려들어 자신의 무기를 휘두르고 또한 각자의 팔다리로 서로의 빈틈을 노렸다.

"우오오."

이미 황제군과 반정군의 싸움은 더 이상 진행되고 있지 않았다. 그들은 넋이 나간 채 란슬로와 애거트의 싸움을 보고 있었다.

"으랴압!"

란슬로가 하단으로 다리를 휘두르자 애거트는 뛰어올라 그것을 피했다. 그리고 곧바로 챠크람을 휘둘러 공격했다. 하지만 역시 곧바로 검으로 공격을 막아내었다.

콰광!

도저히 병장기끼리 부딪쳤을 때 날 소리가 아닌 굉음과 함께 주변으로 충격파가 전달되었다.

찌직!

애거트의 챠크람에 작은 균열이 생겨났다. 그리고 그 작은 균열은 어느새 상당히 큰 균열로 확산되었다. 자신의 무기 상태가 나빠짐을 안 애거트는 재빨리 힘 겨루기를 멈추고 뒤로 물러섰다.

탁!

"이런, 내 '인피니티'에 금을 내다니. 보통 검이 아니군. 오히려 전의 그 검은색 검보다 훨씬 뛰어난걸?"

"뭐, 나도 그렇게 생각하고 있어."

애거트는 란슬로의 검을 주시했다. 더 이상 밝을 수 없을 정도로 티한 점 없는 은색의 검신에 새겨진 기하학적인 마법 문자들과 상당히 세련되면서도 간결하게 만들어진 손잡이 부분은 검 자체가 마치 하나의 예술품으로 보이게 하였다. 물론 그 정도는 조금 떨어지지만 애거트의 챠크람 '인피니티' 역시 마찬가지였다.

"흐음, 불공평해. 같은 오리할콘으로 만든 무기인데 이렇게 강도가 차이나다니."

"그런가? 난 모르겠는데."

시큰둥한 란슬로의 반응에 애거트는 뚱한 표정을 지었다. 그 모습은 둘이 방금 전까지 살기등등하게 싸운 사이라는 것을 망각하게 할 정도였다.

"어디서 난 거야, 그 검?"

궁금해 죽겠다는 듯한 애거트의 표정에 란슬로마저 웃음을 지었다. 하지만 곧바로 시큰둥한 표정으로 대답하는 그의 말은 간단했다.

"주웠어."

"엥?"

너무나도 간단한 대답에 애거트는 순간 넋이 나갔다.

"주웠다고?"

자신의 귀가 잘못된 건지 의심하는 애거트를 향해 란슬로는 크게 고개를 끄덕여 주었다.

"응, 말 그대로 길 가다 주웠어."

"허어어……."

어처구니없다는 반응을 보이는 애거트, 그리고 그것은 제라드를 비롯한 주변인들의 반응도 마찬가지였다.

그 순간 황제군의 중심, 정확히 말하면 '의식'을 하는 장소에서 강한 빛이 솟아올랐다.

쿠오오오오!

"오오오!!"

그 광경을 보는 모든 이들의 눈에 감탄이 어렸다. 한밤중에 생긴 거대한 빛의 기둥, 그리고 그곳에서 뿜어 나오는 성스러운 기운.

"오호, 소환술인가? 영계로부터군."

유일하게 애거트만이 놀라지 않고 있었다. 오히려 그는 잘 알고 있었다는 반응을 보이고 있었다.

“완성되었어요!”

아리나스의 외침과 함께 마법진에서 강한 빛이 솟아올랐다. 그리고 그 섬광의 한가운데에는 6미터는 됨 직한 거대한 한 명의 천사가 공중에 뜬 채 아리나스와 아시아스들을 내려다보고 있었다. 그 광경은 이미 아침이 되어 해가 솟아오르는 광경과 어울려 성스러운 분위기를 연출하고 있었다.

잠시 후 빛이 사그라들었을 때에도 여전히 천사의 몸에서는 강한 광휘가 흘러나오고 있었다. 잠시 자신의 위용을 과시한 천사는 이윽고 아리나스와 아시아스를 바라보며 천천히 입을 열었다.

[나의 이름은 엘시안. 나의 소환자여, 그대는 나에게 무엇을 원하는가?]

그의 말에 아리나스와 아시아스가 동시에 대답했다.

“저희의 적을 물리쳐 주시기를 원합니다.” ×2

두 황제의 말에 엘시안은 고개를 끄덕인 뒤 서서히 날아올랐다.

[알겠다. 계약을 이행하겠다, 시간을 뛰어넘어 존재하는 계약의 자손이여.]

그리고는 이미 그들의 앞에서 엘시안은 존재하지 않았다. 이미 전장의 한가운데로 날아가 버린 것이다.

엘시안이 전장으로 날아간 후 레미엘은 이마에 흐른 땀과 입가에 흐른 피를 닦으며 질문했다.

“후우, 힘들군요. 그런데 질문 하나만 하죠. 소환 마법에 대해 설명 좀 해주시겠습니까?”

그의 질문에 네이란이 의아한 표정을 지었다.

"어라? 전하, 프로튼에는 소환 마법에 대한 문헌이 남아 있지 않은 가요?"

네이란의 질문에 레미엘은 그저 한차례 피식 웃어주었다.

"훗, 있기는 있습니다. 다만 너무 추상적이라는 게 문제이지만요."

"그런가요?"

네이란은 흐트러진 옷을 다시 바로잡으며 설명을 시작했다.

"소환 마법이란 다른 세계에서 무언가를 소환해 오는 마법입니다. 이것이 백마법이나 흑마법, 또는 정령 마법과 다른 점은 첫째로 소환하는 능력이 있어야 한다는 것이죠. 이상하게 이 '능력'은 인간들만이, 그것도 그중 일부의 인간들만이 타고나는 것으로 알고 있습니다. 덕분에 인간들이 고대에 만물의 영장이 되고 찬라한 마법 문명을 세울 수 있었다고 할 수 있겠죠. 게다가 백마법이나 흑마법, 정령 마법은 일단 그 대상을 소환하는 데에는 그리 큰 힘이 들지 않죠. 부른 다음 '합당한 대가'를 지불해야 하고 만약 그렇지 못하면 엄청난 뒷감당을 해야 하죠. 그것은 전하께서도 잘 알고 계실 겁니다. 하지만 이 소환 마법은 그 반대입니다. 즉 소환하는 데에 상당한 제약 조건들이 따르지만 일단 소환을 하면 그 다음부터는 별다른 힘이 들지 않죠. 물론 소환자의 능력에 따라 조금 과부하가 걸리기는 하겠지만요."

네이란의 말에 레미엘은 고개를 돌려 두 황제를 바라보았다. 그들은 정신을 집중하고 있는 듯 두 눈을 감고 서로의 손을 맞잡고 있었다. 그들은 상당한 고통을 참고 있는 듯 얼굴에는 식은땀이 흐르고 있었고 입은 꽉 앙다물고 있었으며 맞잡고 있는 손은 떨리고 있었다.

"그렇군요. 계속 설명해 주시겠습니까?"

"방금 보신 대로 폐하들께 조금 무리가 갑니다. 폐하들께서도 사실 그렇게 뛰어난 소환자는 아니시거든요. 지금은 마법진과 다른 마법사들의 마력까지 이용해서 원래라면 전하들께서 감당하실 수 없는 존재를 소환했으니까요."

네이란은 잠시 말을 멈추고는 크게 숨을 들이쉬었다.

"후우, 저도 조금은 힘드네요. 이만한 마력을 방출한 게 얼마 만인지……. 아, 설명을 계속해 드리죠. 아직 어디에서 그들을 소환하는지에 대해서는 알려지지 않았어요. 하지만 아무 차원에서나 소환을 해오는 건 아닌 것 같아요. 제가 아는 것은 이 정도예요."

"네에."

결국 힘이 다 빠진 레미엘은 자리에 털썩 주저앉았다. 그런 그를 보며 네이란은 생긋 웃어준 뒤 자리를 떴다.

레미엘은 아직도 계속 정신을 모은 채 가만히 서 있는 두 쌍둥이 황제를 바라보며 쓴웃음을 지었다.

"과연……. 하지만 이래서는 저에게 쓸모가 없군요. 저는 너무 큰 고기를 삼키다가 체하고 싶지는 않아요. 빼앗아 가질 수 있는 물건도 아니고요."

레미엘은 자신의 팔찌를 바라보았다. 그의 표정에는 아직 상당한 아쉬움이 남아 있었다.

"후우, 그냥 이걸로 만족해야겠군요. 너무 큰 걸 집어넣으려다 제 생명까지 위험하게 하고 싶지는 않으니까."

"으음……."

"아, 일어났나요?"

이드와 한차례 검을 교환한 후 여관에 도착한 직후 기절해 버린 세인을 치료해서 침대에 뉘어놓은 지 반나절이 지났다. 세인은 그러고 나서야 정신을 차린 듯 부스스 자리에서 일어났다. 침대에서 일어나자마자 세인은 고개를 좌우로 돌려 주위를 둘러보더니 내게 질문했다.

"저기… 라니오스님, 스… 아니, 레인은 어디 있습니까?"

"레인이라면 옆방에서 자고 있어요. 원래 여기 있었는데 중간에 잠이 들어서 제가 방으로 옮겨줬어요."

내 설명에 세인은 쓴웃음을 지었다. 그가 오해할까 봐 나는 추가로 몇 마디 덧붙여 주었다.

"아, 저는 먼저 자고 일어난 거예요. 레인은 밤새도록 세인 옆에 있다가 조금 전에 잠든 거구요."

"네, 알아요."

싱긋 웃으며 대답하는 세인을 보고 나도 안심이 되었다. 그리고 어느새 내 얼굴에는 웃음이 번졌다.

"이거, 어제는 고마웠습니다."

"네?"

갑작스러운 세인의 감사의 말에 나는 어리둥절할 수밖에 없었다.

"어제 레인을 구해주었지 않습니까?"

"아, 그거… 요?"

어제 그 이드라는 사람이 레인에게 검을 휘두를 때 어느새 나는 그와 레인의 사이에 있었고, 내 몸에서 나온 푸른색의 막에 의해 막힌 그의 검.

"사실은… 저도 잘 모르겠어요. 어느새 제가 레인과 그 사람 사이에 있었고 그 이상한 푸른 막은 저도 어떻게 쓴 건지 모르는걸요."

"그렇겠죠."

간단하게 대답하는 세인의 대답에 나는 의구심이 생겼다. 왜 그게 당연하다는 듯이 말하는 것이지?

"예? 혹시 세인은 뭔가 알고 계시나요?"

내 질문에 그는 전처럼 허둥지둥하는 모습을 보여주었다.

"예? 아뇨아뇨. 라니오스님은 기억 상실이지 않습니까? 아마 그건 라니오스님의 능력이었을 테고… 아마도 위기 순간이다 보니 순간적으로 기억이 살아났었다든가 해서 발휘된 게 아니었을까요?"

"네에……."

나도 어느 정도 납득이 가는 이야기였다. 아마도 그는 기억 상실에 걸렸으니 자신의 능력을 잘 모르는 게 당연하다고 말한 게 조금 미안했었던 듯하다.

세인은 침대에서 빠져나온 뒤 옷을 갈아입으며 내게 말했다.

"자, 아침 시간인데 우선 식사부터 하죠."

"우훗, 세인은 어떤 상황에서도 식사 시간은 놓치지 않는군요."

"뭐, 과찬의 말씀을……."

"호호호."

그렇게 언제나 같은 농담을 주고받으며 나와 세인은 식당으로 내려갔다.

지잉!

푸하학!

"으아아아악!!"

엘시안이 자신의 빛나는 검을 휘두를 때마다 수십 명의 반정군 병사들이 잘려 나갔다. 그 기세에 황제군의 사기는 하늘을 찌르고 땅 구덩

이를 파는 중이었고, 반정군의 경우에는 황제군에 의해 구멍이 뚫려 떨어지는 하늘에 깔려 죽을 지경이었다.

"휘익! 멋지구만!"

이기고 있는 황제군조차 조금은 눈살을 찌푸리는 학살의 광경에서도 오히려 즐거운 구경거리를 보는 것처럼 휘파람까지 불고 있는 애거트를 보며 주변 인물들은 모두 황당함을 느꼈다. 그것을 아는지 모르는지 애거트는 연신 신난다는 듯한 표정이었다.

"히힛, 저 정도면 꽤 잡는 맛이 나겠어."

그의 말 뜻을 이해하지 못한 모두가 고개를 갸웃하는 순간 이미 방금 전까지 서 있던 자리에서 그는 사라져 있었다.

"어이, 천사 형님!"

엘시안은 자신에게 날아오는 인간을 보며 신경도 쓰지 않았다. 그 보잘것없는 인간의 공격이 자신에게 박힐 때까지는.

쿠앙!

[끄아아악!!]

마치 천지가 무너질 것 같은 큰 소리와 진동이 전장을 울리며 엘시안의 옆구리에 작지 않은 구멍이 뚫렸다. 그리고 그 충격에 엘시안은 몸을 흔들며 비명을 질렀다.

"뭐야, 고작 옆구리에 구멍 하나 뚫린 거 가지고. 엄살이 너무 심한 거 아냐?"

퍼엉!

또다시 작렬하는 공격. 그와 동시에 엘시안은 상당한 거리를 밀려나야 했다. 애거트는 다시 땅에 내려서며 비아냥거리듯 말했다.

"뭐야? 겉만 번지르르한 녀석이었잖아? 보아하니 이제 겨우 하급 천사 딱지를 뗀 듯하군."

애거트의 몸 주위로 무색의 기운이 일렁이고 있었다. 주변의 공기를 뭉치게 할 정도로 강한 그 기운은 좀 전에 란슬로와 싸울 때에는 쓰지 않았던 능력이다.

[네, 네 녀석이 감히!]

이미 엘시안의 상처는 온데간데없이 사라져 있었다. 그는 매우 진노하여 애커트를 향해 자신의 검을 내려쳤다.

하지만 애거트는 피하지 않았다. 오히려 여유있는 표정으로 자신의 챠크람 인피니티를 들어 올릴 뿐이었다.

콰광!

엘시안과 주변에서 둘의 싸움을 보고 있던 병사들은 하나같이 믿을 수 없다는 표정을 지었다. 애거트는 인피니티로 엘시안의 공격을 흘리며 파고들어 순식간에 그의 허리께에 깊은 상처를 준 것이었다.

[커억!]

입으로 광혈을 토하며 허리를 숙이는 엘시안을 보며 애거트는 손가락을 까닥거렸다.

"이런, 조심해야지. 여긴 영계가 아니라고. 물질계야. 변변찮은 육체 하나 갖추지 못한 상태에서 그렇게 무리하면 오래 못 산다고."

[이, 이놈이!!]

엘시안은 지금의 자신은 애거트를 이길 수 없다는 것을 망각한 채 그를 향해 검을 휘둘렀다. 물론 애거트가 또다시 그의 공격을 흘리며 들어가 다시금 그의 몸체에 큰 상처를 입혔음은 당연한 결과인지도 모른다.

[크악!]

"저런저런, 어떻게 같은 패턴에 또 당할 수 있는 거지? 네 머리는 혹시 돌? 아니면 텅텅 빈 건가?"

여전히 비아냥거리는 태도를 보이는 애거트를 보며 결국 엘시안은 이성을 상실했다. 검은 그의 모든 힘을 받아 빛의 실로 넘실거렸다.

[죽어라!]

"어, 어라? 이건 좀 센데?"

순간 애거트의 몸을 감싸던 무색의 기운이 더욱 강해졌다. 그리고 그 기운은 그의 팔을 타고 인피니티에 전해졌다. 애거트의 힘을 받은 인피니티에 표면을 따라 마법 문자들이 생겨났다. 애거트는 인피니티를 엘시안에게 휘두르며 크게 소리쳤다. 그 모습은 아무리 봐줘도 멋을 내기 위한 목적이라는 것을 부인할 수 없었다.

"필살! 중력 진공 가르기!!"

쿠우우우!

엄청난 파공음과 함께 실제로 공간이 갈라지는 듯한 광경이 연출되었다. 그리고 비교적 가까이서 둘의 싸움을 보던 일부 병사들이 애거트에 의해 발생한 진공 공간으로 날려갔다.

"으아악!!"

그리고 굉음이 가라앉은 뒤 모든 이들은 애거트와 엘시안의 상태를 살폈다. 병사들은 이미 애거트에 의해 조각이 난 엘시안의 상태를 예상했으나 결과는 정반대였다.

"크윽!"

엘시안은 추가로 생긴 상처 없이 서 있었으나 애거트는 어깻죽지에 큰 상처를 입고 주저앉아 있었다.

상황을 지켜본 모든 이들은 얼굴에 궁금함을 감추지 못했다. 그리고 그것은 엘시안 역시 마찬가지였다.

[인간, 넌 방금 무슨 짓을 한 거냐?]

애거트는 뼈가 보일 정도로 크게 베인 상처를 손으로 막으며 대답해 주었다.

"헤헷, 실수다."

[뭐라고?]

"미안. 이 기술은 영체에게는 씨알도 안 먹히는 기술인데 그만 멋있게 보인다고……."

휘청!

콰당!

엘시안을 비롯한 상당수가 휘청거렸고 일부는 아예 다리에 힘이 빠졌는지 뒤로 넘어지기까지 했다. 그리고 순식간에 판도가 바뀌어 이제는 우월한 위치에 서게 된 엘시안이 애거트를 향해 검을 겨누었다.

[비록 너무나 어처구니없게 내가 이기게 되었지만 이것도 승부의 결과. 인간, 잘 가라.]

"싫은데?"

아직도 넉살 좋게 농담까지 하는 애거트의 모습에 엘시안은 순간 인상을 찌푸렸으나 이내 미소를 지었다. 승자의 미소를…….

"훗, 이제 드디어 미쳤군. 잘 가라, 인간."

지잉!

투앙!

엘시안은 자신의 공격이 막힌 것에 당혹감을 표시했다. 어느새 나타났는지 또 하나의 인간이 자신의 검을 막고 있었다. 그것도 가는 레이피어 하나로.

그는 검은색을 좋아하는지 머리카락 색은 물론 옷차림까지 검은색이었다. 게다가 복장은 물론 그에게서 풍겨 나오는 기도까지 매우 귀족적이었다.

그는 자신의 올백 장발을 뒤로 넘기며 애거트를 향해 입을 열었다.

"경망스럽군요, 애거트. 이드가 걱정했습니다."

상대의 말에 애거트는 휘파람을 불며 웃었다.

"휘익~ 이드가 나를 걱정씩이나 했단 말야? 이거 영광인데?"

하지만 상대의 입에서 나온 대답은 애거트가 기대하던 그런 대답이 아니었다.

"아니요. 당신이 또 무슨 사고를 칠까 걱정했다는 겁니다."

"크응……."

애거트와 이야기를 주고받는 남자를 바라보던 엘시안은 그를 향해 말했다.

[너, 인간이 아니군.]

"그렇습니다만. 그래서 불만이십니까? 게다가 그것은 그쪽도 마찬가지 아닙니까?"

여유가 넘치다 못해 은근히 자신을 깔보는 상대의 태도에도 엘시안은 화를 낼 수가 없었다. 분명 이자 역시 애거트와 비슷하거나 어쩌면 그 이상의 힘을 가지고 있을 테니 말이다.

때문에 언제 공격할지 몰라 은근히 미리 대비를 하던 엘시안이었지만 상대는 엘시안과 싸울 생각이 없는 듯하였다.

그는 엘시안을 향해 조금 허리를 숙였다.

"죄송합니다. 저희 동료가 사고를 쳤군요."

상대의 태도에 엘시안은 넋이 나갔다. 하지만 상대는 신경 쓰지 않는 듯 한차례 애거트를 바라보더니 이내 허공에 작은 손짓을 했다. 그러자 그와 애거트의 발밑에서부터 검은 기운이 폭사되었다.

"다음에 다시 보도록 하지요, 인간 분들."

"어이, 나도 인간이야."

마지막까지 입이 살아 나불대는 애거트의 한마디를 끝으로 그들은 사라졌다.

"끄응……."

그때 마침 기절해 있었던 아아크가 신음을 흘리며 엉거주춤 일어났다. 그는 자신의 등을 쓰다듬으며 투덜댔다.

"아야야! 거 무지 아프네. 덕분에 깜박 정신을 잃었잖아. 얼래?"

아아크는 조용하다 못해 썰렁하기까지 한 주변의 광경에 의아함을 느꼈다. 하지만 아무리 그래도 그의 입을 다물게 하지는 못했다.

"어라? 왜들 그래요? 거참, 왜 이렇게 조용하지? 어이, 이봐요. 말들 좀 해봐요."

그의 말에 가장 먼저 정신을 차린 것은 엘시안이었다. 그는 다시 검을 들어 올렸고, 그것을 본 양측 병사들도 그제야 정신을 차렸다.

지잉!

"으아아악!"

"와아아아! 반역자들을 무찌르자!"

또다시 계속되는 엘시안의 도륙전에 의해 반정군의 사기는 완전히 꺾였다. 란슬로가 그것을 막으려고 검을 들어 올렸지만 곧 그럴 필요가 없어졌다.

"엘시… 안, 이만 됐어요. 돌아가 주세요."

머리 속으로 전해지는 아리나스의 말에 엘시안은 고개를 끄덕였다. 자신의 소환자는 이제 거의 한계에 이르러 있었다. 게다가 내심 애거트와 같은 괴물을 더 만날까 불안한 그였다.

엘시안 역시 아리나스와 아시아스에게 자신의 뜻을 전했다.

[알겠다, 나의 소환자여.]

그 말을 끝으로 엘시안은 사라졌다. 등장할 때와 같이. 하지만 그의 힘이 약해져서인지 처음보다는 왜소한 느낌을 받는 빛의 기둥과 함께.

그렇게 되자 이제는 또다시 아아크, 제라드 두 명과 란슬로의 대결 구도가 만들어졌다. 하지만 더 이상 란슬로는 싸울 뜻이 없는지 자신의 클레이모어를 거두었다.

"허참, 어처구니없게 끝났군."

그는 아아크와 제라드를 바라보았다. 그리고 가벼운 손짓을 해 보이며 말했다.

"자자, 긴장 풀라고. 난 어디까지나 저 소환물을 막아달라는 부탁만 받았으니 일이 어찌 되었든 결과적으로는 성공했고… 나중에 다시 찾아올게. 그때 좀 더 자세히 란에 대한 얘기해 줘."

그 말을 끝으로 란슬로는 빠르게 전장을 이탈했다. 어찌 보면 무책임하다고 할 수도 있는 행동이었지만 말 그대로 그가 부탁받은 것은 소환의 저지, 또는 소환된 대상을 되돌려보내거나 제거하는 것이었으므로 어찌 되었든 자신의 할 일은 한 셈이었다.

아아크와 제라드는 란슬로가 사라진 방향을 보며 한마디씩 했다.

"이렇게 되면… 이겼군."

"응."

그리고 그날 오후, 결국 크로이츠의 내란은 황제군의 승리로 끝나게 되었다.

"후우, 끝났나?"
"형님……." ×2
사로잡혀 결박당한 채 무릎 꿇고 있는 레더즈를 보며 아리나스와 아시아스는 안타까운 시선을 보내었다. 아무리 자신을 향해 칼을 겨누었어도 형이었고 그런 형을 간단히 처형시키기에 아직 그들은 너무 어렸다.
"형님, 어째서……?"
"구차한 변명은 안 하겠다. 반역자는 어떻게 하는지 모르는 것은 아니겠지? 아리나스, 아시아스."
퍽!
"크윽!"
"무례하다! 감히 반역자 주제에 황제 폐하께!"
한 노귀족이 레더즈를 발로 차며 욕설을 하였다. 그 광경을 보며 아리나스와 아시아스는 화를 내며 소리쳤다.
"무슨 짓입니까?! 어서 그 발 치우지 못하겠습니까?"
"제 형님이십니다. 감히 무슨 짓입니까?!"
분노했다는 것이 명백한 두 황제의 모습에 노귀족은 움찔했다.
"하, 하오나 폐하……."
"더 이상 입을 놀리면 그대부터 처벌하겠습니다. 빨리 물러나지 못하겠습니까?!"
"그리고 저택에 가서 석 달 동안 근신하세요! 이건 황명입니다!"
노귀족은 얼굴 가득 불만의 뜻을 비쳤지만 그것을 말로 내뱉지는 못했다. 결국 노귀족은 물러갔다.

"의자를 가져와라."

아시아스의 말에 한 기사가 의자를 가져와 레더즈를 앉혔다. 레더즈는 그런 동생들의 모습에 피식 웃었다.

"후훗, 나를 동정하는 거냐, 아니면 아직도 이 못난 녀석을 형이라고 생각해 주는 거냐?"

"……."

"……."

레더즈의 말에 두 황제는 아무 말도 없었다. 레더즈는 그런 동생들을 보며 말을 이었다.

"어서 나를 처형해라. 하지만 내 친구들과 그녀만은 용서해 주었으면 하는구나."

그때였다. 돌연 뒤쪽이 소란스러워지며 비명 소리와 타격음이 들려왔다.

"누, 누구… 으악!!"

퍼퍼퍽!

와장창!

한 괴한이 나타나 자신을 막는 기사들을 마구잡이로 두들겨 패거나 날려 버리며 난입하고 있었다. 그의 모습에 기사들이 검을 빼 들고 그를 저지하려 하였으나 맥없이 나가떨어질 뿐이었다.

그렇게 자신을 막는 이들을 모두 날려 버린 괴한은 곧 레더즈를 붙들더니 들어 올린 채 품속에 다른 손을 집어넣었다. 다시 품 속에서 나오는 그의 손에는 스크롤이 들려 있었다.

"마, 막아라!"

한 귀족이 다급히 소리쳤지만 이미 괴한의 손에 들려 있는 스크롤은 팅겨 나가고 있었다. 그리고 곧 둘의 모습은 온데간데없이 사라졌다.

"저자를 잡아라!"

"전국에 수배령을 내려라!"

레더즈 전 왕자의 납치로 인해 장내가 떠들썩함에도 불구하고 아리나스와 아시아스, 레미엘과 네이란 등은 오히려 희미한 미소를 짓고 있었다.

아리나스와 아시아스가 중얼거리듯 말했다.

"다행이군요."

"하하, 눈물겨운 형제애라고 해야 하나요?"

레미엘의 말에 아리나스와 아시아스가 조금은 눈살을 찌푸렸다.

"전하, 말이 조금 심하시군요."

"아차차, 이거 실례."

두 쌍둥이 황제와 레미엘, 그리고 네이란과 제라드, 아아크가 모여 있는 방. 그곳에는 레더즈도 같이 있었다.

레미엘은 레더즈를 보며 말했다.

"전하, 저희 프로튼의 마법이라면 얼굴과 목소리 정도 바꾸는 것은 그리 어렵지 않습니다. 충분히 제2의 인생을 살아가실 수 있을 겁니다."

하지만 레더즈는 레미엘의 말은 거의 흘려듣다시피 하고 있었다. 그의 관심사는 두 황제에게 쏠려 있었다.

"아리나스, 아시아스."

"네, 형님." ×2

두 황제는 즉각 대답했고, 레더즈는 조금은 회의적인 표정을 지으며 질문하였다.

"왜… 나를 구해준 거지? 단순히 혈육이어서? 그런 거라면 차라리 날 죽여다오."

그의 말에 두 황제는 웃으며 대답했다.

"형님 덕에 쓸모없는 귀족들을 많이 덜어낼 수 있었습니다."

"……."

"그리고 이번 일을 기회로 어느 정도 쓰레기 청소도 할 수 있었는데다 귀족들에게 경각심을 주었고 말입니다. 이 정도면 충분하지 않나요?"

"게다가 형님은 뛰어난 인재이십니다. 단순히 형제여서가 아니라 한 명의 인재로서도 형님은 매우 귀하신 분입니다."

"너희들……."

레더즈는 애써 나오는 눈물을 참고 있었다. 말은 그렇게 하고 있지만 이 두 형제가 얼마나 자신을 생각해 주고 있는지 느꼈기 때문이다.

그는 바로 바닥에 엎드리며 두 황제를 향해 말했다.

"이런 못난 녀석이라도 좋다면 곁에 있도록 해주십시오, 폐하."

갑작스런 레더즈의 행동에 두 황제는 당황스러운 표정을 하면서도 입가에 웃음을 지었다.

"얼마든지요, 형님."

"망극하옵니다, 폐하."

끼익!

그때 그들이 있던 밀실의 문이 열리며 누군가 들어왔다. 란슬로였다.

그는 들어오자마자 네이란을 보며 투덜거렸다.

"쳇, 내가 꼭 이런 흉한 역할을 해야겠습니까, 누나?"

"어머, 미안. 하지만 네가 제일 적임자였는걸."

"영수증은 비싸게 달아놓을 테니 그리 아세요."

"걱정 마렴. 호호호, 충분히 보상해 줄 테니까."

웃음을 짓는 네이란을 보며 란슬로는 한참 동안 계속 투덜거렸다. 그의 입에서는 연신 '내가 왜 복면 납치범 따위를 해야 하는데? 이건 사나이의 로망에 위배되는 짓이라고' 라는 식의 말을 궁시렁거리고 있었다.

레미엘은 레더즈에게 다가갔다. 그의 얼굴과 목소리를 고치기 위해서였다.

"아프지 않습니다. 하지만 일단 마취는 해야지요. 그냥 잠시 낮잠을 주무신다고 생각하시면 됩니다. 그리고 다시 눈을 뜨시는 순간 새 인생이 시작될 겁니다."

"……."

레더즈는 말이 없었다. 그리고 레미엘의 주문에 그의 눈이 조용히 감기자 레미엘과 네이란 누나는 잠든 레더즈를 안쪽의 작은 방 안으로 데리고 들어갔다.

내전이 끝난 이후의 크로이츠는 당분간 큰 혼란이 있을 것이라는 세인들의 예상과 달리 급속히 안정되기 시작했다. 무엇보다 그 일에 대해서는 갑자기 당시 황제였던 아리나스 듀브런트 델 스크라뷰트 크로이츠와 아시아스 듀브런트 델 스크라뷰트 크로이츠가 데려온 기인, 당시 재상인 레펠란트 데르세인 젤 로브레날트 레그로닌 공작이 큰 공을 세웠다고 할 수 있을 것이다. 당시 백작이었던 그는 빠르고 정확하게 반란 분자를 축출해 내었고, 그중에서도 유능한 인재들은 골라

내어 등용하는 유연성을 발휘하였다. 또한 그의 기이할 정도로 뛰어난 외교 수완은 내전 이후의 혼란을 잠재우는 것과 동시에 전 귀족들을 다시 황실 앞에 무릎 꿇리는 데 지대한 공헌을 하였다.

하지만 우리는 주목하지 않은 채 지나친 부분이 있다. 그것은 그가 제1차 영웅전쟁이 끝난 이후에 혼인을 맺은 세란 우하이넬 홀딘 남작과의 관계이다. 얼마 남아 있지 않은 기록에 의하면 그녀는 본디 레더즈 전 왕자와 애인 관계였다고 한다. 과연 어떤 이유로 그녀가 레더즈 왕자의 실종 직후 곧바로 레펠란트 공작과 가까운 관계가 된 것인지에 대해서는 현재에도 상당한 논란이 되고 있으므로 자세한 이야기는 생략하도록 하겠다.

물론 공인 역사서인 '크로이즈 제국 사서'에도 엄연히 그와 레더즈 전 왕자는 별개의 인물이라고 되어 있으며 기록에도 그와 레더즈 전 왕자와의 외모는 물론 목소리마저 달랐다고 되어 있다. 하지만 현재 공개된 비공식 역사서 및 당시의 타 귀족들의 일기 등을 보면 그들조차 둘의 성격과 버릇 등이 비슷했다고 되어 있다. 또한 공식 역사서와는 달리 그의 등장 시기가 레더즈 전 왕자의 실종 시기와 거의 일치한다는 점 또한 두 인물이 동일인이라는 것을 증명할 수 있는 증거라고 생각한다. 어찌 되었든 영웅전쟁 이후 그는 당시 황제를 도와 제국의 발전에 지대한 공헌을 한 것은 부정할 수 없는 사실일 것이다. 하지만 그렇다고 하더라도 어째서 그가 황제의 위를 이어받은 것일까? 그것 또한 그가 레더즈 전 왕자와 동일 인물이라는 점을……

자일로튼 모란트 반 지그로프리드 남작의 저서
'제1차 영웅전쟁의 숨겨진 궁금증들' 中에서 발췌.

이드는 700년을 넘게 살았다?

　　라니오스 일행이 떠난 직후 이드는 다시 그 마을에 찾아왔다. 이미 그의 머리 속에서 이틀 전의 일은 깨끗이 지워졌지만 애초에 그의 목적과는 관계없는 일이었다.

　　"여긴가?"

　　그는 곧바로 마을 중심의 유적으로 발길을 옮겼다.

　　"아직도 있을까? 뭐, 없어도 상관은 없지만……."

　　어느새 그는 마을 입구에 도달해 있었다. 그는 마을 입구를 지나가며 한마디 더 중얼거렸다.

　　"기왕 있으면 좋겠는데……. 그리고……."

　　"실례하겠습니다. 뭐 좀 물어보려고 하는데……."

　　이드의 말에 한 중년 남자가 그를 향해 고개를 돌렸다.

“무슨 일이십니까?”

“저 유적은 어디로 들어가는 겁니까?”

이드가 손가락으로 가리키는 작은 언덕 같은 유적을 보며 중년 남자
는 얼굴색을 바꾸었다.

“이봐, 청년. 저길 가려 생각하고 있다면 그만두는 게 좋아. 저 안은
죽음의 유적이라고. 들어가서 아무도 살아…….”

“괜찮으니 가르쳐 주십시오.”

중년 남자는 자신의 앞에 있는 청년이 절대 포기하지 않을 것임을
직감적으로 느꼈다. 중년 남자는 ‘오늘도 한 사람 죽는구나’ 라고 생각
하며 고개를 절레절레 저었다.

“저쪽으로 가면 경비 초소가 있을 걸세. 원칙적으로는 발굴 중이라
외부인은 함부로 들이지 않는다지만 자네가 대신 답사를 한다고 하면
간단한 절차와 함께 들여 보내줄 걸세. 하지만 다시 생각하는 게…….”

“감사합니다.”

중년 남자의 말이 끝나기도 전에 이드는 감사 인사와 함께 자리를
떠났다. 그리고 어느새 그는 유적의 경비 초소 앞에 서 있었다.

경비병이 그를 보고 다가왔다.

“무슨 일이십니까?”

하지만 그렇게 말하는 경비병도 이미 대충 눈치를 채고 있었다. 그
는 속으로 ‘오늘도 겁없는 모험가 하나 죽겠군’ 이라고 생각하며 혀를
차고 있었다.

아니나 다를까, 자신의 앞에 서 있는 청년의 입에서는 자신의 예측
과 별 차이 없는 말이 흘러나오고 있었다.

“저 유적에 대한 이야기입니다만…….”

“오랜만이군.”

이드는 유적 안으로 들어가며 새삼 반가움을 느꼈다. 앞을 가로막고 있는 문을 열고 들어가자 곧바로 그를 반기는 것은 덩어리로 뭉쳐질 정도로 많은 먼지들이었다.

“확실히 인적이 없기는 했나?”

이드가 허공에 손짓을 하자 잠잠하던 허공에 돌연 바람이 일어나 먼지들을 모두 밖으로 치워내었다. 하지만 깊은 곳의 먼지는 여전했고 덕분에 이드는 일정 거리를 전진할 때마다 청소를 해야 했다.

그렇게 먼지를 치우며 한참을 전진하던 이드는 갑자기 깨끗해진 통로를 보며 의아해하였다.

“으음, 누군가 안에 있는 건가?”

이상한 것은 비단 통로가 깨끗한 것만이 아니었다. 설치한 지, 또는 갱신한 지 얼마 안 된 듯한 마법 함정들이 통로 곳곳에 깔려 있음을 느낀 것이다.

하지만 그 정도 함정이 이드를 어찌할 수는 없었다.

콰광!

우르르르!

지지지직!

화르륵!

쿠오오오!

각종 속성의 마법들이 이드를 향해 덮쳐들었으나 그 어떤 함정도 이드가 펼친 무색의 막을 뚫기는커녕 흠집 하나 내지 못하였다.

이드는 통로를 지나며 입가에 희미한 웃음을 지었다. 그 웃음은 비웃음의 뜻을 내포하고 있었다.

"누군지 모르겠지만……."

그가 허공에 손짓을 하며 작게 '로넬 휨'이라고 중얼거리자 그의 양 손에 각각 붉은 검과 푸른 검이 생겨났다. 그는 양손의 검을 아래로 비스듬하게 기울인 채 계속 앞으로 걸어나갔다.

"무단 침입에다가 이런 쓸데없는 장난까지 친 죄에 대한 것은 확실하게 처벌해 주겠다."

그의 미소는 잔인하지는 않았지만 보기에 충분히 섬뜩했다.

"주인님, 여기가 컬츠 다음 가는 크로이츠 제국 제2의 도시 고란이에요."

"우오오오!"

세인은 연신 놀라워하고 있었다. 이 도시의 모습에 말이다.

"라니오스님도 입 다무세요. 숙녀가 그러고 있으면 보기 안 좋아요."

"아, 아차……."

"우후훗, 얼굴 빨개졌어요."

뭐, 하긴 그건 나도 마찬가지지만 말이다.

"정말 멋져. 교과서에 나온 고대 건축물의 잔해 따위의 영상은 정말 상대도 안 되겠어."

"네?"

간만에 또다시 세인의 입에서 알아듣기 힘든 단어가 나오자 언제나처럼 내가 의문사를 보냈지만 또다시 레인이 그의 입을 막으며 변명할 뿐이었다.

"아하하, 주인님의 말씀은 이 도시의 광경이 고대 시대의 건축물들 못지 않다고 하시는 거예요."

"아… 네."

결국에는 언제나 이런 식이다. 세인은 가끔가다 한번씩 알 수 없는 단어를 한마디씩 하고 그것을 내가 질문하면 레인이 급하게 세인의 입을 막으며 대충 둘러댄다.

'뭐, 하긴 언젠가 필요하면 알게 되겠지.'

나도 결국에는 이렇게 편히 생각하며 그냥 넘어가지만 말이다.

"라니오스님, 이 도시 바로 옆이 컬츠—크로이츠의 수도—니까 이제 며칠만 더 지나면 돼요. 거기 도착하면 라니오스님 기억이 돌아오는 데 도움이 될 만한 단서가 있을 거예요."

이유는 모르겠지만 그들은 나에게 컬츠에 가야 한다그 한 것이다. 나의 기억이 돌아오게 할 단서가 있다고 하면서.

하지만 왠지 그들의 말이 거짓이라는 생각은 들지 않았다. 게다가 왠지 나도 컬츠에 가야 할 것 같은 느낌이 들기도 했고 말이다.

레인의 친절한 모습에 나는 언제나처럼 미소로 화답했다.

"고마워요, 레인."

"뭘요. 제가 라니오스님에게 받은 은혜를 생각하면… 읍!"

"네?"

이번에는 평소와 정반대의 상황이 연출되었다. 레인이 뭔가 알 수 없는 이야기를 하려던 것을 세인이 저지한 것이다.

"저기… 무슨 말씀이신지……?"

"아하하, 아무것도 아니에요."

정말… 의심스럽게 해놓고 아무것도 아니라고 하니 원…….

하지만 본인이 말하지 않겠다는 걸 억지로 말하게 할 처지인 것도
아니니 어쩌겠는가?

"…나중에 꼭 사실을 말씀해 주시겠어요?"

오늘은 좀 더 용기를 내서 한마디 덧붙였다. 내 말을 들은 세인과 레
인은 조금은 당황한 표정을 지었다. 하지만 이내 조금은 웃으면서 고
개를 끄덕였다.

"…네, 언젠가 반드시."

"고마워요."

그리고 잠시 어색한 침묵이 흘렀다. 하지만 언제나처럼 세인의 한마
디에 방금 전의 묘한 분위기는 눈 녹듯이 녹아버렸다.

"자자, 밥이나 먹으러 가자고요."

"이, 이곳은……!"

이드는 순간 자신의 눈을 의심했다. 유적 안에, 그것도 지금 한참을
내려온 지하인데도 숲이 조성되어 있는 것이다. 그것도 결코 작지 않
은 규모의…….

"대체 누가……?"

"아이스 랜스!"

이드가 숲을 바라보고 있는 순간 어디선가 가는 목소리와 함께 20여
개의 얼음 창이 이드에게 날아들었다. 하지만 이드의 주변에 쳐진 무
색의 막이 모두 튕겨내었다.

"그라비티 프레셔!"

쿠웅!

이어진 중력 마법에 의해 이드의 주변 땅은 움푹 패였으나 역시 정

작 이드 본인에게는 아무런 피해를 입히지 못하였다.

결국 마법으로는 아무 피해를 입히지 못한다고 결론을 지은 듯 상대는 어느새 숲 속에서 나타나 이드에게 직접 달려들어 창을 휘둘렀다. 하지만 이드 역시 자신의 검 로넬 휨으로 가볍게 상대의 검을 막아내었다.

채앵!

깨끗한 금속음과 함께 서로의 무기가 부딪쳤다. 한 수를 교환한 뒤 서로는 한 발짝씩 물러서 서로를 관찰했다.

이드의 상대는 여자였다. 170센티미터 정도의 키에 허리까지 내려오는 하늘색 머릿결, 그리고 선이 매우 가는 얼굴, 그리고 한 뼘쯤 되는 뾰족한 귀가 그녀가 엘프임을 나타내 주고 있었다.

그리고 그녀의 창 또한 상당히 특이했다. 창 날의 길이가 70센티에 달하였고 상당한 무기인 듯 창대에는 기하학적인 마법 문자들이 수놓아져 있었다.

'어디서… 본 것도 같은데…….'

이드는 상대가 어디선가 낯이 익다고 생각하였다. 원래 같으면 자신에게 덤빈 이자의 숨을 단숨에 끊어놓았겠지만 구면인 듯한 상대의 인상에 아직 따로 손을 쓰지 않고 있었다.

그리고 그것은 상대도 마찬가지였다.

'저 남자… 혹시……?'

하지만 여자는 곧 고개를 저었다. 이미 한참 과거의 인간인 그가 지금 살아 있을 리가 없지 않은가? 그렇게 생각을 굳힌 그녀는 빠르게 이드에게 다가가 자신의 창으로 이드를 위협했다.

하지만 애초에 그녀는 이드의 상대가 되지 못하였다.

"하압!"

챙, 채챙, 챙!

쉬익, 쉭, 부웅!

가끔은 날끼리 맞대기도, 또 어떨 때에는 흘려내거나 피하기도 하였지만 이드는 여전히 상대를 공격하지 않았다. 그럴수록 상대에 대한 기억도 뚜렷해지는 듯하였다.

그리고 그렇게 한참을 피하고 막아내던 이드는 마침내 상대를 기억해 내었다.

"레노, 나야. 이드."

"……!"

툭!

이드의 나직한 말에 상당히 놀란 듯 여자는 들고 있던 창을 바닥에 떨어뜨렸다. 그리고 곧 눈에서 왈칵 눈물이 쏟아졌다.

"이… 드? 정말… 이드 맞아요?"

"그래, 레노. 오랜만이야."

이드의 말에 레노는 복받쳐 오르는 감정을 주체할 수 없었다. 한참 얼굴을 반쯤 가린 채 눈물을 흘리던 그녀는 이드의 품에 자신의 몸을 던졌고, 그런 그녀를 이드는 덤덤히 마주 안아주었다.

"레노……."

"이드… 바보! 어딜 갔다 왔길래 이제 온 거예요! 나는… 나는……!"

"…미안해."

지금의 이드에게 있어 그녀에게 해줄 말은 이것 한 가지뿐이었다. 그리고 그렇게 하루 종일… 레노는 이드를 껴안은 채 하루 종일 울었고 이드 역시 그녀가 우는 동안 조용히 그녀를 토닥여 줄 뿐이었다.

이드와 레노는 여전히 유적에 있었다. 유적 내부답지 않게 숲이 구성된 그곳은 엘프인 레노가 생활하기 큰 불편이 없을 정도였다. 둘은 잔디가 풍성하게 자라 있는 바닥에 나란히 앉아 이야기를 나누고 있었다.

이드는 주변의 숲을 둘러보며 감탄조로 말하였다.

"그런데 참 대단하군. 땅속에 이런 숲을 만들다니……. 게다가 저 천장의 광구도 굉장히 많군. 식물들을 위해서겠지."

이드의 칭찬 섞인 말에 레노는 얼굴을 붉혔다.

"뭘요. 이런 숲을 만드느라 거의 백 년을 소요했는데……."

그녀의 대답에 이드는 의아한 표정을 지었다.

"백 년? 그럼 이 안에서 생활한 게 얼마나 됐길래……?"

이드의 질문에 레노는 잠시 생각하는 듯하더니 곧 대답하였다.

"으음, 아마 대략 칠백 년쯤 될 거예요."

"치, 칠백 년……?"

이드는 놀랄 수밖에 없었다. 대체 무엇이 이 여자를 칠백 년이나 이 땅속에서 생활하게 만든 것인가?

"부, 불편하지는 않았어?"

"아뇨. 별로요. 정령들의 도움도 있었고. 게다가 땅속이기는 하지만 여긴 분명히 숲이에요. 저 같은 엘프가 살기엔 좋은 장소 아닐까요?"

"레노……."

이드는 차마 '왜 그렇게까지 하면서 여기에 있는 거지?'라는 질문을 할 수가 없었다. 이미 그 대답을 알고 있기 때문이다. 그리고 그 질문을 하지도 않았음에도 레노는 스스로 대답해 주었다.

"이드가 그때 사라진 이후로 한참을 찾았어요. 하지만 찾을 수 없었죠. 정령과 신족, 마족을 가리지 않고 그들에게 당신의 위치를 물었죠.

하지만 아무도 알지 못했어요. 저는 믿지 못했죠. 그래서 전 직접 당신을 찾으려고 대륙 곳곳을 돌아다녔어요. 하지만 그럼에도 찾을 수 없었죠. 아마 거의 오십 년쯤 돌아다녔던 것 같아요. 왜일까요? 당신을 찾지 못하자 어느새 자연스럽게 이곳으로 오더라구요. 당신과 처음 만난 이곳에……."

'당신과 처음 만난' 이란 부분에서 이드의 어깨가 조금 움찔했다. 그 직후 레노는 이드의 어깨에 기대며 반쯤 눈을 감았다.

"왜였을까요? 그리고 전 당신이 남긴 유일한 것인 '그것' 과 함께 지냈죠. 하긴 '함께' 였다고는 하지만 무생물과 함께였으니 결국 저 혼자였는지도 모르겠네요. 어쨌든 여기에 도착해서는 바로 작은 던전을 만들었죠. 사실 여기까지 온 이들도 몇몇 있었지만 지금은 다 이 세상 존재가 아니죠. 글쎄요, 앞으로 여기서만 살아갈 생각까지 했어요. 이드의 증거가 남은 유일한 곳이었으니까요. 적어도 제가 아는 범위에서는……."

레노는 이드의 팔을 꼭 껴안았다. 너무나 반가운 이드의 모습에 그녀의 마음은 너무나도 행복했다.

"그런데 지금 이드가 여기 있어요. 영영 볼 수 없을 거라고 생각한 당신이……. 이것이 꿈은 아니겠지요?'

이드는 조용히 반대쪽 손으로 그녀의 머리를 쓰다듬어 주었다. 레노 역시 자신의 머리를 쓰다듬는 이드의 손이 마냥 기분 좋기만 하였다.

"꿈이 아냐. 난 지금 너의 곁에 있어."

"이드……."

'좋아해요. 언제나 저의 곁에 있어주세요' 라고 말하고 싶었다. 하지만 그럴 수가 없었다. 레노, 그녀 자신도 이미 알고 있었다. 자신이 사랑하는 이드라는 남자는 이미 사랑하는 여자가 따로 있다는 것을.

그 여자가 부러웠다. 스프린이라는 그녀가. 이드의 사랑을 한 몸에 받는, 아니, 이제는 '받았던' 그 스프린이라는 여자가…….

너무나도…….

"그런데 이드는 지금까지 어디 있었나요?"

일부러 관점을 돌리고 싶어서 한 레노의 지문에 이드는 쓴웃음을 지었다. '이게 다 운명의 장난이지' 라는 혼잣말과 함께.

하지만 레노는 반쯤 눈을 감고 있느라 그런 이드의 쓴웃음을 보지 못하였다.

"그때 네가 날 찾지 못한 것도 무리는 아냐. 난 봉인되어 있었으니까."

이드의 대답에 레노는 화들짝 놀랐다. 봉인이라니? 하지만 어느 정도는 짐작하고 있던 내용이라 그녀는 곧 마음을 가라앉히고는 고개를 끄덕였다.

팔에 마찰되는 레노의 머리카락의 감촉을 느끼며 이드는 계속해서 설명을 계속하였다.

"아마 50년쯤이었을 거야. 후후, 그리고 보니 레노 너도 참 운이 나빴군. 내가 봉인에서 풀리자마자 너는 땅속으로 들어가 버렸으니."

레노는 고개를 들어 이드의 얼굴을 바라보았다. 그녀는 손을 들어 그의 뺨을 쓰다듬으며 말했다.

"이드… 당신은 인간인가요? 오히려 그때보다 젊어진 거 같아요. 당신과 처음 만난 뒤 10년 동안 당신은 늙어가기 시작했는데……."

레노는 고개를 떨구었다. 갑자기 '그때'가 생각난 것이다. 그때 자신은 이드와 함께가 아니었다. 다만 그의 동료들이 전한 '이드는 죽었

다' 라는 말, 그리고 그들의 말을 믿지 못하고 바로 정령과 신족, 마족
에게 그의 탐색을 부탁하였으나 한결같은 대답, '찾을 수 없습니다'.
그리고 그때 느낀 슬픔.

"지금은 오히려 처음 만난 10년 전과 같아요. 지금 여기서 밖으로
나가면 그때와 같은 일들이 기다릴까요?"

미약한 웃음마저 짓는 그녀의 모습을 보며 이드는 고개를 저었다.
그럴 리가 없지 않은가?

"아니, 그렇지는 않을 거야. 난 지금 어떤 일을 하고 있거든. 그것도
매우 굴욕적인……."

"네?"

이드는 고개를 돌려 정면으로 레노의 눈동자를 바라보았다. 그의 시
선에 레노는 잠시 움찔하였다.

"레노, 날 도와주겠어?"

"네?"

레노가 그 말의 의미를 알아듣기도 전에 이드는 고개를 저으며 방금
전 자신이 한 말을 부정하였다.

"아, 아냐. 일단 '그것'이 어디 있는지 알려주겠어?"

"아, 따라오세요."

레노와 이드는 자리에서 일어섰다. 그리고 레노는 유적의 실내 숲
끝에 있는 한 문을 향해 걸어갔고, 이드 역시 그 뒤를 따랐다. 잠시 걷
자 곧 둘은 그 문에 도착하였고, 레노는 그 문의 문고리에 손을 얹고
짧게 중얼거렸다.

끼익!

잠시 후 약간의 마찰음을 내며 문이 열리자 그 안에는 상당히 넓은

공간에 한 거대한 기계가 자리하고 있었다. 그것은 전체적으로 삼각형의 형태를 띤 금속으로 이루어진 물체였으며 전체적으로 푸른빛을 띠었다.

양쪽으로 펼쳐진 날개는 날씬하게 뻗어 있었으며 전체적인 기체 전체의 곡선은 매우 날렵했다.

이드는 그 물체를 보며 감탄조로 중얼거렸다.

"크샤레노… 이렇게 온전하게……."

이드는 천천히 크샤레노에 다가갔다. 그리고 그것에 손을 대어보았다. 그것은 마치 방금 만든 새것과 같이 매우 매끈했다.

잠시 동안 자신의 전용기였던 크샤레노를 만져 보던 이드는 레노에게 고개를 돌리며 푸근한 미소를 지어 보였다.

"고마워, 레노. 이렇게 깨끗하게 유지시켜 줘서."

"아, 아뇨. 뭐, 별거 아닌 걸 가지고요."

이드의 작은 칭찬에도 레노의 얼굴은 홍조를 띠었다. 하지만 잠시 크샤레노를 살펴보던 이드는 이내 의아함을 느꼈다.

"음?"

"왜 그래요, 이드? 무슨 문제 있어요?"

조금은 불안함을 담고 있는 레노의 질문에 이드는 고개를 저었다.

"아니, 오히려 너무 멀쩡해서 그래. 분명 내가 이 세계에 처음 왔을 때도 이렇게 완벽한 정비는 되어 있지 않았어."

이드는 잠시 레노를 쳐다보았지만 이내 고개를 저었다. 자신의 세계에서도 다루기 힘든 녀석이 바로 이 녀석이다. 하물며 이 세계의 생물인 레노가 할 수 있을 리가 없지 않은가?

"레노, 혹시 누군가 이것을 손보거나 한 적이 있었어?"

레노는 매우 긴장하고 있었다. 뛰는 가슴은 진정되지 않고 계속 방망이질치고 있었으며 온몸의 혈관이 당장이라도 터질 것 같았다. 그런 그녀의 모습에 이드는 의아함을 느끼면서도 가벼운 미소로 그녀의 마음을 덜어주었다.

"하긴 레노가 꼭 전부 알 수는 없는 노릇이지. 어쩌면 나 말고 또다른 이계인이 고친 것일 수도 있고. 아니면 이 녀석의 자체 수복 능력이 내 생각보다 뛰어났던 것일지도……."

일부러 모른 척해주겠다는 뜻이 담긴 이드의 말에 레노는 안도의 한숨을 쉬면서도 다른 한편으로는 그에 대한 미안함을 감출 수 없었다.

하지만 말할 수 없었다. 아니, 말하면 안 된다. 만약 말했다가는…….

'그때 나는 더 이상 이드의 옆에 있을 수 없게 될지도 몰라.'

탁!

그때 레노의 이마에 따뜻한 감촉이 느껴졌다. 이드가 자신의 손을 이마에 얹은 것이다. 이드는 언제나처럼 푸근한 미소를 지어주며 자신을 보고 있었다.

"왜 그래, 레노? 어디 아픈 거야?"

레노는 잠시 망설였다. 하지만 그때 그녀의 머리 속에 강한 결심이 치고 들어왔다.

'그래, 이 참에 내 마음을 털어놓는 거야!'

화제를 돌리면서 자신의 마음을 전할 어쩌면 좋은 기회일지도 모른다는 생각이 머리 속을 채워 나갔다. 그리고 결국 그녀는 그 생각을 실행에 옮겼다.

"이드……."

“응?”

“이드는 내가 싫지 않죠? 네?”

“레, 레노.”

이드는 당황했다. 이 여자는 또다시 과거에 했던 말을 반복하고 있었다. 다만 지금은 그때와 시간과 장소가 다르다는 것뿐이었다. 그때처럼 그녀는 눈물을 흘리며 자신에게 안긴 채 마음을 털어놓고 있었다.

“이드, 내 마음을 받아줘요. 난 이드가 좋아요. 사랑해요. 네?!”

“레, 레노, 전에도 말했지만…….”

“알아요, 이미 당신에게는 사랑하는 사람이 있다는 거. 하지만 이미 다른 차원의 인물이고 지금은…….”

“레노, 그만!”

“…이드, 당신이 다시 원래의 세계로 돌아가면 바로 나를 잊어도 좋아요. 그때는 다른 사람이 물었을 때 ‘그 딴 여자 정말 경멸했어’ 라고 말해도 좋아요. 흑, 하지만… 하지만 적어도 이 세계에서만은 나를 당신의 연인이 되게 해주지 않겠어요? 흐흑.”

“레노…….”

“알아요, 무리한 부탁인 걸. 흐흑, 하지만 전 이렇게 이기적인 여자예요. 흑, 싫어하지 말아주세요. 네? 네?”

레노는 이제 애원을 하고 있었다. 이것도 똑같았다. 다만 지금은 ‘이 세계에서만이라도 당신의 연인이 되게 해주세요’ 라고 말하는 것이 달랐다.

사실 이드도 너무나 잘 알았다. 이 여자가 자신에게 마음을 두고 있는 것을. 그리고 자신도 이 여자가 싫지 않았다. 다만 이미 자신은 사랑하는 여자가 있었기 때문에 자기 스스로 최면을 걸고 있었던 것이다.

이 여자는 내 여자가 아니라고. 그녀, 스프린을 배신할 수는 없다고.

그리고 지금 자신 앞에서 사랑을 구걸하는 이 여자는 너무나 닮았다. 자신이 원래 살던 세계의 그 여자와…….

짧은 시간이 흘렀다. 하지만 둘에게만은 너무나도 긴 시간이었다. 마치 시간이 정지했던 것처럼…….

그리고 그 멈추었던 시간이 다시 흐르기 시작했을 때 이드는 자신의 손을 들어 레노의 뺨에 손을 대었다.

"레노."

"……."

또다시 짧은 시간이 멈추었다. 이드는 처음으로 레노의 눈 속을 들여다보았다.

그리고 또다시 멈춘 시간이 흘러가기 시작했을 때 이드는 그녀의 애원에 대한 대답을 들려주었다.

"아마 너를 먼저 만났더라면 난 너의 연인이 되었을 거야."

레노의 눈에 맺혔던 눈물이 결국 흘러내리기 시작했다. 그녀가 크게 흐느끼려고 하는 순간 이드는 한마디 덧붙였다.

"'연인'은 안 되지만 '애인'은 가능할 거 같아."

조금은 멋쩍은 듯 뺨을 긁는 이드의 모습을 보면서도 레노의 눈물은 멈추지 않았다. 우는 원인과 감정은 반대로 바뀌어 있었지만…….

"흐윽, 흑, 흐흑."

이드는 그대로 레노를 껴안아주었다. 그리고 조금은 가라앉은 목소리로 그녀에게 말했다.

"미안해. 하지만 난 이 정도밖에 안 되는 남자야."

어쩌면 그것은 자신에 대한 책망인지도 모른다. 비단 지금 자신에게 안겨 있는 이 엘프 여자만이 아닌 자신과 관계된 그 모든 이들에 대한 속죄를 하고 싶은지도…….

하지만 그 속죄를 하는 방법도 몰랐으며 할 생각이 있다 해도 할 이유는 없었다.

모두가 서로에게 죄만을 짓고 사는 이 세계에서는…….

"네에? 그럼……?"

비록 큰 소리를 낸 것은 아아크뿐이었으나 비단 놀란 것은 그뿐만이 아니었다. 방금 전 란슬로의 설명을 들은 모든 이는 놀라움과 안도감을 진정시키지도 못한 채 란슬로의 다음 설명을 들어야 했다. 란슬로는 탁자에 놓은 두 자루의 검 스팅을 가리켰다.

"그래. 자, 여기 보란 듯이 그 녀석의 스팅이 아직 있잖아. 이 녀석은 주인이 죽으면 다시 우리 엘프의 대신전으로 날아가 버린다고. 즉 이게 아직 이렇게 버티고 있다는 것은 이 스팅이 드디어 고장이 났든가, 아니면 이 녀석의 주인인 작은 란 녀석이 아직 살아 있다는 것, 둘 중 하나겠지."

다른 이들 중에서도 레아시아의 얼굴이 가장 환해졌다. 라니오스가 죽은 줄 알았을 때 가장 어두운 표정을 지었던 것처럼 지금은 가장 밝은 표정을 하고 있었다.

"흐음, 그럼 일단 라니오스 형의 신변에 대한 탐색을 해야겠군요."

간단명료한 레미엘의 결론에 모두들 고개를 끄덕였다.

운명을 보다

"오우, 역시 제국의 수도인가? 멋진데?"

"그렇긴 한데요, 세인. 그 말 벌써 3번째예요."

내 설명에 세인은 나를 보며 실없이 웃을 뿐이었다. 정말 헤프다는 생각이 들 정도로 웃음이 많은 남자였다(나야 이미 도시의 광경을 보고 멍한 표정을 짓는 버릇은 고친 뒤였다).

하지만 그래서 이 남자와 있으면 즐거운 것이기도 한 것이다.

"주인님, 빨리 여관부터 잡자고요."

"알아, 알아."

그렇게 레인이 세인의 팔을 잡아끌고 가는 도중 작은 천막이 우리 셋의 눈에 띄었다.

"어라? 주인님, 저게 뭘까요?"

"글쎄, 혹시 저게 그 점성술사가 영업하는 그 천막 아닐까?"

심드렁한 세인의 대답에 레인은 갑자기 눈을 반짝반짝 빛내었다.

"네? 가봐요. 가봐요."

"…이봐."

목소리만 들으면 그냥 가자고 조르는 것이었지만 이미 레인은 세인을 천막 안으로 끌고 들어가고 있었다. 나도 한숨을 지으며 그들을 따라 같이 천막 안으로 들어갔다.

"그, 그러시면 제대로 오신 거예요. 그럼 어떤 점을 보길 원하시는데요?"

상당히 어린 소녀의 목소리. 그 목소리의 주인공은 아직 어린 티를 덜 벗은 소녀였다. 그녀는 자신의 수정 구슬을 매만지며 세인과 레인을 향해 질문하고 있었다.

그녀의 질문에 세인은 레인을 한번 바라본 후 조금은 장난스러운 표정을 지으며 말했다.

"우리 애정운."

세인의 말에 레인은 얼굴을 붉히면서 고개를 숙인 채 안절부절못했다. 보아하니 싫지는 않은 듯했다.

소녀는 가운데 테이블에 있는 수정 구슬을 가리키며 말했다.

"이 구슬을 바라봐 주실래요? 두 분 동시에요. 제가 결과를 말씀드리는 도중에도 눈을 떼면 안 돼요."

이내 둘은 수정 구슬을 쳐다보았고, 소녀는 짧은 주문과 함께 수정 구슬에 손을 올리고는 눈을 감았다.

"으음, 두 분은 일종의 계약 관계로군요. 그리고 상당한 나이 차가 있으시네요. 두 분은 원하시지 않은 많은 일에 휘말리셨고 앞으로도 그것 때문에 상당히 골치 아프실 것 같아요. 흐음, 이상하네요. 두 분은 원래 만날 운명이 아니셨던 것 같은데… 지금은 너무나 당연한 운명으로 되어 있어요. 누군가 큰 존재에 의해 두 분의 운명이 바뀐 경우인 것 같아요. 그리고 앞으로도 두 분이 헤어지시지는 않을 거예요. 하지만…….”

한참 둘에 대해 말하는 도중 소녀는 당황한 표정을 지으며 말을 흐렸다. 하지만 이내 고개를 저으며 설명을 계속했다.

“하지만 아주 후일에 두 분 사이에 큰 갈등이 생길 것이라고 하네요. 그런데 이상한 것은 그 갈등과 완벽하게 똑같은 갈등이 과거, 그것도 얼마 전에 있었다는 거예요.”

그녀의 말에 대한 세인과 레인의 반응은 서로 달랐다. 세인은 전혀 무슨 소리인지 모르겠다는 눈치이고 반대로 레인은 대충 이해한 듯 미미하게 고개를 끄덕이기까지 했다. 하지만 둘 모두 수정 구슬만을 바라보고 있어서인지 서로의 표정을 보지는 못한 듯싶었다.

“하지만 그 갈등은 앞으로 있을 일의 아주 일부일 뿐이에요. 하지만 그 갈등이 끝나면 다시 서로의 오해가 풀릴 거라고 되어 있네요.”

그 말을 끝으로 소녀는 구슬에서 손을 떼었다. 그리고는 작은 한숨을 쉬며 마무리를 하였다.

“후우, 제가 할 수 있는 것은 이 정도예요. 전 아직 견습 마녀라서요.”

“아뇨. 이 정도도 상당한 실력인 걸요.”

레인의 칭찬에 그녀는 배시시 웃어 보였다. 그리고 그녀의 웃음이 가라앉을 때쯤 레인의 시선은 내게 와 꽂혀 있었다.

“아… 저는 왜……?”

하지만 이미 그녀의 눈빛으로 다 알 수 있었다. '라니오스님의 점괘도 알고 싶어요'라는 눈빛, 그리고 세인 역시 그 정도는 덜했지만 조금은 궁금해하고 있는 듯하였다.

"후우, 알았어요. 저… 제 점도 한번 봐주실래요?"

"네, 그럼 이 구슬에 왼손을 올려주세요."

그녀의 말에 따라 나는 구슬 위에 왼손을 올렸고, 소녀는 구슬의 양옆에 손을 대고 짧게 주문을 외웠다.

"흐음… 으음… 음… 상당히 오래 사셨네요. 그리고… 우와, 예전에는 남자셨군요. 응? 어라라, 한번 죽으시기까지……. 으음… 너무 복잡하게 운명이 얽혀 있어요. 일단 제가 이야기해 드릴 수 있는 것을 얼마 안 되겠네요. 우선 당신이 가장 먼저 만날 운명의 짝은 이 도시 안에 있어요. 그 운명의 짝은 당신이 안 계셔서 굉장히 슬퍼하고 있네요. 그리고 또다른 소중한 인연의 실은… 응? 모르겠어요. 분명 소중한 이의 운명이 존재하는데 어디에 있는지 대강조차 모르겠어요. 하지만 얼마 안 가서 상당히 많이 만나게 될 것 같으니 그 인연을 만나는 건 걱정하지 않으셔도 될 것 같아요. 그리고… 응? 어머… 이런……. 지금은 기억을 잃으셨군요. 하지만 그것도 걱정 안 하셔도 될 것 같아요. 당신을 돌보아주는 분이 관여해 주실 겁니다. 하지만 나중에는 당신이 그를 도와줄 때도 있을 것 같네요. 그리고……!!"

그때 돌연, 그녀의 표정이 크게 흔들렸다. 그녀는 무언가 매우 당황한 듯하였다.

잠시 후, 원래대로 표정이 돌아온 그녀는 고개를 세차게 흔들었다.

"으음… 무언가가 당신의 운명에 장난을 친 듯하네요, 아주 위험한 장난을……. 하지만 제가 볼 수 있는 건 이 정도예요. 당신은 상당히 오래 사신 듯하지만 저는 비교적 최근의 과거밖에 볼 수 없어요.”

그녀의 말에 나도 내심 조금은 불안한 생각이 드는 것은 어쩔 수 없었다. 게다가 여러 가지로 놀라운 이야기도 많이 들었다. 내가 원래는 남자였다는 것과 그저 세인이 같이 가자고 해서 따라온 이 도시에 나의 소중한 누군가가 있다는 것 등…….

소녀는 이미 점을 다 마치고는 자신의 구슬에서 내 손이 치워지기를 기다리고 있었다. 나는 그런 그녀에게 미안한 표정을 지어 보이며 구슬 위에 올려놓은 손을 치웠다.

나와 세인, 레인은 천막에서 나오며 잠시 서로를 바라보았다. 아무래도 방금의 점, 그저 헛소리는 아니었다는 확신이 있었다.

세인은 잠시 레인을 쳐다보더니 이내 도시 중앙의 성을 바라보며 기운차게 말했다.

“자아, 그럼 어디 그때의 로맨스를 재현해 볼까?”

“우후, 납치가 아니라 데려다 준다는 것이 다른 점이군요.”

둘의 알아듣기 힘든 말에 나는 무슨 소리인지 질문하려 하였으나 그들의 눈빛은 ‘그런 거 미리 가르쳐 주면 재미없죠’ 라는 뜻을 비치고 있었다.

“자자, 일단 여관 잡고 밥부터 먹자고.”

“주인님은 밥보.”

“이런…….”

“<u>호호호</u>.” ×2

라니오스 일행이 점을 보고 나간 뒤 천막에 있던 소녀는 테이블에 놓인 금화를 챙길 생각도 하지 않고 골똘히 생각에 빠져 있었다.

“흐음… 왜 운명에 균열이…….”

비록 마녀가 된 지 얼마 안 됐지만 그래도 홀로 여행을 하면서 적지 않은 사람들의 점을 봐왔다. 하지만 오늘 본 두 번의 점은 평소와는 다른 독특한 점괘가 보인 것이었다. 먼저 점을 본 남녀의 경우는 그저 조금 특이한 정도에 그쳤지만 두 번째로 점을 본 엘프 소녀의 경우는 전혀 전례를 찾아볼 수 없을 정도라고 해도 좋을 수준인 것이었다.

“마치 본래의 운명에 가면을 씌운 듯…….”

‘운명에 가면을 씌웠다. 그런데 그 ‘가면’에 균열이 생겼다’, 그것이 소녀의 가설이었다. 하지만 이내 스스로 부정할 수밖에 없었다. 그게 말이나 되는 소리인가?

야옹~

그때 테이블 밑에서 조용히 자고 있던 검은 고양이가 그녀의 무릎 위로 올라왔다. 그녀는 고양이를 쓰다듬으며 마치 고양이와 대화하듯 말하였다.

“하지만 그냥 넘어가기는 힘들구나. 너는 어떻게 생각하니, 슈운?”

야옹~

단순한 고양이 울음소리였지만 소녀는 마치 해답을 얻은 듯 고개를 끄덕이고는 짐을 정리하기 시작했다. 어차피 여행을 위한 돈은 부족하지 않게 있었다. 게다가 방금 전 그들이 놓고 간 금화 여섯 개는 복채라고 하기에는 너무 많아서 일반 가정의 두 달 생활비 이상일 정도였다.

가방에 짐을 다 집어넣은 소녀는 밖으로 나갔다. 마법의 천막인 듯 그녀가 천막을 향해 가벼운 손짓을 한번 하자 자동으로 접혀지고 개였다.

소녀는 접혀진 천막을 들어 올리며 작게 한숨을 쉬었다.

"후우, 스승님, 당신이 말한 '두 번째 운명의 전환점' 은 이걸 말하는 겁니까?"

천막을 들어 올려 가방 위에 걸친 소녀는 좀 전 라니오스 일행이 사라진 방향을 바라보았다.

"그렇다면 따라가야겠네요?"

우리는 바로 여관을 잡고는 식당으로 내려왔다. 물론 세인이 가장 많이 먹었음은 두말할 나위 없었다.

"후아, 잘먹었다."

포만감에 가득 찬 표정으로 배를 두드리는 세인은 물론 나와 레인도 상당히 잘 먹었다. 역시 큰 도시의 여관이라 그런지 음식도 맛이 있었다.

디저트로 나온 푸딩을 뜨면서 레인은 세인에게 질문했다.

"어땠어요, 주인님?"

"응, 재밌었어."

아까 전의 그 점에 대해 이야기하는 것 같았다. 세인은 그 한마디에 자신의 감상을 다 담아내었다. 하지만 나는 조금 달랐다. 그때 갑자기 크게 흔들린 그 소녀의 표정. 그것은 보통 충격을 받은 것 같지가 않았다.

"라니오스님은요?"

"네? 아, 저요?"

"네, 아까 본 점에 대한 라니오스님의 생각이요."

"흐음……."

어떻게 생각하냐고 해도…….

"글쎄요… 사실 조금 신경이 쓰이는 건 어쩔 수 없네요. 하지만 너무 복잡한 말이라서 잘은 모르겠어요."

"그래요……."

자신들도 제대로 알아듣지 못한 건 마찬가지인 듯 고개를 끄덕이는 세인과 레인이었다.

그리고 푸딩을 다 먹은 세인은 돌연 장난스러운 미소를 지으며 나를 바라보았다. 그리고 레인은 조금은 기대된다는, 그리고 어떻게 보면 나를 걱정하는 표정으로 바라보았다.

"저기… 왜 그렇게 보시는지……?"

불안한 내 모습에 세인은 더욱 짓궂게 웃으며 대답하였다.

"헤헤, 이제 저희는 라니오스님을 저 크로이츠의 황성으로 모셔다 드릴 겁니다."

"세인, 꼭 그 방법을 써야 하나요?"

"어쩔 수 없잖아? 우리는 분명 그 방법으로 해달라고 부탁받았는 걸."

"후우……."

하지만 세인은 꼭 부탁이 아니더라도 그 '방법'을 쓰고 싶어하는 듯하였다. 그렇지 않고서야 저렇게 장난스러운 미소를 지을 리가 없잖은가?

"그러다 만약에 누군가와 크게 싸우면요?"

"어떻게 하긴? 그건 뻔하잖아?"

천연덕스러운 세인의 대답에 레인은 고개를 저었다.

"정말 주인님은 이럴 때마다 생각하는 거지만……."

"응? 뭐?"

"주인님도 기억하죠? 제가 주인님과 처음 만날 때."

"갑자기 그 얘기는 또 왜 꺼내?"

"그때 주인님과 지금 주인님을 비교하면 정말 천지 차이인 거 같아요. 분명히 동일 인물인데도."

"……."

레인의 그 한마디에 세인 침몰. 그제야 말을 멈춘 세인을 대신해 레인이 설명을 계속하였다.

"이런 이유로… 라니오스님."

"네?"

"오늘 밤 저기 모셔다 드릴게요. 하지만 조금 다이나믹한 방법이 될 듯하네요."

"다이나믹? 그게 뭔데요?"

"아아, 뭐, 재미있다는 뜻 정도로 보시면 돼요."

"네……."

어째 불안하지만… 아까 그 소녀의 말도 있고.

게다가… 나도 왠지 그곳에 가야 한다는 느낌을 받고 있었다.

● 외전

제나

제나

"와아! 눈을 뜬 거 같아요, 아버지!"

"왜 그렇게 소리치고 난리냐? 작게 말해도 다 알아들어!"

"하지만 신기하잖아요."

"고작 이 정도로 신기하다고 하다니 아직 멀었군."

제가 눈을 떴을 때 처음으로 본 것은 백옥 같은 피부를 한 어떤 분의 얼굴이었습니다. 나중에야 알았지만 그분이 지금 저의 주인님이신 레미엘님이었습니다.

그분은 연신 신기하다는 말을 연발하시며 저를 계속 바라보았죠.

"아버지, 그런데 왜 이렇게 작아요? 이렇게까지 작다고는 안 했잖아요? 게다가 모양도 이상하고."

딱!

"아야야, 왜 때려요?"

"이 멍청아, 아무리 호문크루스라고 해도 유충일 때가 있는 법이다. 처음부터 인간 형의 모양을 하고 있을 거 같았냐?"

"몰랐잖아요! 게다가 이건 아버지가 드래곤 레어를 털어올 때 가져 온 책에 있던 거잖아요! 전 이런 내용은 전혀 몰랐다구요!"

계속 레미엘님을 때리며 야단을 치시는 분은 레미엘님의 아버지이 신 레델님이십니다. 이것도 나중에 안 사실이지만 저를 만들어주신 것 은 레델님이셨다고 하더군요.

"벌써 가져온 지 이십 년이 다 되어가는데 안 보고 뭐 했냐?!"

"다른 거 보고 있었다구요, 다른 거!"

"뭘 보고 있었길래 이십 년 동안 안 보고 있어? 나 같으면 드래곤 레 어에 있던 책이라는 이유만으로도 하던 거 다 때려치우고 냉큼 달려오 겠다."

"…키메라에 대한 거요. 게다가 요새 제왕학이다 뭐다 해서 그것도 아직 제대로 다 못봤다구요! 게다가 얼마 전에 저한테 왕위를 물려주 면서 업무까지 다 떠넘기시고 혼자 탑에 틀어박히셨잖아요! 이 무책임 아버지!"

아까 전까지만 해도 밀리는 기세였던 레미엘님은 그때를 시작으로 레델님을 압도(?)하셨습니다.

"아, 저기… 그건 말이다, 전대부터 이어진 우리 왕가의 전통으 로……."

"참 전통도 전통이겠습니다, 아.버.지."

"아하하― 삐질삐질―"

나중에도 그랬지만 항상 시작은 레델님이 앞서시다가 어느 기점을 시작으로 결국에는 레미엘님의 압승으로 끝나지요.

"좌우지간 이게 두 번째 호문크루스다. 이번에는 네가 키워봐라."

"네에? 제가 왜요? 아까도 말했듯이 전 지금 키메라 하나 가지고도 바빠요."

따악!

"아파요! 또 왜 때리는데요?"

"넌 흉측하게 생긴 키메라가 그렇게 좋냐? 이렇게 예쁜 호문크루스 하나 키우면 얼마나 좋아! 빨리 데려가서 키우고 보고서 써와!"

"…예이."

그때는 참 드문 일이었습니다. 레미엘님이 마지막까지 이기지 못하셨거든요. 하지만 그건 말 그대로 잠깐뿐이었습니다.

"어라, 레미엘, 그쪽으로 가지…….'

툭!

"어라? 이게 뭐지? '강하고 실용적인, 그러면서 대량 생산이 가능한 키메라 제조에 관한' ……."

"……(삘삘삘)."

그때 레미엘님이 지으셨던 표정은 아직도 기억에 남을 정도로 강한 인상이었습니다. 레미엘님은 매우 화가 나셨는지 레델님을 향해 갖가지 폭언을 퍼부으셨습니다.

"아버지야말로 이런 흉측한 키메라가 그 '예쁜' 호문크루스보다 좋은 건가 보군요, 이 변태 아버지!"

"아… 저기… 그건 말이다……."

"#@&#·(*·$$#@! %&$#($·!!"

"…….'

하지만 그러면서도 결국 레미엘님은 저를 자신의 집무실에 데려오

셨습니다. 지금 생각해 보면 참 다행스러운 일이었습니다.

레미엘님은 캡슐 속의 저를 보며 미소를 지으셨습니다.

"하하, 이런 이유로 내가 너의 양육 담당이 되었다. 내 이름은 레미엘. 뭐, 그 뒤에 엄청 길게 붙은 성이 있지만 그런 건 얘기해 봤자고. 앞으로 잘 지내보자."

이때 레미엘님이 지어주신 미소는 제 가장 즐거운 기억 중에 하나였습니다.

달칵!

"제나, 오늘도 안녕~"

"아, 주인님, 어서 오세요."

하지만 레미엘님은 '주인님' 이라는 단어가 마음에 안 드신 듯합니다.

"이런이런, '주인님' 이라고 하지 말랬지? 그냥 이름만 불러."

"네, 레미엘님."

"그래, 좋잖아? 친근해 보이고."

레미엘님은 언제나 제가 있는 캡슐을 자신의 책상 위에 올려놓고 업무를 보시면서 가끔 저를 보고는 웃어주셨습니다. 그때마다 저도 기분이 좋아서 그분을 향해 마주 웃었죠.

제가 있는 캡슐은 제가 생활할 수 있는 공간입니다. 캡슐의 옆에는 기묘한 장치들이 붙어 있어서 제가 생활하는 데에 필요한 양분들을 공급해 주고 제가 외부에 힘을 전달하게 해주죠.

뭐, 그래 봐야 가끔 마법을 써본다던가 하는 정도이지만 말입니다.

"레미엘님, 그거 맛있나요?"

"응? 이거?"

레미엘님은 종종 식사 시간에도 제가 있는 집무실에 계십니다. 레미엘님은 '업무가 밀려서 빵으로 때운다' 고 하시며 열심히 서류들을 처리하시지만 저는 그럴 때가 좋습니다. '오늘은 조금이타도 더 레미엘님과 같이 있는구나' 라는 생각이 들거든요.

제 질문에 레미엘님은 들고 계시던 빵을 제 앞으로 내밀며 말씀하십니다.

"썩 먹을 만해. 나중에 네가 밖에 나오면 한번 먹어볼래?"

"네!"

제가 크게 대답하자 레미엘님은 언제나처럼 부드러운 미소를 지어 보이십니다. 그럴 때면 저도 참 기분이 좋아지고 가끔은 가슴이 따뜻해지는 느낌까지 받습니다.

원래대로라면 호문크루스는 평생을 이 작은 캡슐 안에서 살아야 한다고 합니다. 하지만 레델님이 가져오신 책에 호문크루스를 캡슐 밖에서도 생활할 수 있게 하는 비술이 적혀 있다고 합니다. 하지만 그것도 일단은 호문크루스가 다 성장해야 가능한 일이라고 합니다. 하루 빨리 저도 다 성장해서 언제나 레미엘님의 곁에 붙어 있고 싶다는 생각이 들었지만 한편으로는 과연 제가 이 캡슐 밖으로 나가게 되었을 때 어떤 모습으로 변할지 내심 걱정이 되기도 했습니다. 그 책에 의하면 '성장을 마칠 때까지 호문크루스를 어떻게 양육했느냐에 따라 그 외모가 바뀐다' 라고 되어 있었거든요. 물론 이것은 제가 후에 캡슐 밖으로 빠져나온 후에 알게 된 일입니다.

이것은 레델님이 레미엘님의 집무실에 들어오셔서 두 분이 이야기를 나누실 때 자는 척하면서 들은 이야기입니다.

"…그래요? 그런데 아버지가 먼저 기르셨던 호문크루스는 어떻게 변했어
요?"

"……."

"아, 왜 말이 없어요? 궁금해 죽겠네."

"…벌레 비슷한 흉한 모양이 되어서 달아났다."

"…얼마나 흉했는데요?"

"그것은……."

레델님이 한마디 하실 때마다 저는 불안해서 심장이 터져 나갈 지경
이었습니다. 혹시나 저도 그렇게 흉측하게 변하는 건 아닌지, 그렇게
되면 레미엘님이 저를 싫어하시는 것은 아닌지 하루하루가 불안했습니
다.

결국 어느 날은 레미엘님이 그런 저의 표정을 알아보시고는 한마디
해주셨습니다.

"제나, 요즘 안색이 안 좋아. 무슨 일 있어?"

"아, 아뇨……."

"혹시 장치가 잘못된 건가? 어디 답답하거나 한 거 아냐?"

"아, 아니에요. 그냥……."

"그냥? 그냥 뭐?"

"그러니까… 사실은……."

결국 레미엘님의 끈질긴 질문에 저는 결국 사실을 말했고, 제 대답
에 레미엘님은 크게 웃으셨습니다.

"하하하, 아하하하!"

"레미엘님……."

"그런 거 때문에 걱정했단 말야? 걱정 마. 제나는 그렇게 변하지 않을 거야. 아버지가 키우던 호문크루스야 아버지가 워낙 대드 매지션이니까 그분 영향을 받아서 그런 거지만 명색이 내가 길러낸 호문크루스가 설마 그런 흉한 모양으로 변하겠어?"

레미엘님은 이런저런 이야기를 해주시며 저를 달래주셨습니다. 그리고 그때 레미엘님은 저에게 한 가지 약속을 해주셨습니다.

"후에 제나가 다 성장해서 캡슐 밖으로 나오면 나와 패밀리어의 의식을 하자. 알았지?"

"정말요?"

"그럼! 설령 제나가 아무리 흉하게 변한다 하더라도 이 약속은 꼭 지킬게. 그러니까 불안한 생각 가지지 마. 그런 생각만 하고 있다가는 정말 흉한 모습이 될 테니까. 알았지?"

"네!"

그렇게 또 얼마간의 세월이 지났습니다. 저도 성장을 거듭해서 이제 몇 달만 지나면 드디어 이 캡슐을 빠져나올 수 있게 되었습니다.

그리고 그날은 정말 끔직했던 날이기도 했습니다. 그날은 레델님과 함께 저에 대해 실험을 하는 날이었습니다. 언제나 있던 일이라 별로 대단한 일도 아니었지만 그날은 정말 무시무시한 날 중 하나였습니다.

"자, 체크하자."

"자, 제나. 너의 힘을 보여봐. 언제나처럼 하면 돼."

"네."

레미엘님의 말씀에 저는 평소처럼 마나를 모아 힘으로 구현화시켰습니다. 하지만 그날따라 왠지 레미엘님에게 성장한 저의 능력을 보이

고 싶었습니다. 그러다 보니 그날은 평소보다 더 힘이 가더군요. 문제
는 거기서 시작했던 것입니다.

파앙!

"이, 이게 무슨 일이지?"

"레미엘, 캡슐이 한계를 넘었다. 이대로는 위험해!"

슈아아악!

저의 몸을 담고 있는 캡슐의 장치 중 제 힘을 전달시키는 관이 제 능
력을 다 전달시키지 못하고 과부하에 걸려 폭발한 것입니다. 그 폭발
로 인해 캡슐은 상당히 망가졌고 그때 저도 하마터면 죽을 뻔했습니다.

"까아아악!!"

"제나!"

그때 느꼈던 그 아픔은 지금도 잊혀지지 않습니다. 온몸이 산산조각
나며 흩어지는 듯한 그 아픔. 아마 그때 레미엘님이 아니었더라면 저
는 정말 죽었을 것입니다.

부우우웅!

"까아! 어? 레, 레미엘님!"

레미엘님의 손에서 푸른 빛이 나며 제 캡슐의 주변을 감쌌습니다.
그 푸른 빛 덕분인지 계속해서 저의 몸을 괴롭히던 통증은 온데간데없
이 사라졌습니다.

"괜찮아, 제나?"

"네, 네⋯⋯."

하지만 저는 슬펐습니다. 저를 지켜주기 위해 힘을 쓰신 레미엘님은
힘에 부치시는지 연신 숨을 몰아쉬고 계셨습니다.

"레미엘님, 괜찮으세요?"

제 걱정에도 레미엘님은 저를 안심시키려고 언제나처럼 미소를 지어 보여주셨습니다.

"괜찮아. 이 정도야 별거 아닌데 뭐. 그리고 제나는 나에게 소중한 존재잖아? 이렇게 어이없이 잃을 수는 없지."

"레미엘님……."

기묘한 느낌이었습니다. 가슴속이 무언가 따뜻한 느낌으로 가득 차는 것, 그리고 레미엘님에 대한… 사랑의 감정. 전부터 있었지만 그날 저는 제가 레미엘님을 사랑한다는 것을 확실히 느꼈습니다.

"기다렸지. 일단 이걸로 응급 처치를 하자."

어느새 레델님이 오셨고, 덕분에 더 이상 레미엘님이 힘들어하시지 않아도 되었습니다.

나중에 안 사실이지만 레미엘님은 자신의 마나로 구체를 만들어 그 안에 저를 넣음으로써 저를 보호해 주셨던 것이었습니다. 저같이 성장이 덜 끝난 호문크루스는 외부에 노출되면 순식간에 죽어버리기 때문에 순수한 마나의 흐름 속에서만 있어야 한다고 하더군요.

…….

그리고 마침내 제가 이 작은 캡슐 안에서 나오는 날이 되었습니다.

"자, 오늘이 드디어 네가 세상 밖으로 나오는 날이야. 참고로 아버지는 안 오셨어."

"…네."

불안함과 기대감이 교차하는 가운데 저는 두 눈을 감았습니다. 제발 캡슐 밖으로 나갔을 때에도 레미엘님이 지금까지처럼 저를 생각해 주셨으면 하는 바람을 가지고…….

슈우욱!

캡슐 안에 가득 차 있던 마나가 공기 중으로 녹아 나가는 소리와 함께 저는 다시 눈을 떴습니다.

그리고 세상 밖으로 나오게 된 제 눈에 가장 먼저 들어온 것은 저를 보며 웃고 계시는 레미엘님의 얼굴이었습니다.

"봐, 아름답기만 하잖아."

레미엘님은 저에게 작은 손거울을 하나 내미셨습니다. 물론 그분 입장에서 손거울이지 저에게는 매우 큰 거울이었습니다.

"이게… 저예요?"

길게 흘러내린 하늘색 머리카락, 인간의 몸과 같은 형태의 육체, 등 뒤로 나 있는 한 쌍의 날개, 전체적으로 전과 비슷했지만 더욱 새로운 느낌이었습니다.

"흐음, 마치 페어리 같은데?"

저를 보고 내리신 레미엘님의 평가였습니다. 그분은 이내 서랍 속에서 무언가를 꺼내더니 저에게 내미셨습니다.

"네가 나오는 날 주려고 준비한 선물이야. 아마 사이즈는 맞을 거 같은데."

"네?"

레미엘님이 내미신 것은 저에게 맞는 옷이었습니다. 그때 얼마나 기뻤는지 모릅니다. 무엇보다 레미엘님이 저에게 주신 선물이니까.

"자, 그럼 나와 계약을 할까? 패밀리어로서."

"네!"

그날은 저에게 있어 최고의 날이라고 할 수 있을 것입니다.

"으음, 어떻게 하지? 어떻게 하지……?"

제가 서류를 다 정리한 후 레미엘님이 계시는 방으로 들어오자마자 머리를 부여잡은 채 고민하시는 레미엘님이 눈에 띄었습니다.

"뭘 그렇게 생각해요, 레미엘님?"

제가 온 것을 안 레미엘님은 비록 힘이 없어 보이지만 그래도 미소를 지어 보이셨습니다.

"아, 제나. 와 있었어?"

"방금 왔어요. 아, 물론 레미엘님이 부탁한 것은 다 하고 왔어요."

"고마워."

궁금했습니다. 과연 어떤 일이길래 이렇게 레미엘님의 심정을 괴롭게 하는 것인지.

"그런데 무슨 생각을 하길래 그렇게 죽을상을 하고 있어요?"

"으음, 전에 내가 말한 레노아 양 있지?"

레노아 양? 누구더라?

'레노아… 레노아… 레노아… 아, 기억난다!'

"아, 레미엘님이 진심으로 좋아한다고 한 그 여자 아이 말이죠?"

"응, 문제는 레노아 양이 가출했다는 거지."

그때 왜 그랬을까요? 가슴 한 켠에서 욱하는 감정이 솟은 것은.

"그렇게 보지 마. 나도 왜 나갔는지 잘 모르니까."

"그래요? 그런데 어떻게 할 건데요?"

언제나처럼 레미엘님의 어깨에 올라앉은 채 그분의 얼굴을 만지작거리는 저를 보는 레미엘님의 표정에는 왠지 힘이 없으셨습니다.

"사실 생각 같아서는 당장 뛰쳐나가서 레노아 양을 찾고 싶어. 이런 일에 대규모 병력을 동원하기도 그렇고, 해봤자 그리 소득도 없으니까."

"전국에 레노아를 찾는다고 공고를 하면 되잖아요."

"아냐. 자칫하면 오히려 유괴범의 표적이 될 수도 있고 그걸 보면 오히려 그녀가 경계할걸? 게다가 난 내가 직접 그녀를 찾고 싶어. 이번 에야말로 고백을 해야지. 단둘만의 장소에서."

"그래요……."

부러웠습니다, 그 레노아라는 분이. 비록 레미엘님이 저를 서운하게 대해주시는 것은 아니었지만 그래도 그 레노아라는 분이 부럽고 질투가 난 것은 어쩔 수 없는 일이었습니다.

"질투하는 거야, 레노아 양을?"

깜짝!

정말 놀랐습니다. 말 그대로 속마음을 들킨 거였으니까요.

"아, 아니에요. 어떻게 호문크루스인 제가 감히… 레미엘님을……."

하지만 제가 생각해도 제 말에 힘이 갈수록 없어지는 것을 느꼈답니다. 역시 레미엘님에게 거짓말을 하는 것은 어려웠습니다.

"좋아… 할… 수… 있겠나요……?"

하지만 이미 속마음은 이렇게 외치고 있었습니다.

'레미엘님을 진심으로 사랑해요. 저는 안 되나요?'

그때 문득 레미엘님의 손길이 느껴졌습니다. 그분은 부드럽게 저를 쓰다듬으면서 말씀하셨습니다.

"너는 나름대로 나와 마음이 통하고 있잖아? 너와 나는 무엇보다도 직접 정신을 공유하는 패밀리어니까."

"네……."

하지만 그래도 아직은 서운함이 남았습니다. 하지만 또 한편으로는 그분 말씀대로 저는 그분과의 정신을 공유하는 패밀리어. 한편으로는

그 레노아라는 분보다 더욱 레미엘님과 가까운 사이라는 사실이 저를
위로하였습니다.

"그렇지! 방법이 있다!"

갑자기 벌떡 일어나시는 레미엘님 때문에 저는 순간 깜짝 놀라서 밑
으로 떨어질 뻔했습니다. 레미엘님은 방금 전의 행동을 미안해하시며
저에게 질문하셨습니다.

"제나, 아버지 어디 계시지?"

"레델님요? 잠시만요."

저는 제 가슴 부분에 있는 장식에 손을 모으며 정신을 집중했습니
다. 아마 제가 레미엘님의 힘이 되어드리고 싶은 바람의 결과인지 저
는 보통의 호문크루스보다 월등히 뛰어난 능력을 가지게 되었다고 레
델님께서 말씀하셨습니다.

"아, 지금 탑에 계시네요."

"그래? 가보자."

레미엘님은 곧바로 레델님이 계시는 곳으로 향하셨습니다. 자신의
애인 분을 찾기 위해.

〈제2권 끝〉

설정 자료집

▲ 세계의 모양과 국가

라니오스& 란슬로 : 안녕하세요~!

라니오스 : 이렇게 저희 둘이 출연한 것은 이 '운명의 업' 이라는 소설의 설정에 대해 설명하기 위해서입니다.

란슬로 : 거두절미! 바로 본론에 들어가겠습니다. 우선은 저희들이 살고 있는 이 땅덩이에 대해 알아볼까요?

라니오스 : 이 세계는 북대륙, 중앙대륙, 남대륙의 세 개의 대륙으로 나누어져 있습니다. 하지만 현재는 각 대륙 간에 강력한 초차원 결계가 펼쳐져 있기에 교류는 없습니다. 다만 기록만이 남아 있어 세 개의 대륙으로 이루어져 있다는 것을 알 수는 있지요. 그리고 저희들이 활동하고 있는, 이 글의 무대가 되는 곳은 중앙대륙입니다!

란슬로 : 중앙대륙은 대륙 한가운데를 가로지르는 '드래곤 산맥' 에 의해 동부와 서부로 양분되어 있습니다. 아까 작은 란 녀석이 이 글의 무대가 중앙대륙이라고 했는데, 좀 더 엄밀히 말하면 그중에서도 동부이지요. 저희가 살고 있는 중앙대륙은 영웅전쟁 이후 이 드래곤 산맥을 경계로 하여 서부는 드래곤, 동부는 인간들이 중심이 되어 살고 있으며, 서로가 서로의 땅에 침범하지 않는다는 암묵적 약속을 하고 있지요.

라니오스 : 자, 대륙에 대한 설명은 여기까지! 다음은 국가에 대해 알아보기로 할까요?

란슬로 : 중앙대륙 동부는 또다시 세 부분으로 분류됩니다. 북부는 광활한 사막 지역으로 이곳에서 사는 생물체는 거의 없습니다. 그리고 중부의 경우

서쪽은 프로튼 왕국, 동쪽은 소브런 제국이 있습니다. 그럼 우선 이 두 국가부터 알아볼까요?

　라니오스 : 소브런과 프로튼은 각각 기사의 나라, 마법사의 나라라는 별명이 붙어 있지요. 그만큼 소브런에는 기사, 프로튼에는 마법사가 많습니다.

　란슬로 : 우선 두 국가 모두 여러 개의 영지로 나누어져 있고 각 영지마다 영주가 다스리는 봉건제를 채택하고 있습니다. 하지만 프로튼의 경우 왕에게 상당한 권력이 있어 중요한 국사는 대부분 왕이 독단으로 처리하는 상황입니다. 반면 소브런의 경우는 황제와 그 밑에 무관과 문관들의 세 집단이 서로 힘을 겨루는 양상을 보이죠.

　라니오스 : 또한 프로튼의 경우 서남부에 리네크라는 '동맹국'을, 소브런의 경우 에이아 공국, 카지롤 공국과 소르바스 신성 왕국을 속국으로 두고 있습니다. 리네크는 상당히 특이한 나라인데, 바로 언데드가 다스리는 나라라는 점이죠.

　란슬로 : 전에 한번 가봤는데, 리치 영주에 데스나이트 무관, 뱀파이어 문관 등 다른 곳에서 살던 사람이 처음 이곳에 오면 다짜고자 '몬스터~'라고 소리칠 만하더라.

　라니오스 : 하지만 귀족이나 그 외 일부를 제외하면 이곳 역시 보통 사람이 사는 곳임에는 틀림없습니다. 그리고 리치나 뱀파이어들의 경우 그들의 식사(이걸 식사라고 해야 하나?)… 문제는 식용… 의 인간을 따로 '사육'하는 것으로 해결하고 있다 합니다.

　란슬로 : 인간을 사육한다고 하니 이상한 생각을 하시는 분들이 계실 텐데, 이렇게 사육되는 인간들은 가축과 같이 어떠한 교육도 받지 않은 인간입니다. 우리 안에서 키우고, 사료를 주며, 소나 돼지랑 전혀 다를 점이 없지요.

　라니오스 : 으음… 그 이야기는 그만 하자. 다음은 남부로 넘어가겠습니다.

중부와 남부의 경우 라미언산맥과 이노트 만(중앙대륙 동부의 반 정도 거리만큼 안으로 들어온 거대한 만입니다)에 의해 경계가 지어져 있으며 남부에서는 라이지 산맥에 의해 또다시 동서로 분단이 되어 있지요.

란슬로 : 크로이츠는 고대의 나라라고 불릴 만큼 오랜 역사를 자랑하는 데다가 또한 고대 왕국의 유산이 가장 많이 남아 있는 나라이기도 하지요. 게다가 엘프나 하플링 등 인간 외의 종족들이 가장 많이 살고 있는 곳이기도 합니다.

라니오스 : 그리고 저희들이 살고 있는 '엘프의 숲'은 이 크로이츠의 북동부에 위치하고 있지요.

란슬로 : 크로이츠의 남쪽은 넓은 초원으로 크고 작은 유목민 국가가 모여 있으나 현재는 크로이츠의 속국으로 되어 있는 상태입니다.

라니오스 : 크로이츠 제국은 황제와 원로원, 그리고 귀족 연합의 세 세력으로 나뉠 수 있습니다. 때문에 황제의 권한이 상당히 약한 곳이기도 합니다.

란슬로 : 남부의 동쪽에 있는 머츠론은 민주 정치라는 독특한 정치 제도를 채택하고 있습니다. 민주 정치의 경우 이 글을 읽으시는 독자 분이라면 저희들보다 더욱 잘 알고 계실 거라 생각하고 넘어가겠습니다.

라니오스 : 물론 독자님들의 세계처럼 문명이 발달하지 못한 만큼 투표 등에 있어서는 약간의 애로 사항이 있겠지만, 그래도 기본은 같다고 생각해 주세요.

란슬로 : 다음은 군사력입니다! 각 국가가 다른 국가에 비교될 정도로 특출난 부분들을 중점으로 간략히 소개하겠습니다.

라니오스 : 우선 소브런의 경우는 매우 막강한 기사진을 보유하고 있다는 점이 특징이라고 할 수 있습니다. 때문에 전방 돌파력에 관해서는 타 국가를 압도하지요.

란슬로 : 프로튼의 경우는 다른 국가에 비해 훨씬 두터운 마법사 층을 보유하고 있습니다. 또한 기사들의 경우도 웬만한 마법을 쓸 수 있다는 것이 다른 나라의 기사들과 비교되는 점입니다.

라니오스 : 소르바스 신성국의 경우는 신성국이라는 이름에 어울리는 많은 수의 성직자들을 보유하고 있습니다. 또한 기사들의 경우도 간단한 신성 마법을 쓰는 성기사가 상당수를 차지합니다.

란슬로 : 크로이츠 제국은 남부에 살고 있는 유목민들의 영향을 받아서인지 다른 국가보다 뛰어난 기병대를 보유하고 있습니다. 특히 말을 타면서 활을 쏘는 궁기병은 이 나라에서뿐이 볼 수 없습니다.

라니오스 : 머츠론 공화국의 경우 전체적으로 병사들의 능력보다는 잘 갖추어진 장비에서 힘이 나오는 편입니다. 특히, 폭탄 등의 각종 특수 병기를 사용하는 데 익숙한 공병들이 많이 있습니다.

란슬로 : 이번에는 각 국의 특징이라고 할 수 있는 특수 병단에 대해 알아보겠습니다.

라니오스 : 소브런의 경우는 와이번을 타고 날아다니며 적을 유린하는 용기사단이 있습니다. 뛰어난 기동력과 정교한 실력을 가진 무서운 이들이지요.

란슬로 : 프로튼의 경우 비공정이라는 하늘을 나는 거대한 함선들이 있습니다. 이것들에 달려 있는 강력한 마력포는 정통으로 맞게 되면 웬만한 건물 한 채도 단숨에 날려 버릴 정도입니다.

라니오스 : 크로이츠는 유니콘을 타고 다니는 여성들로 이루어진 유니콘 기사단과 정령사들로 이루어진 정령 기사단이 있습니다. 보통의 말을 훨씬 능가하는 유니콘, 그리고 자연의 가호를 받는 기사들. 생각만 해도 엄청 강할 것 같다는 생각이 들지 않습니까?

란슬로 : 머츠론의 경우는 용기병이라고 하여—용기사와 다릅니다—말을 타고 다니며 화승총과 각종 투척용 폭탄을 능숙하게 다루는 이들이 있습니다. 빠른 기동력과 막강한 파괴력의 조합. 기습, 측면 공격과 게릴라전에서 강한 위력을 발휘할 것이라는 예측이 됩니다.

라니오스 : 흐음… 이 정도면 우리가 할 일은 웬만큼 한 거지?

란슬로 : 그런 거 같은데. 이 정도면 무리없지 않나?

라니오스& 란슬로 : 다음 페이지는 마법에 대한 것입니다!

▲ 마법

레이 : 여러분, 안녕하십니까? 이번에는 저와 쟈밀이 함께 이 작품 속의 마법에 대해 설명드리겠습니다.

쟈밀 : 투덜투덜… 궁시렁 궁시렁…….

레이 : 어라? 쟈밀, 무슨 문제라도 있는 건가요?

쟈밀 : 젠장. 기왕 할 거면 루나와 함께 하게 해줄 것이지, 어째서 이 녀석과…….

레이 : 헤에… 그래도 이미 늦었다고요. 계속 불평만 하지 마시고 빨리 끝내고 돌아가시면 되잖아요.

쟈밀 : …그래야겠군. 자, 설명에 들어간다. 딱 한 번만 말할 테니 팔자려니 생각하고 알아서 잘 들어라.

레이 : 이 작품에서의 마법은 각 속성별로 클래스를 따로 연마하는 형식입니다. 즉, 화염계와 빙계를 따로 연마하여 각각의 클래스를 따로 올려줘야 한다는 것이지요.

쟈밀 : 때문에 화염계가 9클래스라고 해도 이 세계에서는 엄청난 것이 아니다. 어느 정도 마법에 재능이 있는 인간이 한 가지 속성에만 파고든다면 15년에서 20년 사이 정도면 충분히 9클래스에 오를 수 있지.

레이 : 하지만 문제는 여기서부터입니다. 아까도 말했듯이 각각의 속성을 따로 연마해야 하기 때문에 한 가지 속성만으로는 그다지 유용한 마법을 쓰기 힘들지요. 이 작품에서의 마법은 반수 이상이 두 가지 이상의 속성을 조합하여 사용하는 것이기 때문이지요. 예를 들어 파이어 볼의 경우는 화염계만을 5클래스 이상으로 연마하면 구사가 가능하지만 플레어 마법의 경우 4클래스 이상의 화염계와 4클래스 이상의 전격 계열을 구사하는 마법사여야 합니다. 때문

에 아무리 화염계를 9클래스까지 마스터하였다 하더라도 그는 4클래스 마법인 플레어를 구사할 수 없는 것이지요.

쟈밀 : 때문에 쓸 만한 마법사가 되려면 여러 가지 속성을 골고루 연마해야 하지. 하지만 여기서 문제가 발생한다. 각 속성은 서로 간섭하는 성질이 있기 때문이지. 예로 들어주는 것이 더 설명하기 쉽겠군. 만약 화염 속성을 연마한 녀석이 땅 계열을 새로 연마한다고 하면 별문제가 없지만 물 속성을 추가로 연마한다고 하게 되면 문제가 발생한다. 이미 축적된 화염계의 속성이 물 계열의 수련을 방해하지. 때문에 이 경우는 아무것도 여마하지 않은 상태에서 물 계열의 연마를 시작하는 것보다 두 배 이상 힘들다.

레이 : 결론을 말하자면 한 가지 속성을 9클래스까지 연마한 마법사보다는, 세 가지 속성을 각각 3클래스까지 연마한 마법사가 더 쓸 만하다는 결론이 납니다. 물론, 단일 마법의 파괴력으로만 보면 그렇지 않겠지만 아무래도 후자의 마법사가 더욱 다채로운 마법을 사용할 수 있을 테니까요.

쟈밀 : 속성은 전부 7가지이다. 불, 물, 땅, 바람, 전격, 빛, 어둠. 이렇게 말이지.

레이 : 그리고 위에서 말한 반대 속성을 하나하나 알려 드리지요. 불 속성의 경우 어둠, 물과 반대입니다. 물의 경우 불, 땅과 반대이며 전격은 어둠, 바람과 반대이지요. 바람은 전격, 땅과 반대이고 땅은 물과 바람, 어둠은 불과 전격에 반대 속성을 띠게 됩니다.

쟈밀 : 하지만 마법들을 사용하다 보면 서로 반대인 속성을 조합해야 사용이 가능한 마법도 있지. 이런 경우에는 역시 서로가 반발하기 때문에 반발하지 않는 속성을 조합할 때보다 그 난이도가 높다.

레이 : 이것은 주석에 가까운 설명이지만… 인간들의 경우 한 가지 속성을 9클래스까지 완벽하게 터득하면 각 속성에 마스터의 칭호를 주더군요. 예를

들어 바람 속성을 9클래스까지 마스터하면 윈드 마스터라는 식으로 말이죠.

샤밀 : 그리고 모든 속성을 9클래스까지 연마한 이를 아크메이지라고 하더군. 아크메이지가 되면 인간 수준에서 쓸 수 있는 대부분의 마법을 쓸 수 있지.

레이 : 9클래스 이후의 단계에 대해 간략하게 짚어볼까요? 우선 10클래스 이후부터는 드래곤을 제외하면 물리적인 존재는 접근조차 할 수 없는 단계입니다.

샤밀 : 하지만 아주 가끔 10클래스의 초입 부분에 올라선 인간이 몇 있기는 하지. 어디까지나 아주 가끔이지만 말야.

레이 : 그리고 10클래스 이후부터는 속성이라는 개념이 무용지물이 되다시피 합니다. 그때는 이미 물질 구조를 컨트롤할 수 있는 단계이거든요.

샤밀 : 그리고 이후 더욱 단계가 오르게 되면 단순히 물질 정도가 아닌, 영적이거나 차원적인 것까지 제어할 수 있게 되지. 물론, 이쯤 되면 드래곤조차 넘볼 수 없는 경지이지. 말 그대로 '신의 영역'이라고나 할까?

레이 : 기왕 나온 김에 흑마법과 백마법에 대해서도 이야기를 해볼까요? 이것은 신족, 마족이나 아니면 신이나 악마 등과 계약을 함으로 힘을 얻어 구사하는 마법입니다.

샤밀 : 이 경우에는 우선 해당 존재와 계약을 해야 하지. 계약이 완료되면 둘의 사이에 영적인 연결이 생긴다. 이것이 일종의 '힘을 전달받는 통로'의 역할을 하게 되어 흑마법이나 백마법을 쓰는 자들이 계약한 존재의 힘을 구사하게 해주는 것이지. 이론상으로는 계약한 존재의 힘을 모두 사용할 수도 있지만 그렇게 될 경우 계약한 존재에게 위험해질 수도 있기 때문에 그쪽에서 힘을 나눠주는 정도를 제약하는 경우가 대부분이다.

레이 : 보통 계약의 매개로는 영혼이나 순결 등이 일반적이지요. 가끔 희귀한 아티팩트나 보물 등을 계약 조건으로 하는 경우도 있지만요.

샤밀 : 그럼 이번에는 신성 마법에 대해 알아보지. 줄여서 신법이라고도 한다.

레이 : 많은 이들이 신성 마법을 신이 내려주신 힘이라고 생각하는데 엄밀히 말하자면 다른 겁니다. 신성 마법은 정신력의 일종이라고 할 수 있지요. 강한 집념, 의지력 등이 형태를 갖추어 나타나는 힘이라고 보시면 됩니다.

쟈밀 : 물론 신성 마법을 쓰기 위해서는 해당 신과의 연계, 혹은 정신적 유대나 신뢰가 필요하다. 보통 신앙심이라고 하지. 이것도 어떻게 보면 흑마법이나 백마법의 계약과 비슷하지만 계약을 하는 순간 힘을 얻는 것과 달리 이쪽은 신앙심으로 연결 고리를 만들 뿐, 해당 사용자의 능력은 본인의 의지력과 정신력에 달려 있지. 즉, 이후에 열심히 정신력의 수련을 해야 더욱 강한 힘의 신성 마법을 구사할 수 있다는 것이다. 때문에 아무리 신을 열심히 믿어도 정신력이 약한 녀석은 강한 신성 마법을 쓰지 못하는 것이지. 뭐, 정신력이 약해 빠진 녀석이 깊은 신앙을 가질 리가 없겠지만 말야.

레이 : 때문에 신성 마법은 주문이 필요하지 않습니다. 오직 강한 집중과 염원이 필요하지요. 가끔 기도를 하거나 하는 이들도 있는데 이것은 주문이 아닌, 보다 마법을 거는 대상에게 집중을 하기 위한 수단이라고 생각하시면 됩니다.

쟈밀 : 이것으로 어느 정도 설명이 끝난 것 같군. 나는 여기서 이만 퇴장하겠다.

레이 : 아, 아아아… 쟈밀, 그렇게 그냥 가버리면 어떻게 해요. 아, 죄송합니다. 어쨌든 쟈밀의 말대로 이 작품에 대한 대략적 설명은 끝이 난 것 같네요. 원래대로라면 보다 다양한 설정을 가지고 여러분께 이야기해 드리고 싶지만 지면 문제도 있고 해서… 이쯤에서 마치겠습니다. 여기까지 읽어주신 여러분께 감사드립니다. 그리고 '운명의 업' 3권도 기대해 주세요~!

전 그럼 여기서 이만…….